善品堂藏書

绣像珍藏版《三国演义》
罗贯中 著
线装竖排简体版
编号限量发行二〇〇〇套
第 0152 号
善品堂藏书
荣誉出品

图书在版编目（CIP）数据

三国演义：绣像珍藏版 /（明）罗贯中著．— 北京：国家行政学院出版社，2015.3
ISBN 978-7-5150-1428-9

Ⅰ．①三… Ⅱ．①罗… Ⅲ．①章回小说－中国－明代
Ⅳ．①I242.4

中国版本图书馆 CIP 数据核字（2015）第 027882 号

书　　名　三国演义：绣像珍藏版
作　　者　罗贯中
责任编辑　姚敏华
策　　划　善品堂藏书
发版发行　国家行政学院出版社
（北京市海淀区长春桥路 6 号 100089）
电　　话　（010）68920640　68929037
编 辑 部　（010）68929009　68928761
网　　址　http://cbs.nsa.gov.cn
经　　销　新华书店
印　　刷　杭州名典古籍印务有限公司
版　　次　2015 年 3 月第 1 版
印　　次　2015 年 3 月第 1 次印刷
开　　本　790 毫米 ×1310 毫米　宣纸 8 开
印　　张　129 印张
字　　数　750 千字
书　　号　ISBN 978-7-5150-1428-9
定　　价　1360.00 元（一函四册）

善品堂藏书

三国演义

绣像珍藏版

罗贯中　著

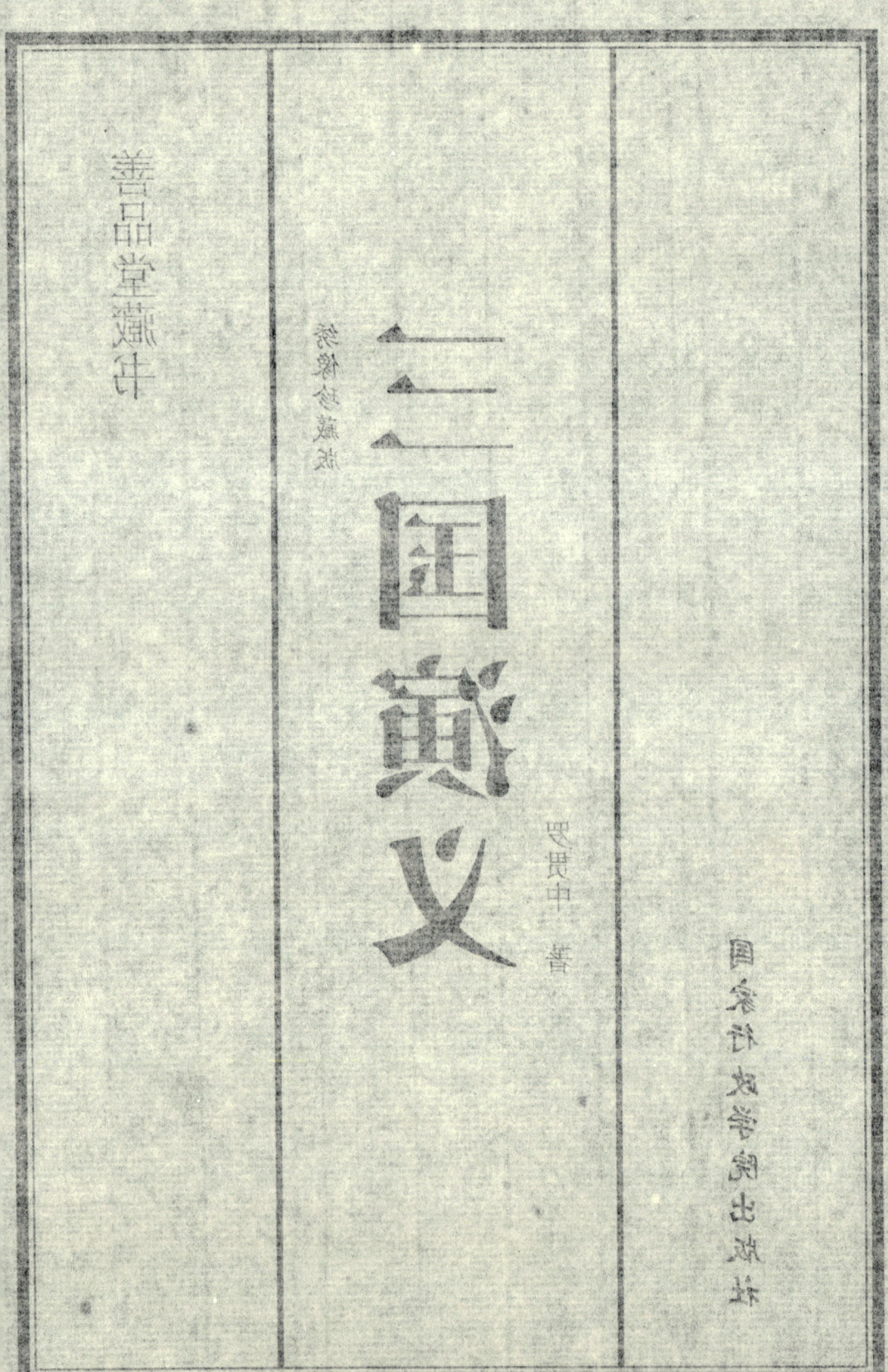

国家行政学院出版社

出版前言

《三国演义》，全名《三国通俗演义》，又名《三国志演义》，是中国四大名著中唯一一部根据历史事实改编的文学巨著，同样是一部在国内外享有极高的评价和赞扬的经典作品。鲁迅在《中国小说的历史的变迁》就重点提及。一九八〇年版的《大英百科全书》认为，《三国演义》是十四世纪出现的一部『广泛批评社会的小说』。日本著名汉学家吉川英治则盛赞《三国演义》是『世界古典小说中无与伦比』的作品。

《三国演义》的作者为元末明初著名小说家、戏曲家罗贯中（公元一三三〇至一四〇〇年）。罗贯中名本（一说名贯），字贯中，号湖海散人，山西太原人，出身商家，十四岁时母亲病故，随父亲到苏、杭经商。征得父亲同意后，弃商从文，求学于当时著名学者赵宝丰。曾为元末农民起义军张士诚幕僚，并『有志图王』，后因对张士诚失去信心而离去。在河阳山（今天江苏省苏州市张家港）遇到《水浒传》作者施耐庵。罗贯中十分赞同施耐庵著书劝世的主张，便拜施耐庵为师，学习文学创作，并开始收集材料着手撰写《三国演义》。后暂住杭州，直至病逝。罗贯中改编、创作的长篇小说除《三国志通俗演义》外，还有《隋唐志传》《残唐五代史演义》《三遂平妖传》等。

『三国故事』在《三国演义》问世前便在民间广泛流传。唐代时已有不少类似的传奇故事。宋代『说

话人』的『说三分』已十分流行。元代的《三国志平话》已初具《三国演义》规模，戏曲中也出现了『三国戏』。《三国演义》便是罗贯中大量吸取了这些丰富的『养料』，参考陈寿的《三国志》以及裴松之的注，创作而成。

《三国演义》全书共写有大小战争四十多次，作者不把主要笔墨花在单纯的实力和武艺的较量上，而是抓住每次战争的特点，写具体条件下不同的战略战术的运用。尤其是在决定三国兴亡的几次关键性的大战役，如官渡、赤壁大战，作者以人物为中心，写出战争的各个方面，如双方的战略战术、力量对比、地位转化等等，表现得具有旋律节奏，达到了引人入胜的艺术效果。

《三国演义》在人物形象塑造上采用『略貌取神』的手法，即规避小细节的描写，把人物放在惊心动魄的军事、政治斗争中，放在尖锐复杂的矛盾冲突中来进行塑造。以至全书虽写了一七九九人，但其中主要人物各个性格鲜明、形象生动，塑造了不朽的经典艺术形象：如诸葛亮神机妙算，曹操奸诈，关羽的义气，张飞天真而莽撞等。

自《三国演义》问世以来，便在民间广泛流传，仅明代刻本就有二十多种，清代刻本则多达有七十多种。现今可见的最早本子，为弘治甲寅（公元一四九四年）序、嘉靖壬午（公元一五二二年）刊刻的《三国志通俗演义》。全书二十四卷，分二百四十则，题『晋平阳侯陈寿史传，后学罗本贯中编次』。后来，清人毛氏父子（毛纶、毛宗岗），假托『古本』，对《三国演义》重新加以修订，并

逐回加以评论，改变了原本若干松散拖沓的地方，令全书更加紧凑畅达。毛选本的《三国演义》，就是现今通行的本子。本次整理出版的《三国演义》是以『毛本』为底本，在『整理本』的基础上，参照现行的各种版本，进一步校勘，并对原书中的疑难字标注拼音，还精选了明清绣像作为随文插图。其目的在于，便于读者阅读，增强读者阅读兴趣。虽在编辑整理过程中力求做到最好，但能力有限，难免有所不当之处，衷心欢迎国内外读者和专家的批评指正。

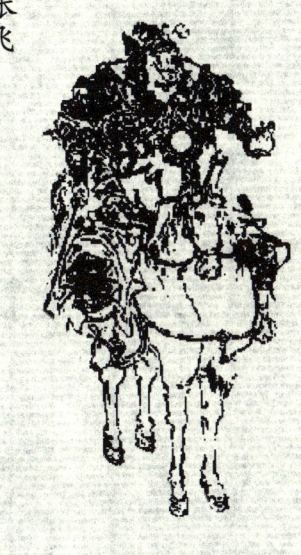

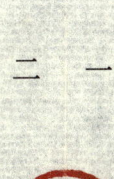

编　者

刘备

诸葛亮

四大名著
绣像珍藏版

三国演义

关羽

张飞

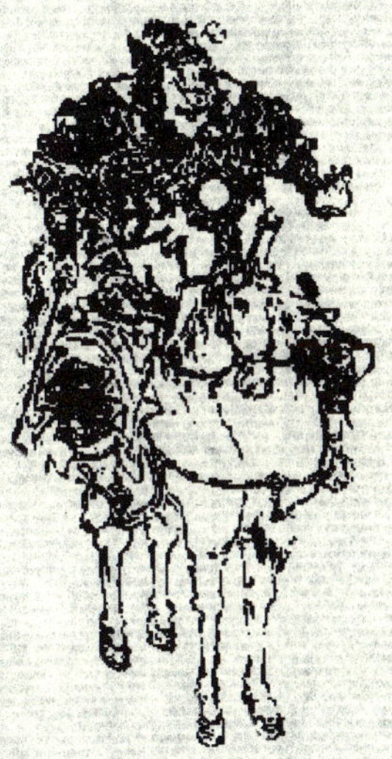

目录

第一回 宴桃园豪杰三结义 斩黄巾英雄首立功 一
第二回 张翼德怒鞭督邮 何国舅谋诛宦竖 一〇
第三回 议温明董卓叱丁原 馈金珠李肃说吕布 一九
第四回 废汉帝陈留践位 谋董贼孟德献刀 二八
第五回 发矫诏诸镇应曹公 破关兵三英战吕布 三五
第六回 焚金阙董卓行凶 匿玉玺孙坚背约 四四
第七回 袁绍磐河战公孙 孙坚跨江击刘表 五一
第八回 王司徒巧使连环计 董太师大闹凤仪亭 五九
第九回 除暴凶吕布助司徒 犯长安李傕听贾诩 六七
第十回 勤王室马腾举义 报父仇曹操兴师 七六
第十一回 刘皇叔北海救孔融 吕温侯濮阳破曹操 八三
第十二回 陶恭祖三让徐州 曹孟德大战吕布 九二
第十三回 李傕郭汜大交兵 杨奉董承双救驾 一〇〇
第十四回 曹孟德移驾幸许都 吕奉先乘夜袭徐郡 一一〇
第十五回 太史慈酣斗小霸王 孙伯符大战严白虎 一二一

第十六回 吕奉先射戟辕门 曹孟德败师淯水 一三二
第十七回 袁公路大起七军 曹孟德会合三将 一四三
第十八回 贾文和料敌决胜 夏侯惇拔矢啖睛 一五一
第十九回 下邳城曹操鏖兵 白门楼吕布殒命 一五八
第二十回 曹阿瞒许田打围 董国舅内阁受诏 一六九
第二十一回 曹操煮酒论英雄 关公赚城斩车胄 一七六
第二十二回 袁曹各起马步三军 关张共擒王刘二将 一八四
第二十三回 祢正平裸衣骂贼 吉太医下毒遭刑 一九三
第二十四回 国贼行凶杀贵妃 皇叔败走投袁绍 二〇二
第二十五回 屯土山关公约三事 救白马曹操解重围 二〇七
第二十六回 袁本初败兵折将 关云长挂印封金 二一五
第二十七回 美髯公千里走单骑 汉寿侯五关斩六将 二二二
第二十八回 斩蔡阳兄弟释疑 会古城主臣聚义 二三一
第二十九回 小霸王怒斩于吉 碧眼儿坐领江东 二四一
第三十回 战官渡本初败绩 劫乌巢孟德烧粮 二五〇

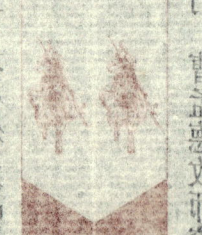

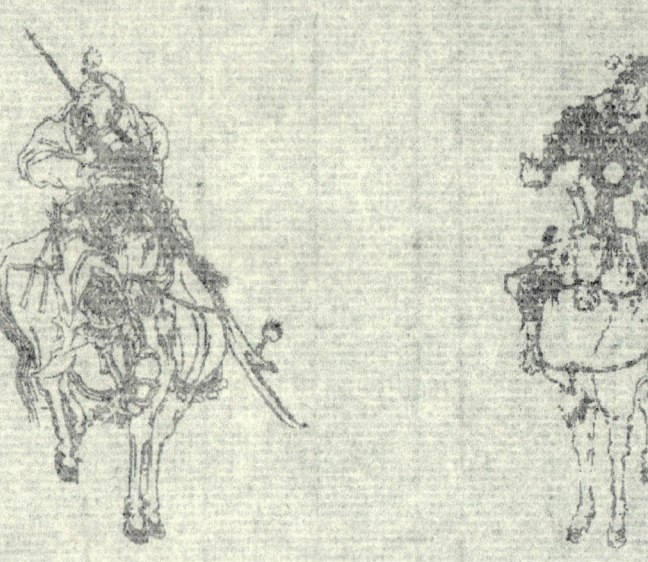

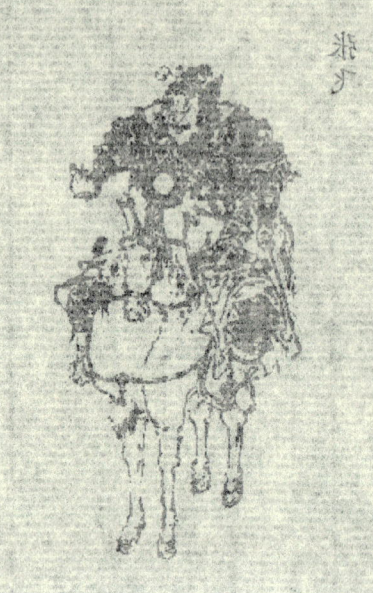

三国演义

目录

第三十一回 曹操仓亭破本初 玄德荆州依刘表 二六〇
第三十二回 夺冀州袁尚争锋 决漳河许攸献计 二六八
第三十三回 曹丕乘乱纳甄氏 郭嘉遗计定辽东 二七七
第三十四回 蔡夫人隔屏听密语 刘皇叔跃马过檀溪 二八六
第三十五回 玄德南漳逢隐沦 单福新野遇英主 二九三
第三十六回 玄德用计袭樊城 元直走马荐诸葛 三〇〇
第三十七回 司马徽再荐名士 刘玄德三顾草庐 三〇七
第三十八回 定三分隆中决策 战长江孙氏报仇 三一六
第三十九回 荆州城公子三求计 博望坡军师初用兵 三二五
第四十回 蔡夫人议献荆州 诸葛亮火烧新野 三三三
第四十一回 刘玄德携民渡江 赵子龙单骑救主 三四〇
第四十二回 张翼德大闹长坂桥 刘豫州败走汉津口 三五〇
第四十三回 诸葛亮舌战群儒 鲁子敬力排众议 三五七
第四十四回 孔明用智激周瑜 孙权决计破曹操 三六六
第四十五回 三江口曹操折兵 群英会蒋干中计 三七三

第四十六回 用奇谋孔明借箭 献密计黄盖受刑 三八三
第四十七回 阚泽密献诈降书 庞统巧授连环计 三九二
第四十八回 宴长江曹操赋诗 锁战船北军用武 三九九
第四十九回 七星坛诸葛祭风 三江口周瑜纵火 四〇五
第五十回 诸葛亮智算华容 关云长义释曹操 四一四
第五十一回 曹仁大战东吴兵 孔明一气周公瑾 四二一
第五十二回 诸葛亮智辞鲁肃 赵子龙计取桂阳 四二九
第五十三回 关云长义释黄汉升 孙仲谋大战张文远 四三七
第五十四回 吴国太佛寺看新郎 刘皇叔洞房续佳偶 四四五
第五十五回 玄德智激孙夫人 孔明二气周公瑾 四五四
第五十六回 曹操大宴铜雀台 孔明三气周公瑾 四六一
第五十七回 柴桑口卧龙吊丧 耒阳县凤雏理事 四六九
第五十八回 马孟起兴兵雪恨 曹阿瞒割须弃袍 四七八
第五十九回 许褚裸衣斗马超 曹操抹书间韩遂 四八七
第六十回 张永年反难杨修 庞士元议取西蜀 四九六

曹植

公孙瓒

第六十一回 赵云截江夺阿斗 孙权遗书退老瞒 五〇九
第六十二回 取涪关杨高授首 攻雒城黄魏争功 五一八
第六十三回 诸葛亮痛哭庞统 张翼德义释严颜 五二七
第六十四回 孔明定计捉张任 杨阜借兵破马超 五三七
第六十五回 马超大战葭萌关 刘备自领益州牧 五四六
第六十六回 关云长单刀赴会 伏皇后为国捐生 五五六
第六十七回 曹操平定汉中地 张辽威震逍遥津 五六五
第六十八回 甘宁百骑劫魏营 左慈掷杯戏曹操 五七四
第六十九回 卜周易管辂知机 讨汉贼五臣死节 五八三
第七十回 猛张飞智取瓦口隘 老黄忠计夺天荡山 五九二
第七十一回 占对山黄忠逸待劳 据汉水赵云寡胜众 六〇一
第七十二回 诸葛亮智取汉中 曹阿瞒兵退斜谷 六一〇
第七十三回 玄德进位汉中王 云长攻拔襄阳郡 六一七
第七十四回 庞令明抬榇决死战 关云长放水淹七军 六二六
第七十五回 关云长刮骨疗毒 吕子明白衣渡江 六三三

吕布

貂蝉

第七十六回 徐公明大战沔水 关云长败走麦城 六四〇
第七十七回 玉泉山关公显圣 洛阳城曹操感神 六四八
第七十八回 治风疾神医身死 传遗命奸雄数终 六五六
第七十九回 兄逼弟曹植赋诗 侄陷叔刘封伏法 六六三
第八十回 曹丕废帝篡炎刘 汉王正位续大统 六七〇
第八十一回 急兄仇张飞遇害 雪弟恨先主兴兵 六七七
第八十二回 孙权降魏受九锡 先主征吴赏六军 六八四
第八十三回 战猇亭先主得仇人 守江口书生拜大将 六九一
第八十四回 陆逊营烧七百里 孔明巧布八阵图 七〇一
第八十五回 刘先主遗诏托孤儿 诸葛亮安居平五路 七一〇
第八十六回 难张温秦宓逞天辩 破曹丕徐盛用火攻 七一九
第八十七回 征南寇丞相大兴师 抗天兵蛮王初受执 七二八
第八十八回 渡泸水再缚番王 识诈降三擒孟获 七三七
第八十九回 武乡侯四番用计 南蛮王五次遭擒 七四五
第九十回 驱巨兽六破蛮兵 烧藤甲七擒孟获 七五四

四大名著

绣像珍藏版

三国演义

目录

孙权

周瑜

第九十一回 祭泸水汉相班师 伐中原武侯上表 七六五

第九十二回 赵子龙力斩五将 诸葛亮智取三城 七七四

第九十三回 姜伯约归降孔明 武乡侯骂死王朗 七八二

第九十四回 诸葛亮乘雪破羌兵 司马懿克日擒孟达 七九一

第九十五回 马谡拒谏失街亭 武侯弹琴退仲达 八〇〇

第九十六回 孔明挥泪斩马谡 周鲂断发赚曹休 八〇九

第九十七回 讨魏国武侯再上表 破曹兵姜维诈献书 八一六

第九十八回 追汉军王双受诛 袭陈仓武侯取胜 八二四

第九十九回 诸葛亮大破魏兵 司马懿入寇西蜀 八三三

第一百回 汉兵劫寨破曹真 武侯斗阵辱仲达 八四二

第一百零一回 出陇上诸葛妆神 奔剑阁张郃中计 八五一

第一百零二回 司马懿占北原渭桥 诸葛亮造木牛流马 八六〇

第一百零三回 上方谷司马受困 五丈原诸葛禳星 八七一

第一百零四回 陨大星汉丞相归天 见木像魏都督丧胆 八八〇

第一百零五回 武侯预伏锦囊计 魏主拆取承露盘 八八七

目录

鲁肃

陆逊

第一百零六回 公孙渊兵败死襄平 司马懿诈病赚曹爽 八九六

第一百零七回 魏主政归司马氏 姜维兵败牛头山 九〇五

第一百零八回 丁奉雪中奋短兵 孙峻席间施密计 九一五

第一百零九回 困司马汉将奇谋 废曹芳魏家果报 九二二

第一百一十回 文鸯单骑退雄兵 姜维背水破大敌 九三〇

第一百一十一回 邓士载智败姜伯约 诸葛诞义讨司马昭 九三七

第一百一十二回 救寿春于诠死节 取长城伯约鏖兵 九四三

第一百一十三回 丁奉定计斩孙綝 姜维斗阵破邓艾 九五〇

第一百一十四回 曹髦驱车死南阙 姜维弃粮胜魏兵 九五八

第一百一十五回 诏班师后主信谗 托屯田姜维避祸 九六五

第一百一十六回 钟会分兵汉中道 武侯显圣定军山 九七二

第一百一十七回 邓士载偷度阴平 诸葛瞻战死绵竹 九八〇

第一百一十八回 哭祖庙一王死孝 入西川二士争功 九八八

第一百一十九回 假投降巧计成虚话 再受禅依样画葫芦 九九五

第一百二十回 荐杜预老将献新谋 降孙皓三分归一统 一〇〇三

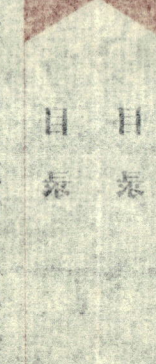

词曰：

滚滚长江东逝水，浪花淘尽英雄。是非成败转头空。青山依旧在，几度夕阳红。白发渔樵江渚上，惯看秋月春风。一壶浊酒喜相逢。古今多少事，都付笑谈中。

第一回　宴桃园豪杰三结义　斩黄巾英雄首立功

话说天下大势，分久必合，合久必分：周末七国分争，并入于秦；及秦灭之后，楚、汉分争，又并入于汉；汉朝自高祖斩白蛇而起义，一统天下，后来光武中兴，传至献帝，遂分为三国。推其致乱之由，殆始于桓、灵二帝。桓帝禁锢善类，崇信宦官。及桓帝崩，灵帝即位，大将军窦武、太傅陈蕃，共相辅佐；时有宦官曹节等弄权，窦武、陈蕃谋诛之，机事不密，反为所害，中涓自此愈横。

建宁二年四月望日，帝御温德殿，方升座，殿角狂风骤起，只见一条大青蛇，从梁上飞将下来，蟠于椅上。帝惊倒，左右急救入宫，百官俱奔避。须臾，蛇不见了。忽然大雷大雨，加以冰雹，落到半夜方止，坏却房屋无数。建宁四年二月，洛阳地震；又海水泛溢，沿海居民，尽被大浪卷入海中。光和元年，雌鸡化雄。六月朔，黑气十余丈，飞入温德殿中。秋七月，有虹现于玉堂，五原山岸，尽皆崩裂。种种不祥，非止一端。帝下诏问群臣以灾异之由，议郎蔡邕上疏，以为蜺(ní)堕鸡化，乃妇寺干政之所致，言颇切直。帝览奏叹息，因起更衣。曹节在后窃视，悉宣告左右；遂以他事陷邕于罪，放归田里。后张让、赵忠、封谞、段珪、曹节、侯览、蹇(jiǎn)硕、程旷、夏恽、郭胜十人朋比为奸，号为『十常侍』。帝尊信张让，呼为『阿父』。朝政日非，以致天下人心思乱，盗贼蜂起。

时巨鹿郡有兄弟三人：一名张角，一名张宝，一名张梁。那张角本是个不第秀才，因入山采药，遇一老人，碧眼童颜，手执藜杖，唤角至一洞中，以天书三卷授之，曰：『此名《太平要术》。汝得之，当代天宣化，普救世人。若萌异心，必获恶报。』角拜问姓名。老人曰：『吾乃南华老仙也。』言讫，化阵清风而去。角得此书，晓夜攻习，能呼风唤雨，号为『太平道人』。

中平元年正月内，疫气流行，张角散施符水，为人治病，自称『大贤良师』。角有徒弟五百余人，云游四方，皆能书符念咒。次后徒众日多，角乃立三十六方，大方万余人，小方六七千，各立渠帅，称为将军；讹言：『苍天已死，黄天当立；岁在甲子，天下大吉。』令人各以白土，书『甲子』二字于家中大门上。青、幽、徐、冀、荆、扬、兖、豫八州之人，家家侍奉大贤良师张角名字。角遣其党马元义，暗赍(jī)金帛，结交中涓封谞，以为内应。角与二弟商议曰：『至难得者，民心也。今民心已顺，若不乘势取天下，诚为可惜。』遂一面私造黄旗，约期举事；一面使弟子唐周，驰书报封谞。唐周乃径赴省中告变。帝召大将军何进调兵擒马元义，斩之；次收封谞等一干人下狱。张角闻知事露，星夜举兵，自称『天公将军』，张宝称『地公将军』，张梁称『人公将军』；申言于众曰：『今汉运将终，大圣人出。汝等皆宜顺天从正，以

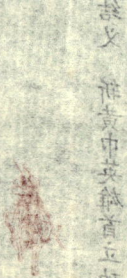

三国演义

第一回
宴桃园豪杰三结义　斩黄巾英雄首立功

乐太平。』四方百姓，裹黄巾从张角反者四五十万。贼势浩大，官军望风而靡。何进奏帝火速降诏，令各处备御，讨贼立功；一面遣中郎将卢植、皇甫嵩、朱儁（jùn），各引精兵，分三路讨之。

且说张角一军，前犯幽州界分。幽州太守刘焉，乃江夏竟陵人氏，汉鲁恭王之后也；当时闻得贼兵将至，召校尉邹靖计议。靖曰：『贼兵众，我兵寡，明公宜作速招军应敌。』刘焉然其说，随即出榜招募义兵。榜文行到涿县，引出涿县中一个英雄。那人不甚好读书；性宽和，寡言语，喜怒不形于色；素有大志，专好结交天下豪杰；生得身长七尺五寸，两耳垂肩，双手过膝，目能自顾其耳，面如冠玉，唇若涂脂；中山靖王刘胜之后，汉景帝阁下玄孙；姓刘，名备，字玄德。昔刘胜之子刘贞，汉武时封涿鹿亭侯，后坐酎金失侯，因此遗这一枝在涿县。玄德祖刘雄，父刘弘。弘曾举孝廉，亦尝作吏，早丧。玄德幼孤，事母至孝；家贫，贩屦织席为业。家住本县楼桑村。其家之东南，有一大桑树，高五丈余，遥望之，童童如车盖。相者云：『此家必出贵人。』玄德幼时，与乡中小儿戏于树下，曰：『我为天子，当乘此车盖。』叔父刘元起奇其言，曰：『此儿非常人也！』因见玄德家贫，常资给之。年十五岁，母使游学，尝师事郑玄、卢植，与公孙瓒等为友。及刘焉发榜招军时，玄德年已二十八岁矣。当日见了榜文，慨然长叹。随后一人厉声言曰：『大丈夫不与国家出力，何故长叹？』玄德回视其人：身长八尺，豹头环眼，燕颔虎须，声若巨雷，势如奔马。玄德见他形貌异常，问其姓名。其人曰：『某姓张，名飞，字翼德。世居涿郡，颇有庄田，卖酒屠猪，专好结交天下豪杰。恰才见公看榜而叹，故此相问。』玄德曰：『我本汉室宗亲，姓刘，名备。今闻黄巾倡乱，有志欲破贼安民，恨力不能，故长叹耳。』飞曰：『吾颇有资财，当招募乡勇，与公同举大事，如何？』玄德甚喜，遂与同入村店中饮酒。正饮间，见一大汉，推着一辆车子，到店门首歇了；入店坐下，便唤酒保：『快斟酒来吃，我待赶入城去投军。』玄德看其人：身长九尺，髯长二尺；面如重枣，唇若涂脂；丹凤眼，卧蚕眉；相貌堂堂，威风凛凛。玄德就邀他同坐，叩其姓名。其人曰：『吾姓关，名羽，字长生，后改云长，河东解良人也。因本处势豪，倚势凌人，被吾杀了；逃难江湖，五六年矣。今闻此处招军破贼，特来应募。』玄德遂以己志告之。云长大喜。同到张飞庄上，共议大事。

飞曰：『吾庄后有一桃园，花开正盛；明日当于园中祭告天地，我三人结为兄弟，协力同心，然后可图大事。』玄德、云长齐声应曰：『如此甚好。』次日，于桃园中，备下乌牛白马祭礼等项，三人焚香再拜而说誓曰：『念刘备、关羽、张飞，虽然异姓，既结为兄弟，则同心协力，救困扶危；上报国家，下安黎庶；不求同年同月同日生，只愿同年同月同日死。皇天后土，实鉴此心。背义忘恩，天人共戮！』誓毕，拜玄德为兄，关羽次之，张飞为弟。祭罢天地，复宰牛设酒，聚乡中勇士，得三百余人，就桃园中痛饮一醉。

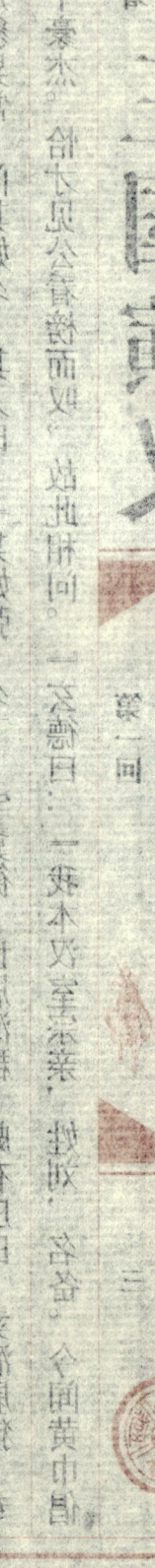

来日收拾军器，但恨无马匹可乘。正思虑间，人报有两个客人，引一伙伴侣，赶一群马，投庄上来。玄德曰：『此天佑我也！』三人出庄迎接。原来二客乃中山大商：一名张世平，一名苏双，每年往北贩马，近因寇发而回。玄德请二人到庄，置酒管待，诉说欲讨贼安民之意。二客大喜，愿将良马五十匹相送；又赠金银五百两，镔铁一千斤，以资器用。玄德谢别二客，便命良匠打造双股剑。云长造青龙偃月刀，又名『冷艳锯』，重八十二斤。张飞造丈八点钢矛。各置全身铠甲。共聚乡勇五百余人，来见邹靖。邹靖引见太守刘焉。三人参见毕，各通姓名。玄德说起宗派，刘焉大喜，遂认玄德为侄。

不数日，人报黄巾贼将程远志统兵五万来犯涿郡。刘焉令邹靖引玄德等三人，统兵五百，前去破敌。玄德等欣然领军前进，直至大兴山下，与贼相见。贼众皆披发，以黄巾抹额。当下两军相对，玄德出马，左有云长，右有翼德，扬鞭大骂：『反国逆贼，何不早降！』程远志大怒，遣副将邓茂出战。张飞挺丈八蛇矛直出，手起处，刺中邓茂心窝，翻身落马。程远志见折了邓茂，拍马舞刀，直取张飞。云长舞动大刀，纵马飞迎。程远志见了，早吃一惊，措手不及，被云长刀起处，挥为两段。后人有诗赞二人曰：

英雄露颖在今朝，一试矛兮一试刀。初出便将威力展，三分好把姓名标。

众贼见程远志被斩，皆倒戈而走。玄德挥军追赶，投降者不计其数，大胜而回。刘焉亲自迎接，赏劳军士。次日，接得青州太守龚景牒文，言黄巾贼围城将陷，乞赐救援。刘焉与玄德商议。玄德曰：『备愿往救之。』刘焉令邹靖将兵五千，同玄德、关、张，投青州来。贼众见救军至，分兵混战。玄德兵寡不胜，退三十里下寨。玄德谓关、张曰：『贼众我寡，必出奇兵，方可取胜。』乃分关公引一千军伏山左，张飞引一千军伏山右，鸣金为号，齐出接应。次日，玄德与邹靖引军鼓噪而进。贼众迎战，玄德引军便退。贼众乘势追赶，方过山岭，玄德军中一齐鸣金，左右两军齐出，玄德麾军回身复杀。三路夹攻，贼众大溃。直赶至青州城下，太守龚景亦率民兵出城助战。贼势大败，剿戮极多，遂解青州之围。后人有诗赞玄德曰：

运筹决算有神功，二虎还须逊一龙。初出便能垂伟绩，自应分鼎在孤穷。

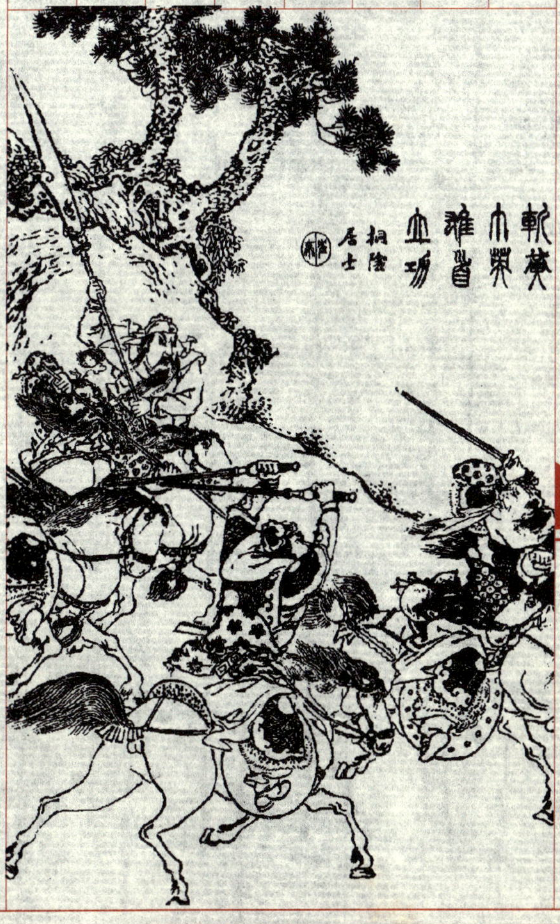

龚景犒军毕，邹靖欲回。玄德曰：『近闻中郎将卢植与贼首张角战于广宗，备昔曾师事卢植，欲往助之。』于是邹靖引军自回，玄德与关、张引本部五百人投广宗来。至卢植军中，入帐施礼，具道来意。卢植大喜，留在帐前听调。

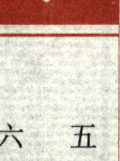

时张角贼众十五万，植兵五万，相拒于广宗，未见胜负。植谓玄德曰：『我今围贼在此，贼弟张梁、张宝在颍川，与皇甫嵩、朱儁对垒。汝可引本部人马，我更助汝一千官军，前去颍川打探消息，约期剿捕。』

玄德领命，引军星夜投颍川来。时皇甫嵩、朱儁领军拒贼，贼战不利，退入长社，依草结营。嵩与儁计曰：『贼依草结营，当用火攻之。』遂令军士，每人束草一把，暗地埋伏。其夜大风忽起。二更以后，一齐纵火，嵩与儁各引兵攻击贼寨，火焰张天，贼众惊慌，马不及鞍，人不及甲，四散奔走。

杀到天明，张梁、张宝引败残军士，夺路而走。忽见一彪军马，尽打红旗，当头来到，截住去路。为首闪出一将：身长七尺，细眼长髯；官拜骑都尉；沛国谯郡人也，姓曹，名操，字孟德。操父曹嵩，本姓夏侯氏；因为中常侍曹腾之养子，故冒姓曹。曹嵩生操，小字阿瞒，一名吉利。操幼时，好游猎，喜歌舞；有权谋，多机变。操有叔父，见操游荡无度，尝怒之，言于曹嵩。嵩责操。操忽心生一计：见叔父来，诈倒于地，作中风之状。叔父惊告嵩，嵩急视之，操故无恙。嵩曰：『叔言汝中风，今已愈乎？』操曰：『儿自来无此病；因失爱于叔父，故见罔耳。』嵩信其言。后叔父但言操过，嵩并不听。因此，操得恣意放荡。时人有桥玄者，谓操曰：『天下将乱，非命世之才不能济。能安之者，其在君乎？』南阳何颙(yóng)见操，言：『汉室将亡，安天下者，必此人也。』汝南许劭，有知人之名。

斩黄巾英雄首立功

操往见之，问曰：『我何如人？』劭不答。又问，劭曰：『子治世之能臣，乱世之奸雄也。』操闻言大喜。年二十，举孝廉，为郎，除洛阳北部尉。初到任，即设五色棒十余条于县之四门，有犯禁者，不避豪贵，皆责之。中常侍蹇硕之叔，提刀夜行，操巡夜拿住，就棒责之。由是，内外莫敢犯者，威名颇震。后为顿丘令。因黄巾起，拜为骑都尉，引马步军五千，前来颍川助战。正值张梁、张宝败走，曹操拦住，大杀一阵，斩首万余级，夺得旗旛、金鼓、马匹极多。张梁、张宝死战得脱。操见过皇甫嵩、朱儁，随即引兵追袭张梁、张宝去了。

却说玄德引关、张来颍川，听得喊杀之声，又望见火光烛天，急引兵来时，贼已败散。玄德见皇甫嵩、朱儁，具道卢植之意。嵩曰：『张梁、张宝势穷力乏，必投广宗去依张角。玄德可即星夜往助。』玄德领命，遂引兵复回。到得半路，只见一簇军马，护送一辆槛车：车中之囚，乃卢植也。玄德大惊，滚鞍下马，问其缘故。植曰：『我围张角，将次可破；因角用妖术，未能即胜。朝廷差黄门左丰前来体探，问我索取贿赂。我答曰：「军粮尚缺，安有余钱奉承天使？」左丰挟恨，回奏朝廷，说我高垒不战，惰慢军心；因此朝廷震怒，遣中郎将董卓来代将我兵，取我回京问罪。』张飞听罢大怒，要斩护送军人，以救卢植。玄德急止之曰：『朝廷自有公论，汝岂可造次？』军士簇拥卢植去了。

关公曰：『卢中郎已被逮，别人领兵，我等去无所依，不如且回涿郡。』玄德从其言，遂引军北行。行无二日，忽闻山后喊声大震。玄德引关、张纵马上高冈望之，见汉军大败，后面漫山塞野，黄巾盖地而

来，旗上大书『天公将军』。玄德曰：『此张角也！可速战！』三人飞马引军而出。张角正杀败董卓，乘势赶来，忽遇三人冲杀，角军大乱，败走五十余里。三人救了董卓回寨。卓问三人现居何职。玄德曰：『白身。』卓甚轻之，不为礼。玄德出，张飞大怒曰：『我等亲赴血战，救了这厮，他却如此无礼！若不杀之，难消我气！』便要提刀入帐来杀董卓。正是：人情势利古犹今，谁识英雄是白身？安得快人如翼德，尽诛世上负心人！毕竟董卓性命如何，且听下文分解。

第二回 张翼德怒鞭督邮 何国舅谋诛宦竖

且说董卓字仲颖，陇西临洮人也，官拜河东太守，自来骄傲。当日怠慢了玄德，张飞性发，便欲杀之。玄德与关公急止之曰：『他是朝廷命官，岂可擅杀？』飞曰：『若不杀这厮，反要在他部下听令，其实不甘！二兄要便住在此，我自投别处去也！』玄德曰：『我三人义同生死，岂可相离？不若都投别处去便了。』飞曰：『若如此，稍解吾恨。』

于是三人连夜引军来投朱儁。儁待之甚厚，合兵一处，进讨张宝。是时曹操自跟皇甫嵩讨张梁，大战于曲阳。这里朱儁进攻张宝。张宝引贼众八九万，屯于山后。令玄德为其先锋，与贼对敌。张宝遣副将高升出马搦战，玄德使张飞击之。飞纵马挺矛，与升交战，不数合，刺升落马。玄德麾军直冲过去。张宝就马上披发仗剑，作起妖法。只见风雷大作，一股黑气，从天而降；黑气中似有无限人马杀来。玄德连忙回军，军中大乱，败阵而归，与朱儁计议。曰：『彼用妖术，我来日可宰猪羊狗血，令军士伏于山头；候贼赶来，从高坡上泼之，其法可解。』玄德听令，拨关公、张飞各引军一千，伏于山后高冈之上，盛猪羊狗血并秽物准备。次日，张宝摇旗擂鼓，引军搦战，玄德出迎。交锋之际，张宝作法，风雷大作，飞砂走石，黑气漫天，滚滚人马，自天而下。玄德拨马便走，张宝驱兵赶来。将过山头，关、张伏军放起号炮，秽物齐泼。但见空中纸人草马，纷纷坠地；风雷顿息，砂石不飞。张宝见解了法，急欲退军。左关公，右张飞，两军都出，背后玄

德、朱儁一齐赶上，贼兵大败。玄德望见『地公将军』旗号，飞马赶来，张宝落荒而走。玄德发箭，中其左臂。张宝带箭逃脱，走入阳城，坚守不出。朱儁引兵围住阳城攻打，一面差人打探皇甫嵩消息。探子回报，具说：『皇甫嵩大获胜捷，朝廷以董卓屡败，命嵩代之。嵩到时，张角已死，张梁统其众，与我军相拒，被皇甫嵩连胜七阵，斩张梁于曲阳。发张角之棺，戮尸枭首，送往京师。余众俱降。朝廷加皇甫嵩为车骑将军，领冀州牧。皇甫嵩又表奏卢植有功无罪，朝廷复卢植原官。曹操亦以有功，除济南相，即日将班师赴任。』朱儁听说，催促军马，悉力攻打阳城。贼势危急，贼将严政刺杀张宝，献首投降。朱儁遂平数郡，上表献捷。

时又黄巾余党三人——赵弘、韩忠、孙仲，聚众数万，望风烧劫，称与张角报仇。朝廷命朱儁即以得胜之师讨之。奉诏，率军前进。时贼据宛城，引兵攻之，赵弘遣韩忠出战。遣玄德、关、张攻城西南角。韩忠尽率精锐之众，来西南角抵敌。朱儁自纵铁骑二千，径取东北角。贼恐失城，急弃西南而回。玄德从背后掩杀，贼众大败，奔入宛城。朱儁分兵四面围定，城中断粮，韩忠使人出城投降。不许。玄德曰：『昔高祖之得天下，盖为能招降纳顺，公何拒韩忠耶？』曰：『彼一时，此一时也。昔秦、项之际，天下大乱，民无定主，故招降赏附，以劝来耳。今海内一统，惟黄巾造反，若容其降，无以劝善。使贼得利恣意劫掠，失利便投降：此长寇之志，非良策也。』玄德曰：『不容寇降是矣。今四面围如铁桶，贼乞降不得，必然死战。万人一心，尚不可当，况城中有数万死命之人乎？不若撤去东南，独攻西北。贼必弃城而走，无心恋战，可即擒也。』儁然之，随撤东南二面军马，一齐攻打西北。韩忠果引军弃城而奔。儁与玄德、关、张率三军掩杀，射死韩忠，余皆四散奔走。正追赶间，赵弘、孙仲引贼众到，与儁交战。儁见弘势大，引军暂退。弘乘势复夺宛城。

儁离十里下寨，方欲攻打，忽见正东一彪人马到来。为首一将，生得广额阔面，虎体熊腰，吴郡富春人也，姓孙，名坚，字文台，乃孙武子之后。年十七岁时，与父至钱塘，见海贼十余人，劫取商人财物，于岸上分赃。坚谓父曰：『此贼可擒也。』遂奋力提刀上岸，扬声大叫，东西指挥，如唤人状。贼以为官兵至，尽弃财物奔走。坚赶上，杀一贼。由是郡县知名，荐为校尉。后会稽妖贼许昌造反，自称『阳明皇帝』，聚众数万；坚与郡司马招募勇士千余人，会合州郡破之，斩许昌并其子许韶。刺史臧旻上表奏其功，除坚为盐渎丞，又除盱(xū)眙(yí)丞、下邳丞。今见黄巾寇起，聚集乡中少年及诸商旅，并淮泗精兵一千五百余人，前来接应。朱儁大喜，便令坚攻打南门，玄德打北门，朱儁打西门，留东门与贼走。孙坚首先登城，斩贼二十余人，贼众奔溃。赵弘飞马突槊，直取孙坚。坚从城上飞身夺弘槊，刺弘下马；却骑弘马，飞身往来杀贼。孙仲引贼突出北门，正迎玄德，无心恋战，只待奔逃。玄德张弓一箭，正中孙仲，翻身落马。朱儁大军随后掩杀，斩首数万级，降者不可胜计。南阳一路，十数郡皆平。儁班师回京，诏封为车骑将军，河南尹。儁表奏孙坚、刘备等功。坚有人情，除别郡司马上任去了；惟玄德听候日久，不得除授。

三人郁郁不乐，上街闲行，正值郎中张钧车到。玄德见之，自陈功绩。钧大惊，随入朝见帝曰：『昔黄巾造反，其原皆由十常侍卖官鬻(yù)爵，非亲不用，非仇不诛，以致天下大乱。今宜斩十常侍，悬首南郊，

遣使者布告天下，有功者重加赏赐，则四海自清平也。』十常侍奏帝曰：『张钧欺主。』帝令武士逐出张钧。十常侍共议：『此必破黄巾有功者，不得除授，故生怨言。权且教省家铨注微名，待后却再理会未晚。』因此玄德除授定州中山府安喜县尉，克日赴任。玄德将兵散回乡里，止带亲随二十余人，与关、张来安喜县中到任。署县事一月，与民秋毫无犯，民皆感化。到任之后，与关、张食则同桌，寝则同床。如玄德在稠人广坐，关、张侍立，终日不倦。

到县未及四月，朝廷降诏，凡有军功为长吏者当沙汰。玄德疑在遣中。适督邮行部至县，玄德出郭迎接，见督邮施礼。督邮坐于马上，惟微以鞭指回答。关、张二公俱怒。及到馆驿，督邮南面高坐，玄德侍立阶下。良久，督邮问曰：『刘县尉是何出身？』玄德曰：『备乃中山靖王之后。自涿郡剿戮黄巾，大小三十余战，颇有微功，因得除今职。』督邮大喝曰：『汝诈称皇亲，虚报功绩！目今朝廷降诏，正要沙汰这等滥官污吏！』玄德喏喏连声而退。归到县中，与县吏商议。吏曰：『督邮作威，无非要贿赂耳。』玄德曰：『我与民秋毫无犯，那得财物与他？』次日，督邮先提县吏去，勒令

指称县尉害民。玄德几番自往求免，俱被门役阻住，不肯放参。

却说张飞饮了数杯闷酒，乘马从馆驿前过，见五六十个老人，皆在门前痛哭。飞问其故。众老人答曰：『督邮逼勒县吏，欲害刘公；我等皆来苦告，不得放入，反遭把门人赶打！』张飞大怒，睁圆环眼，咬碎钢牙，滚鞍下马，径入馆驿，把门人那里阻挡得住，直奔后堂，见督邮正坐厅上，将县吏绑倒在地。飞大喝：『害民贼！认得我么？』督邮未及开言，早被张飞揪住头发，扯出馆驿，直到县前马桩上缚住；攀下柳条，去督邮两腿上着力鞭打，一连打折柳条十数枝。玄德正纳闷间，听得县前喧闹，问左右，答曰：『张将军绑一人在县前痛打。』玄德忙去观之，见绑缚者乃督邮也。玄德惊问其故。飞曰：『此等害民贼，不打死等甚！』督邮告曰：『玄德公救我性命！』玄德终是仁慈的人，急喝张飞住手。傍边转过关公来，曰：『兄长建许多大功，仅得县尉，今反被督邮侮辱。吾思枳棘丛中，非栖鸾凤之所；不如杀督邮，弃官归乡，别图远大之计。』玄德乃取印绶，挂于督邮之颈，责之曰：『据汝害民，本当杀却；今姑饶汝命。吾缴还印绶，从此去矣。』督邮归告定州太守，太守申文省府，差人捕捉。玄德、关、张三人往代州投刘恢。恢见玄德乃汉室宗亲，留匿在家不题。

却说十常侍既握重权，互相商议：但有不从己者，诛之。赵忠、张让差人问破黄巾将士索金帛，不从者奏罢职。皇甫嵩、朱儁皆不肯与，赵忠等俱奏罢其官。帝又封赵忠等为车骑将军，张让等十三人皆封列侯。朝政愈坏，人民嗟怨。于是长沙贼区星作乱，渔阳张举、张纯反：举称天子，纯称大将军。表章雪片告急，

十常侍皆藏匿不奏。一日，帝在后园与十常侍饮宴，谏议大夫刘陶，径到帝前大恸。帝问其故。陶曰：『天下危在旦夕，陛下尚自与阉宦共饮耶！』帝曰：『国家承平，有何危急？』陶曰：『四方盗贼并起，侵掠州郡。其祸皆由十常侍卖官害民，欺君罔上。朝廷正人皆去，祸在目前矣！』十常侍皆免冠跪伏于帝前曰：『大臣不相容，臣等不能活矣！愿乞性命归田里，尽将家产以助军资。』言罢痛哭。帝怒谓陶曰：『汝家亦有近侍之人，何独不容朕耶？』呼武士推出斩之。刘陶大呼：『臣死不惜！可怜汉室天下，四百余年，到此一旦休矣！』武士拥陶出，方欲行刑，一大臣喝住曰：『勿得下手，待我谏去。』众视之，乃司徒陈耽，径入宫中来谏帝曰：『刘谏议得何罪而受诛？』帝曰：『毁谤近臣，冒渎朕躬。』耽曰：『天下人民，欲食十常侍之肉，陛下敬之如父母，身无寸功，皆封列侯；况封谞等结连黄巾，欲为内乱：陛下今不自省，社稷立见崩摧矣！』帝曰：『封谞作乱，其事不明。十常侍中，岂无一二忠臣？』陈耽以头撞阶而谏。帝怒，命牵出，与刘陶皆下狱。是夜，十常侍即于狱中谋杀之；假帝诏以孙坚为长沙太守，讨区星。不五十日，报捷，江夏平。诏封坚为乌程侯；封刘虞为幽州牧，领兵往渔阳征张举、张纯。代州刘恢以书荐玄德见虞。虞大喜，令玄德为都尉，引兵直抵贼巢，与贼大战数日，挫动锐气。张纯专一凶暴，士卒心变，帐下头目刺杀张纯，将头纳献，率众来降。张举见势败，亦自缢死。渔阳尽平。刘虞表奏刘备大功，朝廷赦免鞭督邮之罪，除下密丞，迁高堂尉。公孙瓒又表陈玄德前功，荐为别部司马，守平原县令。玄德在平原，颇有钱粮军马，重整旧日气象。刘虞平寇有功，封太尉。

第二回

张翼德怒鞭督邮　何国舅谋诛宦竖

中平六年夏四月，灵帝病笃，召大将军何进入宫，商议后事。那何进起身屠家；因妹入宫为贵人，生皇子辩，遂立为皇后，进由是得权重任。帝又宠幸王美人，生皇子协。何后嫉妒，鸩杀王美人。皇子协养于董太后宫中。董太后乃灵帝之母，解渎亭侯刘苌之妻也。初因桓帝无子，迎立解渎亭侯之子，是为灵帝。灵帝入继大统，遂迎养母氏于宫中，尊为太后。

董太后尝劝帝立皇子协为太子。帝亦偏爱协，欲立之。当时病笃，中常侍蹇硕奏曰：『若欲立协，必先诛何进，以绝后患。』帝然其说，因宣进入宫。进至宫门，司马潘隐谓进曰：『不可入宫。蹇硕欲谋杀公。』进大惊，急归私宅，召诸大臣，欲尽诛宦官。座上一人挺身出曰：『宦官之势，起自冲、质之时；朝廷滋蔓极广，安能尽诛？倘机不密，必有灭族之祸。请细详之。』进视之，乃典军校尉曹操也。进叱曰：『汝小辈安知朝廷大事！』正踌躇间，潘隐至，言：『帝已崩。今蹇硕与十常侍商议，秘不发丧，矫诏宣何国舅入宫，欲绝后患，册立皇子协为帝。』说未了，使命至，宣进速入，以定后事。操曰：『今日之计，先宜正君位，然后图贼。』进曰：『谁敢与吾正君讨贼？』一人挺身出曰：『愿借精兵五千，斩关入内，册立新君，尽诛阉竖，扫清朝廷，以安天下！』进视之，乃司徒袁逢之子，袁隗之侄：名绍，字本初，现为司隶校尉。何进大喜，遂点御林军五千。绍全身披挂。何进引何颙、荀攸、郑泰等大臣三十余员，相继而入，就灵帝柩前，扶立太子辩即皇帝位。

百官呼拜已毕，袁绍入宫收蹇硕。硕慌走入御园，花阴下为中常侍郭胜所杀。硕所领禁军，尽皆投顺。

绍谓何进曰：『中官结党，今日可乘势尽诛之。』张让等知事急，慌入告何后曰：『始初设谋陷害大将军者，止蹇硕一人，并不干臣等事。今大将军听袁绍之言，欲尽诛臣等，乞娘娘怜悯！』何太后曰：『汝等勿忧，我当保汝。』传旨宣何进入。太后密谓曰：『我与汝出身寒微，非张让等，焉能享此富贵？今蹇硕不仁，既已伏诛，汝何听信人言，欲尽诛宦官耶？』何进听罢，出谓众官曰：『蹇硕设谋害我，可族灭其家。其余不必妄加残害。』袁绍曰：『若不斩草除根，必为丧身之本。』进曰：『吾意已决，汝勿多言。』众官皆退。

次日，太后命何进参录尚书事，其余皆封官职。董太后宣张让等入宫商议曰：『何进之妹，始初我抬举他。今日他孩儿即皇帝位，内外臣僚，皆其心腹：威权太重，我将如何？』让奏曰：『娘娘可临朝，垂帘听政；封皇子协为王；加国舅董重大官，掌握军权；重用臣等：大事可图矣。』董太后大喜。次日设朝，董太后降旨，封皇子协为陈留王，董重为骠骑将军，张让等共预朝政。何太后见董太后专权，于宫中设一宴，请董太后赴席。酒至半酣，何太后起身捧杯再拜曰：『我等皆妇人也，参预朝政，非其所宜。昔吕后因握重权，宗族千口皆被戮。今我等宜深居九重；朝廷大事，任大臣元老自行商议，此国家之幸也。愿垂听焉。』董后大怒曰：『汝酖死王美人，设心嫉妒。今倚汝子为君，与汝兄何进之势，辄敢乱言！吾敕骠骑断汝兄首，如反掌耳！』何后亦怒曰：『吾以好言相劝，何反怒耶？』董后曰：『汝家屠沽小辈，有何见识！』两宫互相争竞，张让等各劝归宫。何后连夜召何进入宫，告以前事。何进出，召三公共议。来早设朝，使廷臣奏董太后原系藩妃，不宜久居宫中，合仍迁于河间安置，限日下即出国门。一面遣人起送董后；一面点禁军围骠骑将军董重府宅，追索印绶。董重知事急，自刎于后堂。家人举哀，军士方散。张让、段珪见董后一枝已废，遂皆以金珠玩好结搆何进弟何苗并其母舞阳君，令早晚入何太后处，善言遮蔽。因此十常侍又得近幸。

六月，何进暗使人鸩杀董后于河间驿庭，举柩回京，葬于文陵。进托病不出。司隶校尉袁绍入见进曰：『张让、段珪等流言于外，言公酖杀董后，欲谋大事。乘此时不诛阉宦，后必为大祸。昔窦武欲诛内竖，机谋不密，反受其殃。今公兄弟部曲将吏，皆英俊之士；若使尽力，事在掌握。此天赞之时，不可失也。』进曰：『且容商议。』左右密报张让，让等转告何苗，又多送贿赂。苗入奏何后云：『大将军辅佐新君，不行仁慈，专务杀伐。今无端又欲杀十常侍，此取乱之道也。』后纳其言。少顷，何进入白后，欲诛中涓。何后曰：『中官统领禁省，汉家故事。先帝新弃天下，尔欲诛杀旧臣，非重宗庙也。』进本是没决断之人，听太后言，唯唯而出。袁绍迎问曰：『大事若何？』进曰：『太后不允，如之奈何？』绍曰：『可召四方英雄之士，勒兵来京，尽诛阉竖。此时事急，不容太后不从。』进曰：『此计大妙！』便发檄至各镇，召赴京师。主簿陈琳曰：『不可！俗云：「掩目而捕燕雀」，是自欺也。微物尚不可欺以得志，况国家大事乎？今将军仗皇威，掌兵要，龙骧虎步，高下在心。若欲诛宦官，如鼓洪炉燎毛发耳。但当速发雷霆，行权立断，则天人顺之。却反外檄大臣，临犯京阙，英雄聚会，各怀一心。所谓倒持干戈，授人以柄，功必不成，反生乱矣。』何进笑曰：『此懦夫之见也！』旁边一人鼓掌大笑曰：『此事易如反掌，何必多议！』视之，乃曹操也。正是：

欲除君侧宵人乱，须听朝中智士谋。

不知曹操说出甚话来，且听下文分解。

第三回　议温明董卓叱丁原　馈金珠李肃说吕布

且说曹操当日对何进曰：『宦官之祸，古今皆有；但世主不当假之权宠，使至于此。若欲治罪，当除元恶，但付一狱吏足矣，何必纷纷召外兵乎？欲尽诛之，事必宣露。吾料其必败也。』何进怒曰：『孟德亦怀私意耶？』操退曰：『乱天下者，必进也。』进乃暗差使命，赍密诏星夜往各镇去。

却说前将军、鳌乡侯、西凉刺史董卓，先为破黄巾无功，朝议将治其罪，因贿赂十常侍幸免；后又结托朝贵，遂任显官，统西州大军二十万，常有不臣之心。是时得诏大喜，点起军马，陆续便行；使其婿中郎将牛辅守住陕西，自己却带李傕、郭汜(sì)、张济、樊稠等提兵望洛阳进发。卓婿谋士李儒曰：『今虽奉诏，中间多有暗昧。何不差人上表，名正言顺，大事可图。』卓大喜，遂上表。其略曰：

窃闻天下所以乱逆不止者，皆由黄门常侍张让等侮慢天常之故。臣闻扬汤止沸，不如去薪；溃痈虽痛，胜于养毒。臣敢鸣钟鼓入洛阳，请除让等。社稷幸甚！天下幸甚！

何进得表，出示大臣。侍御史郑泰谏曰：『董卓乃豺狼也，引入京城，必食人矣。』进曰：『汝多疑，不足谋大事。』卢植亦谏曰：『植素知董卓为人，面善心狠；一入禁庭，必生祸患。不如止之勿来，免致生乱。』进不听，郑泰、卢植皆弃官而去。朝廷大臣，去者大半。进使人迎董卓于渑池，卓按兵不动。

张让等知外兵到，共议曰：『此何进之谋也。我等不先下手，皆灭族矣。』乃先伏刀斧手五十人于长

乐宫嘉德门内，入告何太后曰：『今大将军矫诏召外兵至京师，欲灭臣等，望娘娘垂怜赐救。』太后曰：『汝等可诣大将军府谢罪。』让曰：『若到相府，骨肉齑粉矣。望娘娘宣大将军入宫谕止之。如其不从，臣等只就娘娘前请死。』太后乃降诏宣进。进得诏便行。主簿陈琳谏曰：『太后此诏，必是十常侍之谋，切不可去。去必有祸。』进曰：『太后诏我，有何祸事？』袁绍曰：『今谋已泄，事已露，将军尚欲入宫耶？』曹操曰：『先召十常侍出，然后可入。』进笑曰：『此小儿之见也。吾掌天下之权，十常侍敢待如何？』绍曰：『公必欲去，我等引甲士护从，以防不测。』于是袁绍、曹操各选精兵五百，命袁绍之弟袁术领之。袁术全身披挂，引兵布列青琐门外。绍与操带剑护送何进至长乐宫前。黄门传懿旨云：『太后特宣大将军，余人不许辄入。』将袁绍、曹操等都阻住宫门外。何进昂然直入。至嘉德殿门，张让、段珪迎出，左右围住，进大惊。让厉声责进曰：『董后何罪，妄以鸩死？国母丧葬，托疾不出！汝本屠沽小辈，我等荐之天子，以致荣贵；不思报效，欲相谋害！汝言我等甚浊，其清者是谁？』进慌急，欲寻出路，宫门尽闭，伏甲齐出，将何进砍为两段。后人有诗叹之曰：

汉室倾危天数终，无谋何进作三公。几番不听忠臣谏，难免宫中受剑锋。

让等既杀何进，袁绍久不见进出，乃于宫门外大叫曰：『请将军上车！』让等将何进首级从墙上掷出，宣谕曰：『何进谋反，已伏诛矣！其余胁从，尽皆赦宥。』袁绍厉声大叫：『阉官谋杀大臣！诛恶党者前来助战！』何进部将吴匡，便于青琐门外放起火来。袁术引兵突入宫庭，但见阉官，不论大小，尽皆杀之。

袁绍、曹操斩关入内。赵忠、程旷、夏恽、郭胜四个被赶至翠花楼前，剁为肉泥。宫中火焰冲天。张让、段珪、曹节、侯览将太后及太子并陈留王劫去内省，从后道走北宫。时卢植弃官未去，见宫中事变，擐甲持戈，立于阁下。遥见段珪拥逼何后过来，植大呼曰：『段珪逆贼，安敢劫太后！』段珪回身便走。太后从窗中跳出，植急救得免。吴匡杀入内庭，见何苗亦提剑出。匡大呼曰：『何苗同谋害兄，当共杀之！』众人俱曰：『愿斩谋兄之贼！』苗欲走，四面围定，砍为齑粉。绍复令军士分头来杀十常侍家属，不分大小，尽皆诛绝，多有无须者误被杀死。曹操一面救灭宫中之火，请何太后权摄大事，遣兵追袭张让等，寻觅少帝。

且说张让、段珪劫拥少帝及陈留王，冒烟突火，连夜奔走至北邙山。约二更时分，后面喊声大举，人马赶至；当前河南中部掾吏闵贡，大呼：『逆贼休走！』张让见事急，遂投河而死。帝与陈留王未知虚实，不敢高声，伏于河边乱草之内。军马四散去赶，不知帝之所在。帝与王伏至四更，露水又下，腹中饥馁，相抱而哭；又怕人知觉，吞声草莽之中。陈留王曰：『此间不可久恋，须别寻活路。』于是二人以衣相结，爬上岸边。满地荆棘，黑暗之中，不见行路。正无奈何，忽有流萤千百成群，光芒照耀，只在帝前飞转。陈留王曰：『此天助我兄弟也！』遂随萤火而行，渐渐见路。行至五更，足痛不能行，山冈边见一草堆，帝与王卧于草堆之畔。草堆前面是一所庄院。庄主是夜梦两红日坠于庄后，惊觉，披衣出户，四下观望，见庄后草堆上红光冲天，慌忙往视，却是二人卧于草畔。庄主问曰：『二少年谁家之子？』帝不敢应。陈留王指帝曰：『此是当今皇帝，遭十常侍之乱，逃难到此。吾乃皇弟陈留王也。』庄主大惊，再拜曰：『臣先朝司徒崔烈之弟崔毅也。因见十常侍卖官嫉贤，故隐于此。』遂扶帝入庄，跪进酒食。

却说闵贡赶上段珪，拿住问：『天子何在？』珪言：『已在半路相失，不知何往。』贡遂杀段珪，悬头于马项下，分兵四散寻觅；自己却独乘一马，随路追寻。偶至崔毅庄，毅见首级，问之，贡说详细。崔毅引贡见帝，君臣痛哭。贡曰：『国不可一日无君，请陛下还都。』崔毅庄上止有瘦马一匹，备与帝乘。贡与陈留王共乘一马。离庄而行，不到三里，司徒王允、太尉杨彪、左军校尉淳于琼、右军校尉赵萌、后军校尉鲍信、中军校尉袁绍，一行人众，数百人马，接着车驾，君臣皆哭。先使人将段珪首级往京师号令，另换好马与帝及陈留王骑坐，簇帝还京。先是洛阳小儿谣曰：『帝非帝，王非王，千乘万骑走北邙。』至此果应其谶。

车驾行不到数里，忽见旌旗蔽日，尘土遮天，一支人马到来。百官失色，帝亦大惊。袁绍骤马出问：『何人？』绣旗影里，一将飞出，厉声问：『天子何在？』帝战栗不能言。陈留王勒马向前，叱曰：『来者何人？』卓曰：『西凉刺史董卓也。』陈留王曰：『汝来保驾耶？汝来劫驾耶？』卓应曰：『特来保驾。』陈留王曰：『既来保驾，天子在此，何不下马？』卓大惊，慌忙下马，拜于道左。陈留王以言抚慰董卓，自初至终，并无失语。卓暗奇之，已怀废立之意。是日还宫，见何太后，俱各痛哭。检点宫中，不见了传国玉玺。董卓屯兵城外，每日带铁甲马军入城，横行街市，百姓惶惶不安。卓出入宫庭，略无忌惮。后军校尉鲍信，来见袁绍，言董卓必有异心，可速除之。绍曰：『朝廷新定，未可轻动。』鲍信见王允，亦言其事。允曰：

『且容商议。』信自引本部军兵，投泰山去了。

董卓招诱何进兄弟部下之兵，尽归掌握。私谓李儒曰：『吾欲废帝立陈留王，何如？』李儒曰：『今朝廷无主，不就此时行事，迟则有变矣。来日于温明园中，召集百官，谕以废立；有不从者斩之，则威权之行，正在今日。』卓喜，次日大排筵会，遍请公卿。公卿皆惧董卓，谁敢不到。卓待百官到了，然后徐徐到园门下马，带剑入席。酒行数巡，卓教停酒止乐，乃厉声曰：『吾有一言，众官静听。』众皆侧耳。卓曰：『天子为万民之主，无威仪不可以奉宗庙社稷。今上懦弱，不若陈留王聪明好学，可承大位。吾欲废帝，立陈留王，诸大臣以为何如？』诸官听罢，不敢出声。座上一人推案直出，立于筵前，大呼：『不可！不可！汝是何人，敢发大语？天子乃先帝嫡子，初无过失，何得妄议废立！汝欲为篡逆耶？』卓视之，乃荆州刺史丁原也。卓怒叱曰：『顺我者生，逆我者死！』遂掣佩剑欲斩丁原。时李儒见丁原背后一人，生得器宇轩昂，威风凛凛，手执方天画戟，怒目而视。李儒急进曰：『今日饮宴之处，不可谈国政；来日向都堂公论未迟。』众人皆劝丁原上马而去。卓问百官曰：『吾所言，合公道否？』卢植曰：『明公差矣。昔太甲不明，伊尹放之于桐宫；昌邑王登位方二十七日，造恶三千余条，故霍光告太庙而废之。今上虽幼，聪明仁智，并无分毫过失。公乃外郡刺史，素未参与国政，又无伊、霍之大才，何可强主废立之事？圣人云：「有伊尹之志则可，无伊尹之志则篡也。」』卓大怒，拔剑向前欲杀植。侍中蔡邕、议郎彭伯谏曰：『卢尚书海内人望，今先害之，恐天下震怖。』卓乃止。司徒王允曰：『废立之事，不可酒后相商，另日再言。』于是百官皆散。

卓按剑立于园门，忽见一人跃马持戟，于园门外往来驰骤。卓问李儒：『此何人也？』儒曰：『此丁原义儿，姓吕，名布，字奉先者也。主公且须避之。』卓乃入园潜避。次日，人报丁原引军城外搦战。卓怒，引军同李儒出迎。两阵对圆，只见吕布顶束发金冠，披百花战袍，擐唐猊铠甲，系狮蛮宝带，纵马挺戟，随丁建阳出到阵前。建阳指卓骂曰：『国家不幸，阉官弄权，以致万民涂炭。尔无尺寸之功，焉敢妄言废立，欲乱朝廷！』董卓未及回言，吕布飞马直杀过来。董卓慌走，建阳率军掩杀。卓兵大败，退三十余里下寨，聚众商议。卓曰：『吾观吕布非常人也。吾若得此人，何虑天下哉！』帐前一人出曰：『主公勿忧。某与吕布同乡，知其勇而无谋，见利忘义。某凭三寸不烂之舌，说吕布拱手来降，可乎？』卓大喜，观其人，乃虎贲中郎将李肃也。卓曰：『汝将何以说之？』肃曰：『某闻主公有名马一匹，号曰「赤兔」，日行千里。须得此马，再用金珠，以利结其心。某更进说词，吕布必反丁原，来投主公矣。』卓问李儒曰：『此言可乎？』儒曰：『主公欲取天下，何惜一马！』卓欣然与之，更与黄金一千两、明珠数十颗、玉带一条。

李肃赍了礼物，投吕布寨来。伏路军人围住。肃曰：『可速报吕将军，有故人来见。』军人报知，布命入见。肃见布曰：『贤弟别来无恙！』布揖曰：『久不相见，今居何处？』肃曰：『现任虎贲中郎将之职。闻贤弟匡扶社稷，不胜之喜。有良马一匹，日行千里，渡水登山，如履平地，名曰「赤兔」，特献与贤弟，以助虎威。』布便令牵过来看。果然那马浑身上下，火炭般赤，无半根杂毛；从头至尾，长一丈；从蹄至项，高八尺，嘶喊咆哮，有腾空入海之状。后人有诗单道赤兔马曰：

奔腾千里荡尘埃，渡水登山紫雾开。掣断丝缰摇玉辔，火龙飞下九天来。

布见了此马，大喜，谢肃曰：『兄赐此龙驹，将何以为报？』肃曰：『某为义气而来，岂望报乎！』

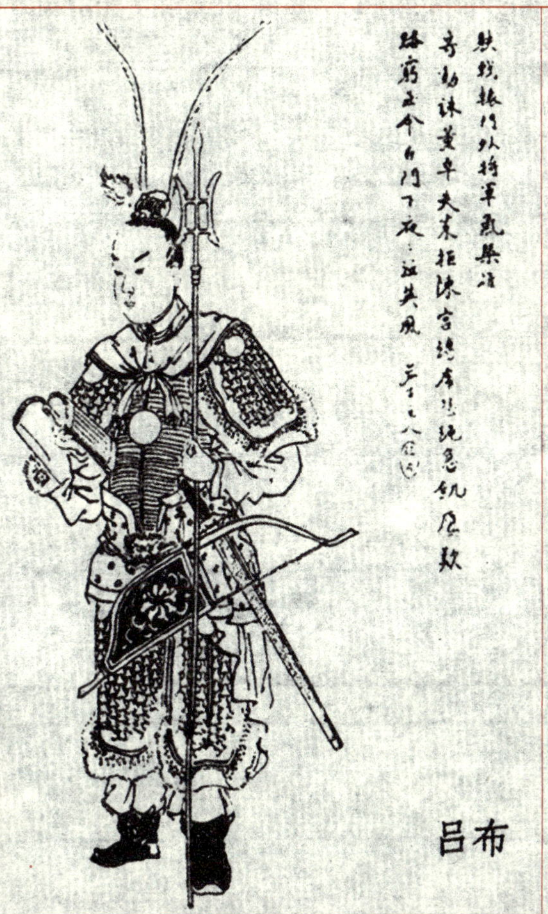
吕布

布置酒相待。酒酣，肃曰：『肃与贤弟少得相见；令尊却常会来。』布曰：『兄醉矣！先父弃世多年，安得与兄相会？』肃大笑曰：『非也！某说今日丁刺史耳。』布惶恐曰：『某在丁建阳处，亦出于无奈。』肃曰：『贤弟有擎天驾海之才，四海孰不钦敬？功名富贵，如探囊取物，何言无奈而在人之下乎？』布曰：『恨不逢其主耳。』肃笑曰：『「良禽择木而栖，贤臣择主而事。」见机不早，悔之晚矣。』布曰：『兄在朝廷，观何人为世之英雄？』肃曰：『某遍观群臣，皆不如董卓。董卓为人敬贤礼士，赏罚分明，终成大业。』布曰：『某欲从之，恨无门路。』肃取金珠、玉带列于布前。布惊曰：『何为有此？』肃令叱退左右，告布曰：『此是董公久慕大名，特令某将此奉献。赤兔马亦董公所赠也。』布曰：『董公如此见爱，某将何以报之？』肃曰：『如某之不才，尚为虎贲中郎将；公若到彼，贵不可言。』布曰：『恨无涓埃之功，以为进见之礼。』肃曰：『功在翻手之间，公不肯为耳。』布沈吟良久曰：『吾欲杀丁原，引军归董卓，何如？』肃曰：『贤弟若能如此，真莫大之功也！但事不宜迟，在于速决。』布与肃约于明日来降，肃别去。

是夜二更时分，布提刀径入丁原帐中。原正秉烛观书，见布至，曰：『吾儿来有何事故？』布曰：『吾堂堂丈夫，安肯为汝子乎！』原曰：『奉先何故心变？』布向前，一刀砍下丁原首级，大呼左右：『丁原不仁，吾已杀之。肯从吾者在此，不从者自去！』军士散其大半。次日，布持丁原首级，往见李肃。肃遂引布见卓。卓大喜，置酒相待。卓先下拜曰：『卓今得将军，如旱苗之得甘雨也。』布纳卓坐而拜之曰：『公若不弃，

布请拜为义父。』卓以金甲锦袍赐布，畅饮而散。卓自是威势越大，自领前将军事，封弟董旻为左将军、鄠侯，封吕布为骑都尉、中郎将、都亭侯。

李儒劝卓早定废立之计。卓乃于省中设宴，会集公卿，令吕布将甲士千余，侍卫左右。是日，太傅袁隗与百官皆到。酒行数巡，卓按剑曰：『今上暗弱，不可以奉宗庙；吾将依伊尹、霍光故事，废帝为弘农王，立陈留王为帝。有不从者斩！』群臣惶怖莫敢对。中军校尉袁绍挺身出曰：『今上即位未几，并无失德；汝欲废嫡立庶，非反而何？』卓怒曰：『天下事在我！我今为之，谁敢不从！汝视我之剑不利否？』袁绍亦拔剑曰：『汝剑利，吾剑未尝不利！』两个在筵上对敌。正是：丁原仗义身先丧，袁绍争锋势又危。

毕竟袁绍性命如何，且听下文分解。

第四回 废汉帝陈留践位 谋董贼孟德献刀

且说董卓欲杀袁绍，李儒止之曰：『事未可定，不可妄杀。』袁绍手提宝剑，辞别百官而出，悬节东门，奔冀州去了。卓谓太傅袁隗曰：『汝侄无礼，吾看汝面，姑恕之。废立之事若何？』隗曰：『太尉所见是也。』卓曰：『敢有阻大议者，以军法从事！』群臣震恐，皆云：『一听尊命。』宴罢，卓问侍中周毖、校尉伍琼曰：『袁绍此去若何？』周毖曰：『袁绍忿忿而去，若购之急，势必为变。且袁氏树恩四世，门生故吏遍于天下；倘收豪杰以聚徒众，英雄因之而起，山东非公有也。不如赦之，拜为一郡守，则绍喜于免罪，必无患矣。』伍琼曰：『袁绍好谋无断，不足为虑；诚不若加之一郡守，以收民心。』卓从之，即日差人拜绍为渤海太守。

九月朔，请帝升嘉德殿，大会文武。卓拔剑在手，对众曰：『天子暗弱，不足以君天下。今有策文一道，宜为宣读。』乃命李儒读策曰：

孝灵皇帝，早弃臣民；皇帝承嗣，海内侧望。而帝天资轻佻，威仪不恪，居丧慢惰：否德既彰，有忝大位。皇太后教无母仪，统政荒乱。永乐太后暴崩，众论惑焉。三纲之道，天地之纪，毋乃有阙？陈留王协，圣德伟懋，规矩肃然；居丧哀戚，言不以邪；休声美誉，天下所闻：宜承洪业，为万世统。兹废皇帝为弘农王，皇太后还政。请奉陈留王为皇帝，应天顺人，以慰生灵之望。

李儒读策毕，卓叱左右扶帝下殿，解其玺绶，北面长跪，称臣听命。又呼太后去服候敕。帝后皆号哭，群

臣无不悲惨。阶下一大臣，愤怒高叫曰：『贼臣董卓，敢为欺天之谋，吾当以颈血溅之！』挥手中象简，直击董卓。卓大怒，喝武士拿下：乃尚书丁管也。卓命牵出斩之。管骂不绝口，至死神色不变。后人有诗叹之曰：

董贼潜怀废立图，汉家宗社委丘墟。满朝臣宰皆囊括，惟有丁公是丈夫。

卓请陈留王登殿。群臣朝贺毕，卓命扶何太后并弘农王及帝妃唐氏于永安宫闲住，封锁宫门，禁群臣无得擅入。可怜少帝四月登基，至九月即被废。卓所立陈留王协，表字伯和，灵帝中子，即献帝也；时年九岁。改元初平。董卓为相国，赞拜不名，入朝不趋，剑履上殿，威福莫比。李儒劝卓擢用名流，以收人望，因荐蔡邕之才。卓命征之，邕不赴。卓怒，使人谓邕曰：『如不来，当灭汝族。』邕惧，只得应命而至。卓见邕大喜，一月三迁其官，拜为侍中，甚见亲厚。

却说少帝与何太后、唐妃困于永安宫中，衣服饮食，渐渐少缺；少帝泪不曾干。一日，偶见双燕飞于庭中，遂吟诗一首。诗曰：

嫩草绿凝烟，袅袅双飞燕。洛水一条青，陌上人称羡。远望碧云深，是吾旧宫殿。何人仗忠义，泄我心中怨！

董卓时常使人探听。是日获得此诗，来呈董卓。

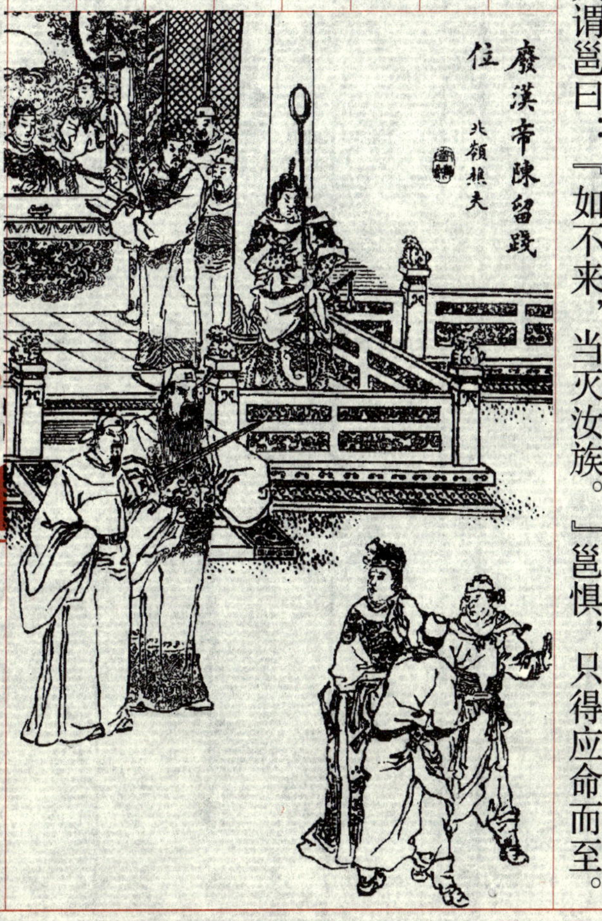

卓曰：『怨望作诗，杀之有名矣。』遂命李儒带武士十人，入宫弑帝。帝与后、妃正在楼上，宫女报李儒至，帝大惊。儒以鸩酒奉帝，帝问何故。儒曰：『春日融和，董相国特上寿酒。』太后曰：『既云寿酒，汝可先饮。』儒怒曰：『汝不饮耶？』呼左右持短刀白练于前曰：『寿酒不饮，可领此二物！』唐妃跪告曰：『妾身代帝饮酒，愿公存母子性命。』儒叱曰：『汝何人，可代王死？』乃举酒与何太后曰：『汝可先饮！』后大骂何进无谋，引贼入京，致有今日之祸。儒催逼帝，帝曰：『容我与太后作别。』乃大恸而作歌。其歌曰：

天地易兮日月翻，弃万乘兮退守藩。为臣逼兮命不久，大势去兮空泪潸！

唐妃亦作歌曰：

皇天将崩兮后土颓，身为帝姬兮命不随。生死异路兮从此毕，奈何茕速兮心中悲！

歌罢，相抱而哭。李儒叱曰：『相国立等回报，汝等俄延，望谁救耶？』太后大骂：『董贼逼我母子，皇天不佑！汝等助恶，必当灭族！』儒大怒，双手扯住太后，直撺下楼，叱武士绞死唐妃；以鸩酒灌杀少帝，还报董卓。卓命葬于城外。自此每夜入宫，奸淫宫女，夜宿龙床。尝引军出城，行到阳城地方，时当二月，村民社赛，男女皆集。卓命军士围住，尽皆杀之，掠妇女财物，装载车上，悬头千余颗于车下，连轸还都，扬言杀贼大胜而回；于城门外焚烧人头，以妇女财物分散众军。

越骑校尉伍孚，字德瑜，见卓残暴，愤恨不平，尝于朝服内披小铠，藏短刀，欲伺便杀卓。一日，卓

入朝，孚迎至阁下，拔刀直刺卓。卓气力大，两手抠住；吕布便入，揪倒伍孚。卓问曰：『谁教汝反？』孚瞪目大喝曰：『汝非吾君，吾非汝臣，何反之有？汝罪恶盈天，人人愿得而诛之！吾恨不车裂汝以谢天下！』卓大怒，命牵出剖剐之。孚至死骂不绝口。后人有诗赞之曰：

汉末忠臣说伍孚，冲天豪气世间无。朝堂杀贼名犹在，万古堪称大丈夫！

董卓自此出入常带甲士护卫。

时袁绍在渤海，闻知董卓弄权，乃差人赍密书来见王允。书略曰：

卓贼欺天废主，人不忍言；而公恣其跋扈，如不听闻，岂报国效忠之臣哉？绍今集兵练卒，欲扫清王室，未敢轻动。公若有心，当乘间图之。如有驱使，即当奉命。

王允得书，寻思无计。一日，于侍班阁子内见旧臣俱在，允曰：『今日老夫贱降，晚间敢屈众位到舍小酌。』众官皆曰：『必来祝寿。』当晚王允设宴后堂，公卿皆至。酒行数巡，王允忽然掩面大哭。众官惊问曰：『司徒贵诞，何故发悲？』允曰：『今日并非贱降，因欲与众位一叙，恐董卓见疑，故托言耳。董卓欺主弄权，社稷旦夕难保。想高皇诛秦灭楚，奄有天下；谁想传至今日，乃丧于董卓之手：此吾所以哭也。』于是众官皆哭。坐中一人抚掌大笑曰：『满朝公卿，夜哭到明，明哭到夜，还能哭死董卓否？』允视之，乃骁骑校尉曹操也。允怒曰：『汝祖宗亦食禄汉朝，今不思报国而反笑耶？』操曰：『吾非笑别事，笑众位无一计杀董卓耳。操虽不才，愿即断董卓头，悬之都门，以谢天下。』允避席问曰：『孟德有何高

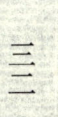

见？』操曰：『近日操屈身以事卓者，实欲乘间图之耳。今卓颇信操，操因得时近卓。闻司徒有七宝刀一口，愿借与操入相府刺杀之，虽死不恨！』允曰：『孟德果有是心，天下幸甚！』遂亲自酌酒奉操。操沥酒设誓，允随取宝刀与之。操藏刀，饮酒毕，即起身辞别众官而去。众官又坐了一回，亦俱散讫。

次日，曹操佩着宝刀来至相府，问：『丞相何在？』从人云：『在小阁中。』操径入。见董卓坐于床上，吕布侍立于侧。卓曰：『孟德来何迟？』操曰：『马羸行迟耳。』卓顾谓布曰：『吾有西凉进来好马，奉先可亲去拣一骑赐与孟德。』布领令而出。操暗忖曰：『此贼合死！』即欲拔刀刺之，惧卓力大，未敢轻动。卓胖大不耐久坐，遂倒身而卧，转面向内。操又思曰：『此贼当休矣！』急掣宝刀在手，恰待要刺，不想董卓仰面看衣镜中，照见曹操在背后拔刀，急回身问曰：『孟德何为？』时吕布已牵马至阁外。操惶遽（jù），乃持刀跪下曰：『操有宝刀一口，献上恩相。』卓接视之，见其刀长尺余，七宝嵌饰，极其锋利，果宝刀也；遂递与吕布收了。操解鞘付布。卓引操出阁看马，操谢曰：『愿借试一骑。』卓就教与鞍辔。操牵马出相府，加鞭望东南而去。布对卓曰：『适来曹操似有行刺之状，及被喝破，故推献刀。』卓曰：『吾亦疑之。』正说话间，适李儒至，卓以其事告之。儒曰：『操无妻小在京，只独居寓所。今差人往召，如彼无疑而便来，则是献刀；如推托不来，则必是行刺，便可擒而问也。』卓然其说，即差狱卒四人往唤操。去了良久，回报曰：『操不曾回寓，乘马飞出东门。门吏问之，操曰「丞相差我有紧急公事」，纵马而去矣。』儒曰：『操贼心虚逃窜，行刺无疑矣。』卓大怒曰：『我如此重用，反欲害我！』儒曰：『此必有同谋者，

待拿住曹操便可知矣。」卓遂令遍行文书，画影图形，捉拿曹操。擒献者，赏千金，封万户侯；窝藏者同罪。

且说曹操逃出城外，飞奔谯郡。路经中牟县，为守关军士所获，擒见县令。操言：「我是客商，覆姓皇甫。」县令熟视曹操，沉吟半晌，乃曰：「吾前在洛阳求官时，曾认得汝是曹操，如何隐讳！且把来监下，明日解去京师请赏。」把关军士赐以酒食而去。至夜分，县令唤亲随人暗地取出曹操，直至后院中审究；问曰：「我闻丞相待汝不薄，何故自取其祸？」操曰：「『燕雀安知鸿鹄志哉！』汝既拿住我，便当解去请赏。何必多问！」县令屏退左右，谓操曰：「汝休小觑我。我非俗吏，奈未遇其主耳。」操曰：「吾祖宗世食汉禄，若不思报国，与禽兽何异？吾屈身事卓者，欲乘间图之，为国除害耳。今事不成，乃天意也！」县令曰：「孟德此行，将欲何往？」操曰：「吾将归乡里，发矫诏，召天下诸侯兴兵共诛董卓。吾之愿也。」县令闻言，乃亲释其缚，扶之上坐，再拜曰：「公真天下忠义之士也！」曹操亦拜，问县令姓名。县令曰：「吾姓陈，名宫，字公台。老母妻子，皆在东郡。今感公忠义，愿弃一官，从公而逃。」操甚喜。是夜陈宫收拾盘费，与曹操更衣易服，各背剑一口，乘马投故乡来。

行了三日，至成皋地方，天色向晚。操以鞭指林深处谓宫曰：「此间有一人姓吕，名伯奢，是吾父结义弟兄；就往问家中消息，觅一宿，如何？」宫曰：「最好。」二人至庄前下马，入见伯奢。奢曰：「我闻朝廷遍行文书，捉汝甚急，汝父已避陈留去了。汝如何得至此？」操告以前事，曰：「若非陈县令，已粉骨碎身矣。」伯奢拜陈宫曰：「小侄若非使君，曹氏灭门矣。使君宽怀安坐，今晚便可下榻草舍。」说罢，即起身入内。良久乃出，谓陈宫曰：「老夫家无好酒，容往西村沽一樽来相待。」言讫，匆匆上驴而去。

操与宫坐久，忽闻庄后有磨刀之声。操曰：「吕伯奢非吾至亲，此去可疑，当窃听之。」二人潜步入草堂后，但闻人语曰：「缚而杀之，何如？」操曰：「是矣！今若不先下手，必遭擒获。」遂与宫拔剑直入，不问男女，皆杀之，一连杀死八口。搜至厨下，却见缚一猪欲杀。宫曰：「孟德心多，误杀好人矣！」急出庄上马而行。行不到二里，只见伯奢驴鞍前鞒悬酒二瓶，手携果菜而来，叫曰：「贤侄与使君何故便去？」操曰：「被罪之人，不敢久住。」伯奢曰：「吾已分付家人宰一猪相款，贤侄、使君何憎一宿？速请转骑。」操不顾，策马便行。行不数步，忽拔剑复回，叫伯奢曰：「此来者何人？」伯奢回头看时，操挥剑砍伯奢于驴下。宫大惊曰：「适才误耳，今何为也？」操曰：「伯奢到家，见杀死多人，安肯干休？若率众来追，必遭其祸矣。」宫曰：「知而故杀，大不义也！」操曰：「宁教我负天下人，休教天下人负我。」陈宫默然。

当夜，行数里，月明中敲开客店门投宿。喂饱了马，曹操先睡。陈宫寻思：「我将谓曹操是好人，弃官跟他；原来是个狼心之徒！今日留之，必为后患。」便欲拔剑来杀曹操。正是：设心狠毒非良士，操卓原来一路人。毕竟曹操性命如何，且听下文分解。

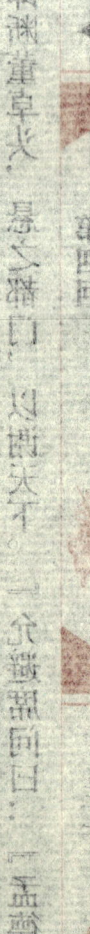

第五回　发矫诏诸镇应曹公　破关兵三英战吕布

却说陈宫临欲下手杀曹操，忽转念曰：『我为国家跟他到此，杀之不义。不若弃而他往。』插剑上马，不等天明，自投东郡去了。操觉，不见陈宫，寻思：『此人见我说了这两句，疑我不仁，弃我而去；吾当急行，不可久留。』遂连夜到陈留，寻见父亲，备说前事；欲散家资，招募义兵。父言：『资少恐不成事。此间有孝廉卫弘，疏财仗义，其家巨富；若得相助，事可图矣。』

操置酒张筵，拜请卫弘到家，告曰：『今汉室无主，董卓专权，欺君害民，天下切齿。操欲力扶社稷，恨力不足。公乃忠义之士，敢求相助！』卫弘曰：『吾有是心久矣，恨未遇英雄耳。既孟德有大志，愿将家资相助。』操大喜。于是先发矫诏，驰报各道，然后招集义兵，竖起招兵白旗一面，上书『忠义』二字。不数日间，应募之士，如雨骈集。一日，有一个阳平卫国人，姓乐，名进，字文谦，来投曹操。又有一个山阳巨鹿人，姓李，名典，字曼成，也来投曹操。操皆留为帐前吏。又有沛国谯人夏侯惇，字元让，乃夏侯婴之后。自小习枪棒，年十四从师学武，有人辱骂其师，惇杀之，逃于外方。闻知曹操起兵，与其族弟夏侯渊两个，各引壮士千人来会。此二人本操之弟兄：操父曹嵩原是夏侯氏之子，过房与曹家，因此是同族。不数日，曹氏兄弟曹仁、曹洪各引兵千余来助。曹仁字子孝，曹洪字子廉：二人弓马熟娴，武艺精通。操大喜，于村中调练军马。卫弘尽出家财，置办衣甲旗幡。四方送粮食者，不计其数。

时袁绍得操矫诏，乃聚麾下文武，引兵三万，离渤海来与曹操会盟。操作檄文以达诸郡。檄文曰：

操等谨以大义布告天下：董卓欺天罔地，灭国弑君；秽乱宫禁，残害生灵；狼戾不仁，罪恶充积！今奉天子密诏，大集义兵，誓欲扫清华夏，剿戮群凶。望兴义师，共泄公愤；扶持王室，拯救黎民。檄文到日，可速奉行！

操发檄文去后，各镇诸侯皆起兵相应：第一镇，后将军南阳太守袁术。第二镇，冀州刺史韩馥。第三镇，豫州刺史孔伷(zhóu)。第四镇，兖州刺史刘岱。第五镇，河内郡太守王匡。第六镇，陈留太守张邈。第七镇，东郡太守乔瑁。第八镇，山阳太守袁遗。第九镇，济北相鲍信。第十镇，北海太守孔融。第十一镇，广陵太守张超。第十二镇，徐州刺史陶谦。第十三镇，西凉太守马腾。第十四镇，北平太守公孙瓒。第十五镇，上党太守张杨。第十六镇，乌程侯长沙太守孙坚。第十七镇，祁乡侯渤海太守袁绍。诸路军马，多少不等，有三万者，有一二万者，各领文官武将，投洛阳来。

且说北平太守公孙瓒，统领精兵一万五千，路经德州平原县。正行之间，遥见桑树丛中，一面黄旗，数骑来迎。瓒视之，乃刘玄德也。瓒问曰：『贤弟何故在此？』玄德曰：『旧日蒙兄保备为平原县令，今闻大军过此，特来奉候，就请兄长入城歇马。』瓒指关、张而问曰：『此何人也？』玄德曰：『此关羽、张飞，备结义兄弟也。』瓒曰：『乃同破黄巾者乎？』玄德曰：『皆此二人之力。』瓒曰：『今居何职？』玄德答曰：『关羽为马弓手，张飞为步弓手。』瓒叹曰：『如此可谓埋没英雄！今董卓作乱，天下诸侯共

往诛之。贤弟可弃此卑官，一同讨贼，力扶汉室，若何？」玄德曰：「愿往。」张飞曰：「当时若容我杀了此贼，免有今日之事。」云长曰：「事已至此，即当收拾前去。」

玄德、关、张引数骑跟公孙瓒来，曹操接着。众诸侯亦陆续皆至，各自安营下寨，连接二百余里。操乃宰牛杀马，大会诸侯，商议进兵之策。太守王匡曰：「今奉大义，必立盟主；众听约束，然后进兵。」操曰：「袁本初四世三公，门多故吏，汉朝名相之裔，可为盟主。」绍再三推辞。众皆曰：「非本初不可。」绍方应允。次日筑台三层，遍列五方旗帜，上建白旄黄钺，兵符将印，请绍登坛。绍整衣佩剑，慨然而上，焚香再拜。其盟曰：

汉室不幸，皇纲失统。贼臣董卓，乘衅纵害，祸加至尊，虐流百姓。绍等惧社稷沦丧，纠合义兵，并赴国难。凡我同盟，齐心戮力，以致臣节，必无二志。有渝此盟，俾坠其命，无克遗育。皇天后土，祖宗明灵，实皆鉴之！

读毕，歃血。众因其辞气慷慨，皆涕泗横流。歃血已罢，下坛。众扶绍升帐而坐，两行依爵位年齿分列坐定。操行酒数巡，言曰：「今日既立盟主，

各听调遣，同扶国家，勿以强弱计较。」袁绍曰：「绍虽不才，既承公等推为盟主，有功必赏，有罪必罚。国有常刑，军有纪律，各宜遵守，勿得违犯。」众皆曰：「惟命是听。」绍曰：「吾弟袁术总督粮草，应付诸营，无使有缺。更须一人为先锋，直抵汜水关挑战。余各据险要，以为接应。」长沙太守孙坚出曰：「坚愿为前部。」绍曰：「文台勇烈，可当此任。」坚遂引本部人马杀奔汜水关来。守关将士，差流星马往洛阳丞相府告急。董卓自专大权之后，每日饮宴。李儒接得告急文书，径来禀卓。卓大惊，急聚众将商议。温侯吕布挺身出曰：「父亲勿虑。关外诸侯，布视之如草芥；愿提虎狼之师，尽斩其首，悬于都门。」卓大喜曰：「吾有奉先，高枕无忧矣！」言未绝，吕布背后一人高声出曰：「『割鸡焉用牛刀？』不劳温侯亲往。吾斩众诸侯首级，如探囊取物耳！」卓视之，其人身长九尺，虎体狼腰，豹头猿臂；关西人也，姓华，名雄。卓闻言大喜，加为骁骑校尉，拨马步军五万，同李肃、胡轸、赵岑星夜赴关迎敌。

众诸侯内有济北相鲍信，寻思孙坚既为前部，怕他夺了头功，暗拨其弟鲍忠，先将马步军三千，径抄小路，直到关下搦战。华雄引铁骑五百，飞下关来，大喝：「贼将休走！」鲍忠急待退，被华雄手起刀落，斩于马下，生擒将校极多。华雄遣人赍鲍忠首级来相府报捷，卓加雄为都督。

却说孙坚引四将直至关前。那四将？第一个，右北平土垠人，姓程，名普，字德谋，使一条铁脊蛇矛；第二个，姓黄，名盖，字公覆，零陵人也，使铁鞭；第三个，姓韩，名当，字义公，辽西令支人也，使一口大刀；第四个，姓祖，名茂，字大荣，吴郡富春人也，使双刀。孙坚披烂银铠，裹赤帻(zé)，横古锭刀，

骑花鬃马，指关上而骂曰：『助恶匹夫，何不早降！』华雄副将胡轸引兵五千出关迎战。程普飞马挺矛，直取胡轸。斗不数合，程普刺中胡轸咽喉，死于马下。坚挥军直杀至关前，关上矢石如雨。孙坚引兵回至梁东屯住，使人于袁绍处报捷，就于袁术处催粮。或说术曰：『孙坚乃江东猛虎，若打破洛阳，杀了董卓，正是除狼而得虎也。今不与粮，彼军必散。』术听之，不发粮草。孙坚军缺食，军中自乱，细作报上关来。李肃为华雄谋曰：『今夜我引一军从小路下关，袭孙坚寨后，将军击其前寨，坚可擒矣。』雄从之，传令军士饱餐，乘夜下关。是夜月白风清。到坚寨时，已是半夜，鼓噪直进。坚慌忙披挂上马，正遇华雄。两马相交，斗不数合，后面李肃军到，竟天价放起火来。坚军乱窜。众将各自混战，止有祖茂跟定孙坚，突围而走。背后华雄追来。坚取箭，连放两箭，皆被华雄躲过。再放第三箭时，因用力太猛，拽折了鹊画弓，只得弃弓纵马而奔。祖茂曰：『主公头上赤帻射目，为贼所识认。可脱帻与某戴之。』坚就脱帻换茂盔，分两路而走。雄军只望赤帻者追赶，坚乃从小路得脱。祖茂被华雄追急，将赤帻挂于人家烧不尽的庭柱上，却入树林潜躲。华雄军于月下遥见赤帻，四面围定，不敢近前。用箭射之，方知是计，遂向前取了赤帻。祖茂于林后杀出，挥双刀欲劈华雄；雄大喝一声，将祖茂一刀砍于马下。杀至天明，雄方引兵上关。

程普、黄盖、韩当都来寻见孙坚，再收拾军马屯扎。坚为折了祖茂，伤感不已，星夜遣人报知袁绍。绍大惊曰：『不想孙文台败于华雄之手！』便聚众诸侯商议。众人都到，只有公孙瓒后至，绍请入帐列坐。绍曰：『前日鲍将军之弟不遵调遣，擅自进兵，杀身丧命，折了许多军士；今者孙文台又败于华雄：挫动

锐气，为之奈何？』诸侯并皆不语。绍举目遍视，见公孙瓒背后立着三人，容貌异常，都在那里冷笑。绍问曰：『公孙太守背后何人？』瓒呼玄德出曰：『此吾自幼同舍兄弟，平原令刘备是也。』曹操曰：『莫非破黄巾刘玄德乎？』瓒曰：『然。』即令刘玄德拜见。瓒将玄德功劳，并其出身，细说一遍。绍曰：『既是汉室宗派，取坐来。』命坐。备逊谢。绍曰：『吾非敬汝名爵，吾敬汝是帝室之胄耳。』玄德乃坐于末位，关、张叉手侍立于后。

忽探子来报：『华雄引铁骑下关，用长竿挑着孙太守赤帻，来寨前大骂搦战。』绍曰：『谁敢去战？』袁术背后转出骁将俞涉曰：『小将愿往。』绍喜，便著俞涉出马。即时报来：『俞涉与华雄战不三合，被华雄斩了。』众大惊。太守韩馥曰：『吾有上将潘凤，可斩华雄。』绍急令出战。潘凤手提大斧上马。去不多时，飞马来报：『潘凤又被华雄斩了。』众皆失色。绍曰：『可惜吾上将颜良、文丑未至！得一人在此，何惧华雄！』言未毕，阶下一人大呼出曰：『小将愿往斩华雄头，献于帐下！』众视之，见其人身长九尺，髯长二尺，丹凤眼，卧蚕眉，面如重枣，声如巨钟，立于帐前。绍问何人。公孙瓒曰：『此刘玄德之弟关羽也。』绍问现居何职。瓒曰：『跟随刘玄德充马弓手。』帐上袁术大喝曰：『汝欺吾众诸侯无大将耶？量一弓手，安敢乱言！与我打出！』曹操急止之曰：『公路息怒。此人既出大言，必有勇略；试教出马，如其不胜，责之未迟。』袁绍曰：『使一弓手出战，必被华雄所笑。』操曰：『此人仪表不俗，华雄安知他是弓手？』关公曰：『如不胜，请斩某头。』操教酾(shi)热酒一杯，与关公饮了上马。关公曰：『酒且斟下，

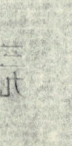

某去便来。』出帐提刀，飞身上马。众诸侯听得关外鼓声大振，喊声大举，如天摧地塌，岳撼山崩，众皆失惊。正欲探听，鸾铃响处，马到中军，云长提华雄之头，掷于地上。——其酒尚温。后人有诗赞之曰：

威镇乾坤第一功，辕门画鼓响冬冬。云长停盏施英勇，酒尚温时斩华雄。

曹操大喜。只见玄德背后转出张飞，高声大叫：『俺哥哥斩了华雄，不就这里杀入关去，活拿董卓，更待何时！』袁术大怒，喝曰：『俺大臣尚自谦让，量一县令手下小卒，安敢在此耀武扬威！都与赶出帐去！』曹操曰：『得功者赏，何计贵贱乎？』袁术曰：『既然公等只重一县令，我当告退。』操曰：『岂可因一言而误大事耶？』命公孙瓒且带玄德、关、张回寨。众官皆散。曹操暗使人赍牛酒抚慰三人。

却说华雄手下败军，报上关来。李肃慌忙写告急文书，申闻董卓。卓急聚李儒、吕布等商议。儒曰：『今失了上将华雄，贼势浩大。袁绍为盟主，绍叔袁隗，现为太傅；倘或里应外合，深为不便，可先除之。请丞相亲领大军，分拨剿捕。』卓然其说，唤李傕、郭汜领兵五百，围住太傅袁隗家，不分老幼，尽皆诛绝，先将袁隗首级去关前号令。卓遂起兵二十万，分为两路而来：一路先令李傕、郭汜引兵五万，把住汜水关，不要厮杀；卓自将十五万，同李儒、吕布、樊稠、张济等守虎牢关。这关离洛阳五十里。军马到关，卓令吕布领三万军，去关前扎住大寨。卓自在关上屯住。

流星马探听得，报入袁绍大寨里来。绍聚众商议。操曰：『董卓屯兵虎牢，截俺诸侯中路，今可勒兵一半迎敌。』绍乃分王匡、乔瑁、鲍信、袁遗、孔融、张杨、陶谦、公孙瓒八路诸侯，往虎牢关迎敌。操

引军往来救应。八路诸侯，各自起兵。河内太守王匡，引兵先到。吕布带铁骑三千，飞奔来迎。王匡将军马列成阵势，勒马门旗下看时，见吕布出阵：头戴三叉束发紫金冠，体挂西川红锦百花袍，身披兽面吞头连环铠，腰系勒甲玲珑狮蛮带；弓箭随身，手持画戟，坐下嘶风赤兔马：果然是『人中吕布，马中赤兔』！王匡回头问曰：『谁敢出战？』后面一将，纵马挺枪而出。匡视之，乃河内名将方悦。两马相交，无五合，被吕布一戟刺于马下，挺戟直冲过来。匡军大败，四散奔走。布东西冲杀，如入无人之境。幸得乔瑁、袁遗两军皆至，来救王匡，吕布方退。三路诸侯，各折了些人马，退三十里下寨。随后五路军马都至，一处商议，言吕布英雄，无人可敌。正虑间，小校报来：『吕布搦战。』八路诸侯，一齐上马。军分八队，布在高冈。遥望吕布一簇军马，绣旗招飐(zhǎn)，先来冲阵。上党太守张杨部将穆顺，出马挺枪迎战，被吕布手起一戟，刺于马下。众大惊。北海太守孔融部将武安国，使铁锤飞马而出。吕布挥戟拍马来迎。战到十余合，一戟砍断安国手腕，弃锤于地而走。八路军兵齐出，救了武安国。吕布退回去了。众诸侯回寨商议。曹操曰：『吕布英雄无敌，可会十八路诸侯，共议良策。若擒了吕布，董卓易诛耳。』

正议间，吕布复引兵搦战。八路诸侯齐出，公孙瓒挥槊亲战吕布。战不数合，瓒败走。吕布纵赤兔马赶来。那马日行千里，飞走如风。看看赶上，布举画戟望瓒后心便刺。旁边一将，圆睁环眼，倒竖虎须，挺丈八蛇矛，飞马大叫：『三姓家奴休走！燕人张飞在此！』吕布见了，弃了公孙瓒，便战张飞。飞抖擞精神，酣战吕布。连斗五十余合，不分胜负。云长见了，把马一拍，舞八十二斤青龙偃月刀，来夹攻吕布。

三匹马丁字儿厮杀。战到三十合，战不倒吕布。刘玄德掣双股剑，骤黄鬃马，刺斜里也来助战。这三个围住吕布，转灯儿般厮杀。八路人马，都看得呆了。吕布架隔遮拦不定，看着玄德面上，虚刺一戟，玄德急闪。吕布荡开阵角，倒拖画戟，飞马便回。三个那里肯舍，拍马赶来。八路军兵，喊声大震，一齐掩杀。吕布军马望关上奔走，玄德、关、张随后赶来。古人曾有篇言语，单道着玄德、关、张三战吕布：

汉朝天数当桓灵，炎炎红日将西倾。奸臣董卓废少帝，刘协懦弱魂梦惊。曹操传檄告天下，
诸侯奋怒皆兴兵。议立袁绍作盟主，誓扶王室定太平。温侯吕布世无比，雄才四海夸英伟。
护躯银铠砌龙鳞，束发金冠簪雉尾。参差宝带兽平吞，错落锦袍飞凤起。龙驹跳踏起天风，
画戟荧煌射秋水。出关搦战谁敢当？诸侯胆裂心惶惶。踊出燕人张翼德，手持蛇矛丈八枪。
虎须倒竖翻金线，环眼圆睁起电光。酣战未能分胜败，阵前恼起关云长。青龙宝刀灿霜雪，
鹦鹉战袍飞蛱(jiá)蝶。马蹄到处鬼神嚎，目前一怒应流血。枭雄玄德掣双锋，抖擞天威施勇烈。
三人围绕战多时，遮拦架隔无休歇。喊声震动天地翻，杀气迷漫牛斗寒。吕布力穷寻走路，
遥望家山拍马还。倒拖画杆方天戟，乱散销金五彩幡。顿断绒绦走赤兔，翻身飞上虎牢关。

三人直赶吕布到关下，看见关上西风飘动青罗伞盖。张飞大叫：『此必董卓！追吕布有甚强处？不如先拿董贼，便是斩草除根！』拍马上关，来擒董卓。正是：擒贼定须擒贼首，奇功端的待奇人。未知胜负如何，且听下文分解。

第六回 焚金阙董卓行凶 匿玉玺孙坚背约

却说张飞拍马赶到关下，关上矢石如雨，不得进而回。八路诸侯，同请玄德、关、张贺功，使人去袁绍寨中报捷。绍遂移檄孙坚，令其进兵。坚引程普、黄盖至袁术寨中相见。坚以杖画地曰：『董卓与我，本无仇隙。今我奋不顾身，亲冒矢石，来决死战者：上为国家讨贼，下为将军家门之私；而将军却听谗言，不发粮草，致坚败绩，将军何安？』术惶恐无言，命斩进谗之人，以谢孙坚。

忽人报坚曰：『关上有一将，乘马来寨中，要见将军。』坚辞袁术，归到本寨，唤来问时，乃董卓爱将李傕。坚曰：『汝来何为？』傕曰：『丞相所敬者，惟将军耳。今特使傕来结亲：丞相有女，欲配将军之子。』坚大怒，叱曰：『董卓逆天无道，荡覆王室，吾欲夷其九族，以谢天下，安肯与逆贼结亲耶！吾不斩汝，汝当速去，早早献关，饶你性命！倘若迟误，粉骨碎身！』

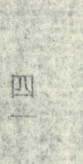

李傕抱头鼠窜，回见董卓，说孙坚如此无礼。卓怒，问李儒。儒曰：『温侯新败，兵无战心。不若引兵回洛阳，迁帝于长安，以应童谣。近日街市童谣曰：「西头一个汉，东头一个汉。鹿走入长安，方可无斯难。」臣思此言，「西头一个汉」，乃应高祖旺于西都长安，传一十二帝；「东头一个汉」，乃应光武旺于东都洛阳，今亦传一十二帝。天运合回。丞相迁回长安，方可无虞。』卓大喜曰：『非汝言，吾实不悟。』遂引吕布星夜回洛阳，商议迁都。聚文武于朝堂，卓曰：『汉东都洛阳，二百余年，气数已衰。吾

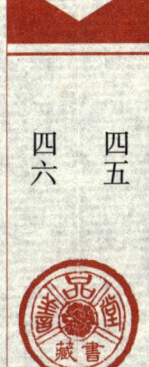

观旺气实在长安，吾欲奉驾西幸。汝等各宜促装。』司徒杨彪曰：『关中残破零落。今无故捐宗庙，弃皇陵，恐百姓惊动。天下动之至易，安之至难。望丞相鉴察。』卓怒曰：『汝阻国家大计耶？』太尉黄琬曰：『杨司徒之言是也。往者王莽篡逆，更始赤眉之时，焚烧长安，尽为瓦砾之地，更兼人民流移，百无一二。今弃宫室而就荒地，非所宜也。』卓曰：『关东贼起，天下播乱。长安有崤函之险；更近陇右，木石砖瓦，克日可办，宫室营造，不须月余。汝等再休乱言。』司徒荀爽谏曰：『丞相若欲迁都，百姓骚动不宁矣。』卓大怒曰：『吾为天下计，岂惜小民哉！』即日罢杨彪、黄琬、荀爽为庶民。卓出上车，只见二人望车而揖，视之，乃尚书周毖、城门校尉伍琼也。卓问有何事，毖曰：『今闻丞相欲迁都长安，故来谏耳。』卓大怒曰：『我始初听你两个，保用袁绍；今绍已反，是汝等一党！』叱武士推出都门斩首。遂下令迁都，限来日便行。李儒曰：『今钱粮缺少，洛阳富户极多，可籍没入官。但是袁绍等门下，杀其宗党而抄其家赀，必得巨万。』

卓即差铁骑五千，遍行捉拿洛阳富户，共数千家，插旗头上，大书『反臣逆党』，尽斩于城外，取其金赀。李傕、郭汜尽驱洛阳之民数百万口，前赴长安。每百姓一队，间军一队，互相拖押；死于沟壑者，不可胜数。又纵军士淫人妻女，夺人粮食；啼哭之声，震动天地。如有行得迟者，背后三千军摧督，军手执白刃，于路杀人。卓临行，教诸门放火，焚烧居民房屋，并放火烧宗庙宫府。南北两宫，火焰相接；长乐宫庭，尽为焦土。又差吕布发掘先皇及后妃陵寝，取其金宝。军士乘势掘官民坟冢殆尽。董卓装载金珠缎匹好物数千余车，劫了天子并后妃等，竟望长安去了。

却说卓将赵岑，见卓已弃洛阳而去，便献了汜水关。孙坚驱兵先入。玄德、关、张杀入虎牢关，诸侯各引军入。

且说孙坚飞奔洛阳，遥望火焰冲天，黑烟铺地，二三百里，并无鸡犬人烟；坚先发兵救灭了火，令众诸侯各于荒地上屯住军马。曹操来见袁绍曰：『今董贼西去，正可乘势追袭；本初按兵不动，何也？』绍曰：『诸兵疲困，进恐无益。』操曰：『董贼焚烧宫室，劫迁天子，海内震动，不知所归：此天亡之时也，一战而天下定矣。诸公何疑而不进？』众诸侯皆言不可轻动。操大怒曰：『竖子不足与谋！』遂自引兵万余，领夏侯惇、夏侯渊、曹仁、曹洪、李典、乐进，星夜来赶董卓。

且说董卓至荥阳地方，太守徐荣出接。李儒曰：『丞相新弃洛阳，防有追兵。可教徐荣伏军荥阳城外山坞之旁；若有兵追来，可竟放过；待我这里杀败，然后截住掩杀。令后来者不敢复追。』卓从其计，又令吕布引精兵遏后。布正行间，曹操一军赶上。吕布大笑曰：『不出李儒所料也！』将军马摆开。曹操出

马，大叫：『逆贼！劫迁天子，流徙百姓，将欲何往？』吕布骂曰：『背主懦夫，何得妄言！』夏侯惇挺枪跃马，直取吕布。战不数合，李傕引一军，从左边杀来，操急令夏侯渊迎敌。右边喊声又起，郭汜引军杀到，操急令曹仁迎敌。三路军马，势不可当。夏侯惇抵敌吕布不住，飞马回阵。布引铁骑掩杀，操军大败，回望荥阳而走。走至一荒山脚下，时约二更，月明如昼。方才聚集残兵，正欲埋锅造饭，只听得四围喊声，徐荣伏兵尽出。曹操慌忙策马，夺路奔逃，正遇徐荣，转身便走。荣搭上箭，射中操肩膊。操带箭逃命，踅过山坡。两个军士伏于草中，见操马来，二枪齐发，操马中枪而倒。操翻身落马，被二卒擒住。只见一将飞马而来，挥刀砍死两个步军，下马救起曹操。操视之，乃曹洪也。操曰：『吾死于此矣，贤弟可速去！』洪曰：『公急上马！洪愿步行。』操曰：『贼兵赶上，汝将奈何？』洪曰：『天下可无洪，不可无公。』操曰：『吾若再生，汝之力也。』操上马，洪脱去衣甲，拖刀跟马而走。约走至四更余，只见前面一条大河，阻住去路，后面喊声渐近。操曰：『命已至此，不得复活矣！』洪急扶操下马，脱去袍铠，负操渡水。才过彼岸，追兵已到，隔水放箭。操带水而走。比及天明，又走三十余里，土冈下少歇。忽然喊声起处，一彪人马赶来：却是徐荣从上流渡河来追。操正慌急间，只见夏侯惇、夏侯渊引数十骑飞至，大喝：『徐荣无伤吾主！』徐荣便奔夏侯惇，惇挺枪来迎。交马数合，惇刺徐荣于马下，杀散余兵。随后曹仁、李典、乐进各引兵寻到，见了曹操，忧喜交集；聚集残兵五百余人，同回河内。卓兵自往长安。

却说众诸侯分屯洛阳。孙坚救灭宫中余火，屯兵城内，设帐于建章殿基上。坚令军士扫除宫殿瓦砾，

凡董卓所掘陵寝，尽皆掩闭。于太庙基上，草创殿屋三间，请众诸侯立列圣神位，宰太牢礼之。祭毕，皆散。坚归寨中，是夜星月交辉，乃按剑露坐，仰观天文。见紫微垣中白气漫漫，坚叹曰：『帝星不明，贼臣乱国，万民涂炭，京城一空！』言讫，不觉泪下。

傍有军士指曰：『殿南有五色毫光起于井中。』坚唤军士点起火把，下井打捞。捞起一妇人尸首，虽然日久，其尸不烂：宫样装束，项下带一锦囊。取开看时，内有朱红小匣，用金锁锁着。启视之，乃一玉玺：方圆四寸，上镌五龙交纽；傍缺一角，以黄金镶之；上有篆文八字云：『受命于天，既寿永昌』。坚得玺，乃问程普。普曰：『此传国玺也。此玉是昔日卞和于荆山之下，见凤凰栖于石上，载而进之楚文王。解之，果得玉。秦二十六年，令良工琢为玺，李斯篆此八字于其上。二十八年，始皇巡狩至洞庭湖，风浪大作，舟将覆，急投玉玺于湖而止。至三十六年，始皇巡狩至华阴，有人持玺遮道，与从者曰：「持此还祖龙。」言讫不见，此玺复归于秦。明年，始皇崩。后来子婴将玉玺献与汉高祖。后至王莽篡逆，孝元皇太后将玺打王寻、苏献，崩其一角，以金镶之。光武得此宝于宜阳，传位至今。近闻十常侍乱，劫少帝出北邙，回宫失此宝。今天授主公，必有登九五之分。此处不可久留，宜速回江东，别图大事。』坚曰：『汝言正合吾意。明日便当托疾辞归。』商议已定，密谕军士勿得泄漏。谁想数中一军，是袁绍乡人，欲假此为进身之计，连夜偷出营寨，来报袁绍。绍与之赏赐，暗留军中。次日，孙坚来辞袁绍曰：『坚抱小疾，欲归长沙，特来别公。』绍笑曰：『吾知公疾：乃害传国玺耳。』坚失色曰：『此言何来？』绍曰：『今兴兵讨贼，

为国除害。玉玺乃朝廷之宝，公既获得，当对众留于盟主处，候诛了董卓，复归朝廷。今匿之而去，意欲何为？」坚曰：「玉玺何由在吾处？」绍曰：「建章殿井中之物何在？」坚曰：「吾本无之，何强相逼？」绍曰：「作速取出，免自生祸。」坚指天为誓曰：「吾若果得此宝，私自藏匿，异日不得善终，死于刀箭之下！」众诸侯曰：「文台如此说誓，想必无之。」绍唤军士出曰：「打捞之时，有此人否？」坚大怒，拔所佩之剑，要斩那军士。绍亦拔剑曰：「汝斩军人，乃欺我也。」绍背后颜良、文丑皆拔剑出鞘。坚背后程普、黄盖、韩当亦掣刀在手。众诸侯一齐劝住。坚随即上马，拔寨离洛阳而去。绍大怒，遂写书一封，差心腹人连夜往荆州，送与刺史刘表，教就路上截住夺之。

次日，人报曹操追董卓，战于荥阳，大败而回。绍令人接至寨中，会众置酒，与操解闷。饮宴间，操叹曰：「吾始兴大义，为国除贼。诸公既仗义而来，操之初意，欲烦本初引河内之众，临孟津、酸枣；诸将固守成皋，据敖仓，塞轘(huán)辕、太谷，制其险要；公路率南阳之军，驻丹、析，入武关，以震三辅：皆深沟高垒，勿与战，益为疑兵，示天下形势，以顺诛逆，可立定也。今迟疑不进，大失天下之望。操窃耻之！」绍等无言可对。既而席散，操见绍等各怀异心，料不能成事，自引军投扬州去了。公孙瓒谓玄德、关、张曰：「袁绍无能为也，久必有变。吾等且归。」遂拔寨北行。至平原，令玄德为平原相，自去守地养军。兖州太守刘岱，问东郡太守乔瑁借粮。瑁推辞不与，岱引军突入瑁营，杀死乔瑁，尽降其众。袁绍见众人各自分散，就领兵拔寨，离洛阳，投关东去了。

却说荆州刺史刘表，字景升，山阳高平人也，乃汉室宗亲；幼好结纳，与名士七人为友，时号「江夏八俊」。那七人？——汝南陈翔，字仲麟；同郡范滂，字孟博；鲁国孔昱，字世元；渤海范康，字仲真；山阳檀敷，字文友；同郡张俭，字元节；南阳岑晊，字公孝。刘表与此七人为友；有延平人蒯良、蒯越，襄阳人蔡瑁为辅。当时看了袁绍书，随令蒯越、蔡瑁引兵一万来截孙坚。坚军方到，蒯越将阵摆开，当先出马。孙坚问曰：「蒯异度何故引兵截吾去路？」越曰：「汝既为汉臣，如何私匿传国之宝？可速留下，放汝归去！」坚大怒，命黄盖出战。蔡瑁舞刀来迎。斗到数合，盖挥鞭打瑁，正中护心镜。瑁拨回马走，孙坚乘势杀过界口。山背后金鼓齐鸣，乃刘表亲自引军来到。孙坚就马上施礼曰：「景升何故信袁绍之书，相逼邻郡？」表曰：「汝匿传国玺，将欲反耶？」坚曰：「吾若有此物，死于刀箭之下！」表曰：「汝若要我听信，将随军行李，任我搜看。」坚怒曰：「汝有何力，敢小觑我！」方欲交兵，刘表便退。坚纵马赶去，两山后伏兵齐起，背后蔡瑁、蒯越赶来，将孙坚困在垓心。正是：玉玺得来无用处，反因此宝动刀兵。

毕竟孙坚怎地脱身，且听下文分解。

第七回　袁绍磐河战公孙　孙坚跨江击刘表

却说孙坚被刘表围住，亏得程普、黄盖、韩当三将死救得脱，折兵大半，夺路引兵回江东。自此孙坚与刘表结怨。

且说袁绍屯兵河内，缺少粮草。冀州牧韩馥，遣人送粮以资军用。谋士逢纪说绍曰：『大丈夫纵横天下，何待人送粮为食！冀州乃钱粮广盛之地，将军何不取之？』绍曰：『未有良策。』纪曰：『可暗使人驰书与公孙瓒，令进兵取冀州，约以夹攻，瓒必兴兵。韩馥无谋之辈，必请将军领州事；就中取事，唾手可得。』绍大喜，即发书到瓒处。瓒得书，见说共攻冀州，平分其地，大喜，即日兴兵。绍却使人密报韩馥。馥慌聚荀谌、辛评二谋士商议。谌曰：『公孙瓒将燕、代之众，长驱而来，其锋不可当。兼有刘备、关、张助之，难以抵敌。今袁本初智勇过人，手下名将极广，将军可请彼同治州事，彼必厚待将军，无患公孙瓒矣。』韩馥即差别驾关纯去请袁绍。长史耿武谏曰：『袁绍孤客穷军，仰我鼻息，譬如婴儿在股掌之上，绝其乳哺，立可饿死。奈何欲以州事委之？此引虎入羊群也。』馥曰：『吾乃袁氏之故吏，才能又不如本初。古者择贤者而让之，诸君何嫉妒耶？』耿武叹曰：『冀州休矣！』于是弃职而去者三十余人。独耿武与关纯伏于城外，以待袁绍。数日后，绍引兵至。耿武、关纯拔刀而出，欲刺杀绍。绍将颜良立斩耿武，文丑砍死关纯。绍入冀州，以馥为奋威将军，以田丰、沮授、许攸、逢纪分掌州事，尽夺韩馥之权。馥懊悔无及，遂弃下家小，匹马往投陈留太守张邈去了。

却说公孙瓒知袁绍已据冀州，遣弟公孙越来见绍，欲分其地。绍曰：『可请汝兄自来，吾有商议。』越辞归。行不到五十里，道旁闪出一彪军马，口称：『我乃董丞相家将也！』乱箭射死公孙越。从人逃回见公孙瓒，报越已死。瓒大怒曰：『袁绍诱我起兵攻韩馥，他却就里取事；今又诈董卓兵射死吾弟，此冤如何不报！』尽起本部兵，杀奔冀州来。

绍知瓒兵至，亦领军出。二军会于磐河之上：绍军于磐河桥东，瓒军于桥西。瓒立马桥上，大呼曰：『背义之徒，何敢卖我！』绍亦策马至桥边，指瓒曰：『韩馥无才，愿让冀州于吾，与尔何干？』瓒曰：『昔日以汝为忠义，推为盟主；今之所为，真狼心狗行之徒，有何面目立于世间！』袁绍大怒曰：『谁可擒之？』言未毕，文丑策马挺枪，直杀上桥。公孙瓒就桥边与文丑交锋。战不到十余合，瓒抵挡不住，败阵而走。文丑乘势追赶。瓒走入阵中，文丑飞马径入中军，往来冲突。瓒手下健将四员，一齐迎战；被文丑一枪，刺一将下马，三将俱走。文丑直赶公孙瓒出阵后，瓒望山谷而逃。文丑骤马厉声大叫：『快下马受降！』

瓒弓箭尽落，头盔堕地；披发纵马，奔转山坡；其马前失，瓒翻身落于坡下。文丑急捻枪来刺。忽见草坡左侧转出一个少年将军，飞马挺枪，直取文丑。公孙瓒扒上坡去，看那少年：生得身长八尺，浓眉大眼，阔面重颐，威风凛凛，与文丑大战五六十合，胜负未分。瓒部下救军到，文丑拨回马去了。那少年也不追赶。瓒忙下土坡，问那少年姓名。那少年欠身答曰：『某乃常山真定人也，姓赵，名云，字子龙。本袁绍辖下之人。因见绍无忠君救民之心，故特弃彼而投麾下。——不期于此处相见。』瓒大喜，遂同归寨，整顿甲兵。

次日，瓒将军马分作左右两队，势如羽翼。马五千余匹，大半皆是白马。因公孙瓒曾与羌人战，尽选白马为先锋，号为『白马将军』；羌人但见白马便走，因此白马极多。袁绍令颜良、文丑为先锋，各引弓弩手一千，亦分作左右两队；令在左者射公孙瓒右军，在右者射公孙瓒左军。再令麴(qū)义引八百弓手，步兵一万五千，列于阵中。袁绍自引马步军数万，于后接应。公孙瓒初得赵云，不知心腹，令其另领一军在后。遣大将严纲为先锋。瓒自领中军，立马桥上，傍竖大红圈金线『帅』字旗于马前。从辰时擂鼓，直到巳时，绍军不进。麴义令弓手皆伏于遮箭牌下，只听炮响发箭。严纲鼓噪呐喊，直取麴义。义军见严纲兵来，都伏而不动；直到来得至近，一声炮响，八百弓弩手一齐俱发。纲急待回，被麴义拍马舞刀，斩于马下。瓒军大败。左右两军，欲来救应，都被颜良、文丑引弓弩手射住。绍军并进，直杀到界桥边。麴义马到，先斩执旗将，把绣旗砍倒。公孙瓒见砍倒绣旗，回马下桥而走。麴义引军直冲到后军，正撞着赵云，挺枪跃马，直取麴义。战不数合，一枪刺麴义于马下。赵云一骑马飞入绍军，左冲右突，如入无人之境。公孙瓒引军杀回，绍军大败。

却说袁绍先使探马看时，回报麴义斩将搴(qiān)旗，追赶败兵；因此不作准备，与田丰引着帐下持戟军士数百人，弓箭手数十骑，乘马出观，呵呵大笑曰：『公孙瓒无能之辈！』正说之间，忽见赵云冲到面前。弓箭手急待射时，云连刺数人，众军皆走。后面瓒军团团围裹上来。田丰慌对绍曰：『主公且于空墙中躲避！』绍以兜鍪(móu)扑地，大呼曰：『大丈夫愿临阵斗死，岂可入墙而望活乎！』众军士齐心死战，赵云冲突不入，绍兵大队掩至，颜良亦引军来到，两路并杀。赵云保公孙瓒杀透重围，回到界桥。绍驱兵大进，复赶过桥，落水死者，不计其数。袁绍当先赶来，不到五里，只听得山背后喊声大起，闪出一彪人马，为首三员大将，乃是刘玄德、关云长、张翼德。——因在平原探知公孙瓒与袁绍相争，特来助战。——当下三匹马，三般兵器，飞奔前来，直取袁绍。绍惊得魂飞天外，手中宝刀坠于马下，忙拨马而逃。众人死救过桥。公孙瓒亦收军归寨。玄德、关、张动问毕，瓒曰：『若非玄德远来救我，几乎狼狈。』教与赵云相见。玄德甚相敬爱，便有不舍之心。

却说袁绍输了一阵，坚守不出。两军相拒月余，有人来长安报知董卓。李儒对卓曰：『袁绍与公孙瓒，亦当今豪杰。现在磐河厮杀，宜假天子之诏，差人往和解之。二人感德，必顺太师矣。』卓曰：『善。』次日便使太傅马日磾(dī)、太仆赵岐，赍诏前去。二人来至河北，绍出迎于百里之外，再拜奉诏。次日，二人至瓒营宣谕，瓒乃遣使致书于绍，互相讲和。二人自回京复命。瓒即日班师，又表荐刘玄德为平原相。

玄德与赵云分别，执手垂泪，不忍相离。云叹曰：『某曩(nǎng)日误认公孙瓒为英雄，今观所为，亦袁绍等辈耳！』玄德曰：『公且屈身事之，相见有日。』洒泪而别。

却说袁术在南阳，闻袁绍新得冀州，遣使来求马千匹，绍不与，术怒。自此，兄弟不睦。又遣使往荆州，问刘表借粮二十万，表亦不与。术恨之，密遣人遗书于孙坚，使伐刘表。其书略曰：

前者刘表截路，乃吾兄本初之谋也。今本初又与表私议欲袭江东。公可速兴兵伐刘表，吾为公取本初，二仇可报。公取荆州，吾取冀州，切勿误也！

坚得书曰：『叵耐刘表！昔日断吾归路，今不乘时报恨，更待何年！』聚帐下程普、黄盖、韩当等商议。程普曰：『袁术多诈，未可准信。』坚曰：『吾自欲报仇，岂望袁术之助乎？』便差黄盖先来江边安排战船，多将军器粮草，大船装载战马，克日兴师。江中细作探知，来报刘表。表大惊，急聚文武将士商议。蒯良曰：『不必忧虑。可令黄祖部领江夏之兵为前驱，主公率荆襄之众为援。孙坚跨江涉湖而来，安能用武乎？』表然之，令黄祖设备，随后便起大军。

却说孙坚有四子，皆吴夫人所生：长子名策，字伯符；次子名权，字仲谋；三子名翊，字叔弼；四子名匡，字季佐。吴夫人之妹，即为孙坚次妻，亦生一子一女：子名朗，字早安；女名仁。坚又过房俞氏一子，名韶，字公礼。坚有一弟，名静，字幼台。坚临行，静引诸子列拜于马前而谏曰：『今董卓专权，天子懦弱，海内大乱，各霸一方；江东方稍宁，以一小恨而起重兵，非所宜也。愿兄详之。』坚曰：『弟勿多言。

吾将纵横天下，有仇岂可不报！』长子孙策曰：『如父亲必欲往，儿愿随行。』坚许之，遂与策登舟，杀奔樊城。

黄祖伏弓弩手于江边，见船傍岸，乱箭俱发。坚令诸军不可轻动，只伏于船中来往诱之；一连三日，船数十次傍岸。黄祖军只顾放箭，箭已放尽。坚却拔船上所得之箭，约十数万。当日正值顺风，坚令军士一齐放箭。岸上支吾不住，只得退走。坚军登岸，程普、黄盖分兵两路，直取黄祖营寨。背后韩当驱兵大进。三面夹攻，黄祖大败，弃却樊城，走入邓城。坚令黄盖守住船只，亲自统兵追袭。黄祖引军出迎，布阵于野。坚列成阵势，出马于门旗之下。孙策也全副披挂，挺枪立马于父侧。黄祖引二将出马：一个是江夏张虎，一个是襄阳陈生。黄祖扬鞭大骂：『江东鼠贼，安敢侵犯汉室宗亲境界！』便令张虎搦战。坚阵内韩当出迎。两骑相交，战三十余合，陈生见张虎力怯，飞马来助。孙策望见，按住手中枪，扯弓搭箭，正射中陈生面门，应弦落马。张虎见陈生坠地，吃了一惊，措手不及，被韩当一刀，削去半个脑袋。程普纵马直来阵前捉黄祖。黄祖弃却头盔、战马，杂于步军内逃命。孙坚掩杀败军，直到汉水，命黄盖将船只进泊汉江。黄祖聚败军，来见刘表，备言坚势不可当。表慌请蒯良商议。良曰：『目今新败，兵无战心；只可深沟高垒，以避其锋；却潜令人求救于袁绍，此围自可解也。』蔡瑁曰：『子柔之言，直拙计也。兵临城下，将至壕边，岂可束手待毙！某虽不才，愿请军出城，以决一战。』刘表许之。蔡瑁引军万余，出襄阳城外，于岘山布阵。孙坚将得胜之兵，长驱大进。蔡瑁出马。坚曰：『此人是刘表后妻之兄也，谁与吾擒之？』程普挺铁脊矛出马，

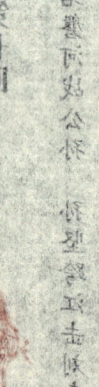

与蔡瑁交战。不到数合，蔡瑁败走。坚驱大军，杀得尸横遍野。蔡瑁逃入襄阳。蒯良言瑁不听良策，以致大败，按军法当斩。刘表以新娶其妹，不肯加刑。

却说孙坚分兵四面，围住襄阳攻打。忽一日，狂风骤起，将中军『帅』字旗竿吹折。韩当曰：『此非吉兆，可暂班师。』坚曰：『吾屡战屡胜，取襄阳只在旦夕；岂可因风折旗竿，遽尔罢兵！』遂不听韩当之言，攻城愈急。蒯良谓刘表曰：『某夜观天象，见一将星欲坠。以分野度之，当应在孙坚。主公可速致书袁绍，求其相助。』刘表写书，问谁敢突围而出。健将吕公，应声愿往。蒯良曰：『汝既敢去，可听吾计：与汝军马五百，多带能射者冲出阵去，即奔岘山。他必引军来赶，汝分一百人上山，寻石子准备；一百人执弓弩伏于林中。但有追兵到时，不可径走；可盘旋曲折，引到埋伏之处，矢石俱发。若能取胜，放起连珠号炮，城中便出接应。如无追兵，不可放炮，趱程而去。今夜月不甚明，黄昏便可出城。』吕公领了计策，拴束军马。黄昏时分，密开东门，引兵出城。孙坚在帐中，忽闻喊声，急上马引三十余骑，出营来看。军士报说：『有一彪人马杀将出来，望岘山而去。』坚不会诸将，只引三十余骑赶来。吕公已于山林丛杂去处，上下埋伏。坚马快，单骑独来，前军不远。坚大叫：『休走！』吕公勒回马来战孙坚。交马只一合，吕公便走，闪入山路去。坚随后赶入，却不见了吕公。坚方欲上山，忽然一声锣响，山上石子乱下，林中乱箭齐发。坚体中石、箭，脑浆迸流，人马皆死于岘山之内，寿止三十七岁。

吕公截住三十骑，并皆杀尽，放起连珠号炮。城中黄祖、蒯越、蔡瑁分头引兵杀出，江东诸军大乱。黄盖听得喊声震天，引水军杀来，正迎着黄祖。战不两合，生擒黄祖。程普保着孙策，急待寻路，正遇吕公。程普纵马向前，战不到数合，一矛刺吕公于马下。两军大战，杀到天明，各自收军。刘表军自入城。孙策回到汉水，方知父亲被乱箭射死，尸首已被刘表军士扛抬入城去了，放声大哭。众军俱号泣。策曰：『父尸在彼，安得回乡！』黄盖曰：『今活捉黄祖在此，得一人入城讲和，将黄祖去换主公尸首。』言未毕，军吏桓阶出曰：『某与刘表有旧，愿入城为使。』策许之。桓阶入城见刘表，具说其事。表曰：『文台尸首，吾已用棺木盛贮在此。可速放回黄祖，两家各罢兵，再休侵犯。』桓阶拜谢欲行，阶下蒯良出曰：『不可！不可！吾有一言，令江东诸军片甲不回。请先斩桓阶，然后用计。』正是：追敌孙坚方殒命，求和桓阶又遭殃。未知桓阶性命如何，且听下文分解。

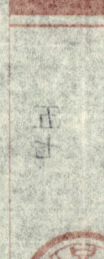

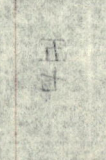

第八回　王司徒巧使连环计　董太师大闹凤仪亭

却说蒯良曰：『今孙坚已丧，其子皆幼。乘此虚弱之时，火速进军，江东一鼓可得。若还尸罢兵，容其养成气力，荆州之患也。』表曰：『吾有黄祖在彼营中，安忍弃之？』良曰：『舍一无谋黄祖而取江东，有何不可？』表曰：『吾与黄祖心腹之交，舍之不义。』遂送桓阶回营，相约以孙坚尸换黄祖。孙策换回黄祖，迎接灵柩，罢战回江东，葬父于曲阿之原。丧事已毕，引军居江都，招贤纳士，屈己待人，四方豪杰，渐渐投之。不在话下。

却说董卓在长安，闻孙坚已死，乃曰：『吾除却一心腹之患也！』问：『其子年几岁矣？』或答曰：『十七岁。』卓遂不以为意。自此愈加骄横，自号为『尚父』，出入僭天子仪仗；封弟董旻(mín)为左将军、鄠侯，侄董璜为侍中，总领禁军。董氏宗族，不问长幼，皆封列侯。离长安城二百五十里，别筑郿坞，役民夫二十五万人筑之：其城郭高下厚薄一如长安，内盖宫室，仓库屯积二十年粮食，选民间少年美女八百人实其中，金玉、彩帛、珍珠堆积不知其数；家属都住在内。卓往来长安，或半月一回，或一月一回，公卿皆候送于横门外；卓常设帐于路，与公卿聚饮。一日，卓出横门，百官皆送，卓留宴，适北地招安降卒数百人到。卓即命于座前，或断其手足，或凿其眼睛，或割其舌，或以大锅煮之。哀号之声震天，百官战栗失箸，卓饮食谈笑自若。又一日，卓于省台大会百官，列坐两行。酒至数巡，吕布径入，向卓耳边言不数句，卓笑曰：『原来如此。』命吕布于筵上揪司空张温下堂。百官失色。不多时，侍从将一红盘，托张温头入献。百官魂不附体。卓笑曰：『诸公勿惊。张温结连袁术，欲图害我，因使人寄书来，错下在吾儿奉先处。故斩之。公等无故，不必惊畏。』众官唯唯而散。

司徒王允归到府中，寻思今日席间之事，坐不安席。至夜深月明，策杖步入后园，立于荼蘼架侧，仰天垂泪。忽闻有人在牡丹亭畔，长吁短叹。允潜步窥之，乃府中歌伎貂蝉也。其女自幼选入府中，教以歌舞，年方二八，色伎俱佳，允以亲女待之。是夜允听良久，喝曰：『贱人将有私情耶？』貂蝉惊跪答曰：『贱妾安敢有私！』允曰：『汝无所私，何夜深于此长叹？』蝉曰：『容妾伸肺腑之言。』允曰：『汝勿隐匿，当实告我。』蝉曰：『妾蒙大人恩养，训习歌舞，优礼相待，妾虽粉身碎骨，莫报万一。近见大人两眉愁锁，必有国家大事，又不敢问。今晚又见行坐不安，因此长叹，不想为大人窥见。倘有用妾之处，万死不辞！』允以杖击地曰：『谁想汉天下却在汝手中耶！随我到画阁中来。』貂蝉跟允到阁中，允尽叱出妇妾，纳貂蝉于坐，叩头便拜。貂蝉惊伏于地曰：『大人何故如此？』允曰：『汝可怜汉天下生灵！』

言讫，泪如泉涌。貂蝉曰：『适间贱妾曾言：但有使令，万死不辞。』允跪而言曰：『百姓有倒悬之危，君臣有累卵之急，非汝不能救也。贼臣董卓，将欲篡位；朝中文武，无计可施。董卓有一义儿，姓吕，名布，骁勇异常。我观二人皆好色之徒，今欲用「连环计」：先将汝许嫁吕布，后献与董卓；汝于中取便，谍间他父子反颜，令布杀卓，以绝大恶。重扶社稷，再立江山，皆汝之力也。不知汝意若何？』貂蝉曰：『妾许大人万死不辞，望即献妾与彼。妾自有道理。』允曰：『事若泄漏，我灭门矣。』貂蝉曰：『大人勿忧。妾若不报大义，死于万刃之下！』允拜谢。

次日，便将家藏明珠数颗，令良匠嵌造金冠一顶，使人密送吕布。布大喜，亲到王允宅致谢。允预备嘉肴美馔，候吕布至，允出门迎迓，接入后堂，延之上坐。布曰：『吕布乃相府一将，司徒是朝廷大臣，何故错敬？』允曰：『方今天下别无英雄，惟有将军耳。允非敬将军之职，敬将军之才也。』布大喜。允殷勤敬酒，口称董太师并布之德不绝。布大笑畅饮。允叱退左右，只留侍妾数人劝酒。酒至半酣，允曰：『唤孩儿来。』少顷，二青衣引貂蝉艳妆而出。布惊问何人，允曰：『小女貂

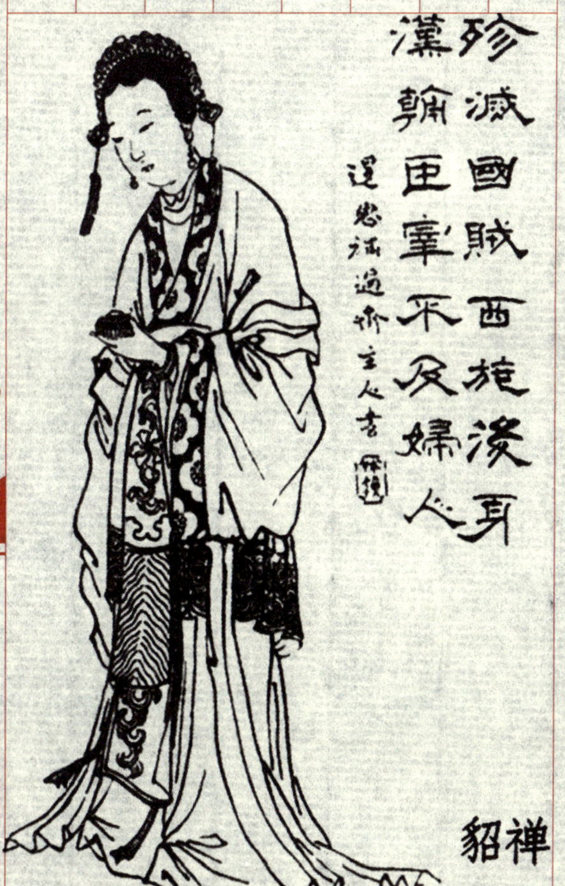

蝉也。允蒙将军错爱，不异至亲，故令其与将军相见。』便命貂蝉与吕布把盏。貂蝉送酒与布，两下眉来眼去。允佯醉曰：『孩儿央及将军痛饮几杯。吾一家全靠着将军哩。』布请貂蝉坐，貂蝉假意欲入。允曰：『将军吾之至友，孩儿便坐何妨。』貂蝉便坐于允侧。吕布目不转睛地看。又饮数杯，允指蝉谓布曰：『吾欲将此女送与将军为妾，还肯纳否？』布出席谢曰：『若得如此，布当效犬马之报！』允曰：『早晚选一良辰，送至府中。』布欣喜无限，频以目视貂蝉。貂蝉亦以秋波送情。少顷席散，允曰：『本欲留将军止宿，恐太师见疑。』布再三拜谢而去。

过了数日，允在朝堂，见了董卓，趁吕布不在侧，伏地拜请曰：『允欲屈太师车骑，到草舍赴宴，未审钧意若何？』卓曰：『司徒见招，即当趋赴。』允拜谢归家，水陆毕陈，于前厅正中设座，锦绣铺地，内外各设帏幔。次日晌午，董卓来到。允具朝服出迎，再拜起居。卓下车，左右持戟甲士百余，簇拥入堂，分列两傍。允于堂下再拜，卓命扶上，赐坐于侧。允曰：『太师盛德巍巍，伊、周不能及也。』卓大喜。进酒作乐，允极其致敬。天晚酒酣，允请卓入后堂。卓叱退甲士。允捧觞称贺曰：『允自幼颇习天文，夜观乾象，汉家气数已尽。太师功德振于天下，若舜之受尧，禹之继舜，正合天心人意。』卓曰：『安敢望此！』允曰：『自古「有道伐无道，无德让有德」，岂过分乎！』卓笑曰：『若果天命归我，司徒当为元勋。』允拜谢。堂中点上画烛，止留女使进酒供食。允曰：『教坊之乐，不足供奉；偶有家伎，敢使承应。』卓曰：『甚妙。』允教放下帘栊，笙簧缭绕，簇捧貂蝉舞于帘外。有词赞之曰：

原是昭阳宫里人，惊鸿宛转掌中身，只疑飞过洞庭春。按彻《梁州》莲步稳，好花风袅一枝新，画堂香暖不胜春。

又诗曰：

红牙催拍燕飞忙，一片行云到画堂。眉黛促成游子恨，脸容初断故人肠。
榆钱不买千金笑，柳带何须百宝妆。舞罢隔帘偷目送，不知谁是楚襄王。

舞罢，卓命近前。貂蝉转入帘内，深深再拜。卓见貂蝉颜色美丽，便问：『此女何人？』允曰：『歌伎貂蝉也。』卓曰：『能唱否？』允命貂蝉执檀板低讴一曲。正是：

一点樱桃启绛唇，两行碎玉喷《阳春》。丁香舌吐衠钢剑，要斩奸邪乱国臣。

卓称赏不已。允命貂蝉把盏。卓擎杯问曰：『青春几何？』貂蝉曰：『贱妾年方二八。』卓笑曰：『真神仙中人也！』允起曰：『允欲将此女献上太师，未审肯容纳否？』卓曰：『如此见惠，何以报德？』允曰：『此女得侍太师，其福不浅。』卓再三称谢。允即命备毡车，先将貂蝉送到相府。卓亦起身告辞。允亲送董卓直到相府，然后辞回。

乘马而行，不到半路，只见两行红灯照道，吕布骑马执戟而来，正与王允撞见，便勒住马，一把揪住衣襟，厉声问曰：『司徒既以貂蝉许我，今又送与太师，何相戏耶？』允急止之曰：『此非说话处，且请到草舍去。』布同允到家，下马入后堂。叙礼毕，允曰：『将军何故怪老夫？』布曰：『有人报我，说你

把毡车送貂蝉入相府，是何意故？』允曰：『将军原来不知！昨日太师在朝堂中，对老夫说：「我有一事，明日要到你家。」允因此准备小宴等候。太师饮酒中间，说：「我闻你有一女，名唤貂蝉，已许吾儿奉先。我恐你言未准，特来相求，并请一见。」老夫不敢有违，随引貂蝉出拜公公。太师曰：「今日良辰，吾即当取此女回去，配与奉先。」将军试思：太师亲临，老夫焉敢推阻？』布曰：『司徒少罪。布一时错见，来日自当负荆。』允曰：『小女颇有妆奁，待过将军府下，便当送至。』布谢去。

次日，吕布在府中打听，绝不闻音耗。径入堂中，寻问诸侍妾。侍妾对曰：『夜来太师与新人共寝，至今未起。』布大怒，潜入卓卧房后窥探。时貂蝉起于窗下梳头，忽见窗外池中照一人影，极长大，头戴束发冠；偷眼视之，正是吕布。貂蝉故蹙(cù)双眉，做忧愁不乐之态，复以香罗频拭眼泪。吕布窥视良久，乃出；少顷，又入。卓已坐于中堂，见布来，问曰：『外面无事乎？』布曰：『无事。』侍立卓侧。卓方食，布偷目窃望，见绣帘内一女子往来观觑，微露半面，以目送情。布知是貂蝉，神魂飘荡。卓见布如此光景，心中疑忌，曰：『奉先无事且退。』布怏怏而出。

董卓自纳貂蝉后，为色所迷，月余不出理事。卓偶染小疾，貂蝉衣不解带，曲意逢迎，卓心愈喜。吕布入内问安，正值卓睡。貂蝉于床后探半身望布，以手指心，又以手指董卓，挥泪不止。布心如碎。卓朦胧双目，见布注视床后，目不转睛，回身一看，见貂蝉立于床后。卓大怒，叱布曰：『汝敢戏吾爱姬耶！』唤左右逐出：『今后不许入堂！』吕布怒恨而归，路遇李儒，告知其故。儒急入见卓曰：『太师欲取天下，

何故以小过见责温侯？倘彼心变，大事去矣。』卓曰：『奈何？』儒曰：『来朝唤入，赐以金帛，好言慰之，自然无事。』卓依言。次日，使人唤布入堂，慰之曰：『吾前日病中，心神恍惚，误言伤汝，汝勿记心。』随赐金十斤，锦二十匹。布谢归，然身虽在卓左右，心实系念貂蝉。

卓疾既愈，入朝议事。布执戟相随，见卓与献帝共谈，便乘间提戟出内门，上马径投相府来；系马府前，提戟入后堂，寻见貂蝉。蝉曰：『汝可去后园中凤仪亭边等我。』布提戟径往，立于亭下曲栏之傍。良久，见貂蝉分花拂柳而来，果然如月宫仙子，——泣谓布曰：『我虽非王司徒亲女，然待之如己出。自见将军，许侍箕帚，妾已生平愿足。谁想太师起不良之心，将妾淫污。妾恨不即死，止因未与将军一诀，故且忍辱偷生。今幸得见，妾愿毕矣！此身已污，不得复事英雄；愿死于君前，以明妾志！』言讫，手攀曲栏，望荷花池便跳。吕布慌忙抱住，泣曰：『我知汝心久矣！只恨不能共语！』貂蝉手扯布曰：『妾今生不能与君为妻，愿相期于来世。』布曰：『我今生不能以汝为妻，非英雄也！』蝉曰：『妾度日如年，愿君怜而救之。』布曰：『我今偷空而来，恐老贼见疑，必当速去。』蝉牵其衣曰：『君如此惧怕老贼，妾身无见天日之期矣！』布立住曰：『容我徐图良策。』语罢，提戟欲去。貂蝉曰：『妾在深闺，闻将军之名，如雷灌耳，以为当世一人而已，谁想反受他人之制乎！』言讫，泪下如雨。布羞惭满面，重复倚戟，回身搂抱貂蝉，用好言安慰。两个偎偎倚倚，不忍相离。

却说董卓在殿上，回头不见吕布，心中怀疑，连忙辞了献帝，登车回府；见布马系于府前，问门吏，

吏答曰：『温侯入后堂去了。』卓叱退左右，径入后堂中，寻觅不见；唤貂蝉，蝉亦不见。急问侍妾，侍妾曰：『貂蝉在后园看花。』卓寻入后园，正见吕布和貂蝉在凤仪亭下共语，画戟倚在一边。卓怒，大喝一声。布见卓至，大惊，回身便走。卓抢了画戟，挺着赶来。吕布走得快，卓肥胖赶不上，掷戟刺布。布打戟落地。卓拾戟再赶，布已走远。卓赶出园门，一人飞奔前来，与卓胸膛相撞，卓倒于地。正是：冲天怒气高千丈，仆地肥躯做一堆。未知此人是谁，且听下文分解。

第九回　除暴凶吕布助司徒　犯长安李傕听贾诩

却说那撞倒董卓的人，正是李儒。当下李儒扶起董卓，至书院中坐定。卓曰：『汝为何来此？』儒曰：『儒适至府门，知太师怒入后园，寻问吕布。因急走来，正遇吕布奔起，云：「太师杀我！」儒慌赶入园中劝解，不意误撞恩相。死罪！死罪！』卓曰：『叵耐逆贼！戏吾爱姬，誓必杀之！』儒曰：『恩相差矣。昔楚庄王「绝缨」之会，不究戏爱姬之蒋雄，后为秦兵所困，得其死力相救。今貂蝉不过一女子，而吕布乃太师心腹猛将也。太师若就此机会，以蝉赐布，布感大恩，必以死报太师。太师请自三思。』卓沈吟良久曰：『汝言亦是，我当思之。』儒谢而出。

卓入后堂，唤貂蝉问曰：『汝何与吕布私通耶？』蝉泣曰：『妾在后园看花，吕布突至。妾方惊避，布曰：「我乃太师之子，何必相避？」提戟赶妾至凤仪亭。妾见其心不良，恐为所逼，欲投荷池自尽，却被这厮抱住。正在生死之间，得太师来，救了性命。』董卓曰：『我今将汝赐与吕布，何如？』貂蝉大惊，哭曰：『妾身已事贵人，今忽欲下赐家奴，妾宁死不辱！』遂掣壁间宝剑欲自刎。卓慌夺剑拥抱曰：『吾戏汝！』貂蝉倒于卓怀，掩面大哭曰：『此必李儒之计也！儒与布交厚，故设此计，却不顾惜太师体面与贱妾性命。妾当生噬其肉！』卓曰：『吾安忍舍汝耶？』蝉曰：『虽蒙太师怜爱，但恐此处不宜久居，必被吕布所害。』卓曰：『吾明日和你归郿坞去，同受快乐，慎勿忧疑。』蝉方收泪拜谢。

次日，李儒入见曰：『今日良辰，可将貂蝉送与吕布。』卓曰：『布与我有父子之分，不便赐与。我只不究其罪。汝传我意，以好言慰之可也。』儒曰：『太师不可为妇人所惑。』卓变色曰：『汝之妻肯与吕布否？貂蝉之事，再勿多言；言则必斩！』李儒出，仰天长叹曰：『吾等皆死于妇人之手矣！』后人读书至此，有诗叹之曰：

司徒妙算托红裙，不用干戈不用兵。三战虎牢徒费力，凯歌却奏凤仪亭。

董卓即日下令还郿坞，百官俱拜送。貂蝉在车上，遥见吕布于稠人之内，眼望车中。貂蝉虚掩其面，如痛哭之状。车已去远，布缓辔于土冈之上，眼望车尘，叹惜痛恨。忽闻背后一人问曰：『温侯何不从太师去，乃在此遥望而发叹？』布视之，乃司徒王允也。相见毕，允曰：『老夫日来因染微恙，闭门不出，故久未得与将军一见。今日太师驾归郿坞，只得扶病出送，却喜得晤将军。请问将军，为何在此长叹？』布曰：『正为公女耳。』允佯惊曰：『许多时尚未与将军耶？』布曰：『老贼自宠幸久矣！』允佯大惊曰：『不信有此事！』布将前事一一告允。允仰面跌足，半晌不语；良久，乃言曰：『不意太师作此禽兽之行！』因挽布手曰：『且到寒舍商议。』布随允归。

允延入密室，置酒款待。布又将凤仪亭相遇之事，细述一遍。允曰：『太师淫吾之女，夺将军之妻，诚为天下耻笑。非笑太师，笑允与将军耳！然允老迈无能之辈，不足为道；可惜将军盖世英雄，亦受此污辱也！』布怒气冲天，拍案大叫。允急曰：『老夫失语，将军息怒。』布曰：『誓当杀此老贼，以雪吾耻！』

允急掩其口曰：『将军勿言，恐累及老夫。』布曰：『大丈夫生居天地间，岂能郁郁久居人下！』允曰：『以将军之才，诚非董太师所可限制。』布曰：『吾欲杀此老贼，奈是父子之情，恐惹后人议论。』允微笑曰：『将军自姓吕，太师自姓董。掷戟之时，岂有父子情耶？』布奋然曰：『非司徒言，布几自误！』允见其意已决，便说之曰：『将军若扶汉室，乃忠臣也，青史传名，流芳百世；将军若助董卓，乃反臣也，载之史笔，遗臭万年。』布避席下拜曰：『布意已决，司徒勿疑。』允曰：『但恐事或不成，反招大祸。』布拔带刀，刺臂出血为誓。允跪谢曰：『汉祀不斩，皆出将军之赐也。切勿泄漏！临期有计，自当相报。』布慨诺而去。

允即请仆射士孙瑞、司隶校尉黄琬商议。瑞曰：『方今主上有疾新愈，可遣一能言之人，往郿坞请卓议事；一面以天子密诏付吕布，使伏甲兵于朝门之内，引卓入诛之。此上策也。』琬曰：『何人敢去？』瑞曰：『吕布同郡骑都尉李肃，以董卓不迁其官，甚是怀怨。若令此人去，卓必不疑。』允曰：『善。』请吕布共议。布曰：『昔日劝吾杀丁建阳，亦此人也。今若不去，吾先斩之。』使人密请肃至。布曰：『昔日公说布使杀丁建阳而投董卓；今卓上欺天子，下虐生灵，罪恶贯盈，人神共愤。公可传天子诏往郿坞，宣卓入朝，伏兵诛之，力扶汉室，共作忠臣。尊意若何？』肃曰：『我亦欲除此贼久矣，恨无同心者耳。今将军若此，是天赐也，肃岂敢有二心！』遂折箭为誓。允曰：『公若能干此事，何患不得显官。』

次日，李肃引十数骑，前到郿坞。人报天子有诏，卓教唤入。李肃入拜。卓曰：『天子有何诏？』肃曰：『天子病体新痊，欲会文武于未央殿，议将禅位于太师，故有此诏。』卓曰：『王允之意若何？』肃曰：『王

司徒已命人筑「受禅台」，只等主公到来。』卓大喜曰：『吾夜梦一龙罩身，今日果得此喜信。时哉不可失！』便命心腹将李傕、郭汜、张济、樊稠四人领飞熊军三千守郿坞，自己即日排驾回京；顾谓李肃曰：『吾为帝，汝当为执金吾。』肃拜谢称『臣』。卓入辞其母。母时年九十余矣，问曰：『吾儿何往？』卓曰：『儿将往受汉禅，母亲早晚为太后也！』母曰：『吾近日肉颤心惊，恐非吉兆。』卓曰：『将为国母，岂不预有惊报！』遂辞母而行。临行，谓貂蝉曰：『吾为天子，当立汝为贵妃。』貂蝉已明知就里，假作欢喜拜谢。

卓出坞上车，前遮后拥，望长安来。行不到三十里，所乘之车，忽折一轮，卓下车乘马。又行不到十里，那马咆哮嘶喊，掣断辔头。卓问肃曰：『车折轮，马断辔，其兆若何？』肃曰：『乃太师应绍汉禅，弃旧换新，将乘玉辇金鞍之兆也。』卓喜而信其言。次日，正行间，忽然狂风骤起，昏雾蔽天。卓问肃曰：『此何祥也？』肃曰：『主公登龙位，必有红光紫雾，以壮天威耳。』卓又喜而不疑。既至外，百官俱出迎接。只有李儒抱病在家，不能出迎。卓进至相府，吕布入贺。卓曰：『吾登九五，汝当总督天下兵马。』布拜谢，就帐前歇宿。是夜有十数小儿于郊外作歌，风吹歌声入帐。歌曰：

千里草，何青青！十日卜，不得生！

歌声悲切。卓问李肃曰：『童谣主何吉凶？』肃曰：『亦只是言刘氏灭、董氏兴之意。』

次日侵晨，董卓摆列仪从入朝，忽见一道人，青袍白巾，手执长竿，上缚布一丈，两头各书一「口」字。卓问肃曰：『此道人何意？』肃曰：『乃心恙之人也。』呼将士驱去。卓进朝，群臣各具朝服，迎谒于道。

李肃手执宝剑扶车而行。到北掖门，军兵尽挡在门外，独有御车二十余人同入。董卓遥见王允等各执宝剑立于殿门，惊问肃曰：『持剑是何意？』肃不应，推车直入。王允大呼曰：『反贼至此，武士何在？』两旁转出百余人，持戟挺槊刺之。卓裹甲不入，伤臂坠车，大呼曰：『吾儿奉先何在？』吕布从车后厉声出曰：『有诏讨贼！』一戟直刺咽喉，李肃早割头在手。吕布左手持戟，右手怀中取诏，大呼曰：『奉诏讨贼臣董卓，其余不问！』将吏皆呼万岁。后人有诗叹董卓曰：

霸业成时为帝王，不成且作富家郎。谁知天意无私曲，郿坞方成已灭亡。

却说当下吕布大呼曰：『助卓为虐者，皆李儒也！谁可擒之？』李肃应声愿往。忽听朝门外发喊，人报李儒家奴已将李儒绑缚来献。王允命缚赴市曹斩之；又将董卓尸首，号令通衢。卓尸肥胖，看尸军士以火置其脐中为灯，膏流满地。百姓过者，莫不手掷其头，足践其尸。王允又命吕布同皇甫嵩、李肃领兵五万，至郿坞抄籍董卓家产、人口。

却说李傕、郭汜、张济、樊稠闻董卓已死，吕布将至，便引了飞熊军连夜奔凉州去了。吕布至郿坞，先取了貂蝉。皇甫嵩命将坞中所藏良家

第九回 暴凶吕布助司徒 犯长安李傕听贾诩

子女，尽行释放。但系董卓亲属，不分老幼，悉皆诛戮。卓母亦被杀。卓弟董旻、侄董璜皆斩首号令。收籍坞中所蓄，黄金数十万，白金数百万，绮罗、珠宝、器皿、粮食，不计其数。回报王允。允乃大犒军士，设宴于都堂，召集众官，酌酒称庆。

正饮宴间，忽人报曰：『董卓暴尸于市，忽有一人伏其尸而大哭。』允怒曰：『董卓伏诛，士民莫不称贺；此何人，独敢哭耶！』遂唤武士：『与吾擒来！』须臾擒至。众官见之，无不惊骇：原来那人不是别人，乃侍中蔡邕也。允叱曰：『董卓逆贼，今日伏诛，国之大幸。汝为汉臣，乃不为国庆，反为贼哭，何也？』邕伏罪曰：『邕虽不才，亦知大义，岂肯背国而向卓？只因一时知遇之感，不觉为之一哭，自知罪大，愿公见原。倘得黥首刖(yuè)足，使续成汉史，以赎其罪，邕之幸也。』众官惜邕之才，皆力救之。太傅马日磾亦密谓允曰：『伯喈(jiē)旷世逸才，若使续成汉史，诚为盛事。且其孝行素著，若遽杀之，恐失人望。』允曰：『昔孝武不杀司马迁，后使作史，遂致谤书流于后世。方今国运衰微，朝政错乱，不可令佞臣执笔于幼主左右，使吾等蒙其讪议也。』日磾无言而退，私谓众官曰：『王允其无后乎！善人，国之纪也；制作，国之典也。灭纪废典，岂能久乎？』当下王允不听马日磾之言，命将蔡邕下狱中缢死。一时士大夫闻者，尽为流涕。后人论蔡邕之哭董卓，固自不是；允之杀之，亦为已甚。有诗叹曰：

董卓专权肆不仁，侍中何自竟亡身？当时诸葛隆中卧，安肯轻身事乱臣。

且说李傕、郭汜、张济、樊稠逃居陕西，使人至长安上表求赦。王允曰：『卓之跋扈，皆此四人助之；

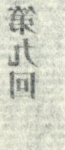

今虽大赦天下，独不赦此四人。』使者回报李傕。傕曰：『求赦不得，各自逃生可也。』谋士贾诩曰：『诸君若弃军单行，则一亭长能缚君矣。不若诱集陕人，并本部军马，杀入长安，与董卓报仇。事济，奉朝廷以正天下；若其不胜，走亦未迟。』傕等然其说，遂流言于西凉州曰：『王允将欲洗荡此方之人矣！』众皆惊惶。乃复扬言曰：『徒死无益，能从我反乎？』众皆愿从。于是聚众十余万，分作四路，杀奔长安来。路逢董卓女婿中郎将牛辅，引军五千人，欲去与丈人报仇，李傕便与合兵，使为前驱。四人陆续进发。

王允听知西凉兵来，与吕布商议。布曰：『司徒放心。量此鼠辈，何足数也！』遂引李肃将兵出敌。肃当先迎战，正与牛辅相遇，大杀一阵。牛辅抵敌不过，败阵而去。不想是夜二更，牛辅乘肃不备，竟来劫寨。肃军乱窜，败走三十余里，折军大半，来见吕布。布大怒曰：『汝何挫吾锐气！』遂斩李肃，悬头军门。次日，吕布进兵与牛辅对敌。量牛辅如何敌得吕布，仍复大败而走。是夜牛辅唤心腹人胡赤儿商议曰：『吕布骁勇，万不能敌；不如瞒了李傕等四人，暗藏金珠，与亲随三五人弃军而去。』胡赤儿应允。是夜收拾金珠，弃营而走，随行者三四人。将渡一河，赤儿欲谋取金珠，竟杀死牛辅，将头来献吕布。布问起情由，从人出首：『胡赤儿谋杀牛辅，夺其金宝。』布怒，即将赤儿诛杀。领军前进，正迎着李傕军马。吕布不等他列阵，便挺戟跃马，麾军直冲过来。傕军不能抵当，退走五十余里，依山下寨，请郭汜、张济、樊稠共议，曰：『吕布虽勇，然而无谋，不足为虑。我引军守住谷口，每日诱他厮杀。郭将军可领军抄击其后，效彭越挠楚之法，鸣金进兵，擂鼓收兵。张、樊二公，却分兵两路，径取长安。彼首尾不能救应，必然大败。』众用其计。

却说吕布勒兵到山下，李傕引军搦战。布忿怒冲杀过去，傕退走上山。山上矢石如雨，布军不能进。忽报郭汜在阵后杀来，布急回战。只闻鼓声大震，汜军已退。布方欲收军，锣声响处，傕军又来。未及对敌，背后郭汜又领军杀到。及至吕布来时，却又擂鼓收军去了。激得吕布怒气填胸。一连如此几日，欲战不得，欲止不得。正在恼怒，忽然飞马报来，说张济、樊稠两路军马，竟犯长安，京城危急。布急领军回，背后李傕、郭汜杀来。布无心恋战，只顾奔走，折了好些人马。比及到长安城下，贼兵云屯雨集，围定城池，布军与战不利。军士畏吕布暴厉，多有降贼者，布心甚忧。数日之后，董卓余党李蒙、王方在城中为贼内应，偷开城门，四路贼军一齐拥入。吕布左冲右突，拦挡不住，引数百骑往青琐门外，呼王允曰：『势急矣！请司徒上马，同出关去，别图良策。』允曰：『若蒙社稷之灵，得安国家，吾之愿也；若不获已，则允奉身以死。临难苟免，吾不为也。为我谢关东诸公，努力以国家为念！』吕布再三相劝，王允只是不肯去。不一时，各门火焰竟天，吕布只得弃却家小，引百余骑飞奔出关，投袁术去了。

李傕、郭汜纵兵大掠。太常卿种拂、太仆鲁馗、大鸿胪周奂、城门校尉崔烈、越骑校尉王颀皆死于国难。贼兵围绕内庭至急，侍臣请天子上宣平门止乱。李傕等望见黄盖，约住军士，口呼『万岁』。献帝倚楼问曰：『卿不候奏请，辄入长安，意欲何为？』李傕、郭汜仰面奏曰：『董太师乃陛下社稷之臣，无端被王允谋杀，臣等特来报仇，非敢造反。但见王允，臣便退兵。』王允时在帝侧，闻知此言，奏曰：『臣本为社稷计。事已至此，陛下不可惜臣，以误国家。臣请下见二贼。』帝徘徊不忍。允自宣平门楼上跳下楼去，

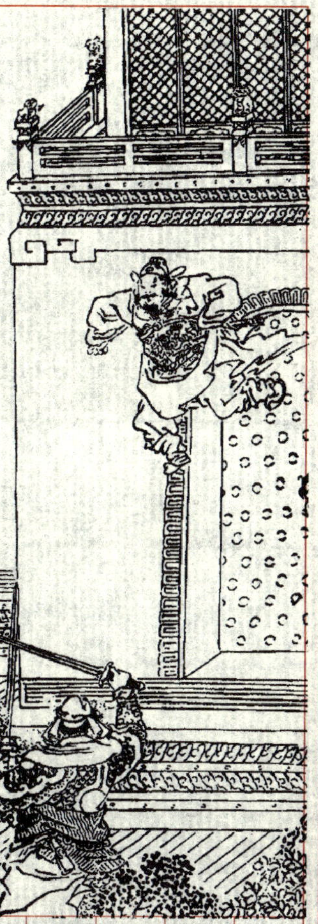

犯长安李傕听贾诩
点翠山人

大呼曰：『王允在此！』李傕、郭汜拔剑叱曰：『董太师何罪而见杀？』允曰：『董贼之罪，弥天亘地，不可胜言！受诛之日，长安士民，皆相庆贺，汝独不闻乎？』傕、汜曰：『太师有罪，我等何罪，不肯相赦？』王允大骂：『逆贼何必多言！我王允今日有死而已！』二贼手起，把王允杀于楼下。史官有诗赞曰：

王允运机筹，奸臣董卓休。心怀家国恨，眉锁庙堂忧。英气连霄汉，忠诚贯斗牛。至今魂与魄，犹绕凤凰楼。

众贼杀了王允，一面又差人将王允宗族老幼，尽行杀害。士民无不下泪。当下李傕、郭汜寻思曰：『既到这里，不杀天子谋大事，更待何时？』便持剑大呼，杀入内来。正是：巨魁伏罪灾方息，从贼纵横祸又来。

未知献帝性命如何，且听下文分解。

第十回　勤王室马腾举义　报父仇曹操兴师

却说李、郭二贼欲弑献帝。张济、樊稠谏曰：『不可。今日若便杀之，恐众人不服，不如仍旧奉之为主，赚诸侯入关，先去其羽翼，然后杀之，天下可图也。』李、郭二人从其言，按住兵器。帝在楼上宣谕曰：『王允既诛，军马何故不退？』李傕、郭汜曰：『臣等有功王室，未蒙赐爵，故不敢退军。』帝曰：『卿欲封何爵？』李、郭、张、樊四人各自写职衔献上，勒要如此官品。帝只得从之：封李傕为车骑将军、池阳侯，领司隶校尉，假节钺；郭汜为后将军、美阳侯，假节钺，同秉朝政；樊稠为右将军、万年侯；张济为骠骑将军、平阳侯，领兵屯弘农。其余李蒙、王方等，各为校尉。然后谢恩，领兵出城。又下令追寻董卓尸首，获得些零碎皮骨，以香木雕成形体，安凑停当，大设祭礼，用王者衣冠棺椁，选择吉日，迁葬郿坞。临葬之期，天降大雷雨，平地水深数尺，霹雳震开其棺，尸首提出棺外。李傕候晴再葬，是夜又复如是。三次改葬，皆不能葬，零皮碎骨，悉为雷火消灭。天之怒卓，可谓甚矣！

且说李傕、郭汜既掌大权，残虐百姓，密遣心腹侍帝左右，观其动静。献帝此时举动荆棘。朝廷官员，并由二贼升降。因采人望，特宣朱儁入朝，封为太仆，同领朝政。一日，人报西凉太守马腾、并州刺史韩遂二将引军十余万，杀奔长安来，声言讨贼。原来二将先曾使人入长安，结连侍中马宇、谏议大夫种邵、左中郎将刘范三人为内应，共谋贼党。三人密奏献帝，封马腾为征西将军、韩遂为镇西将军，各受密诏，

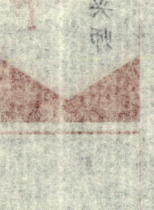

并力讨贼。当下李傕、郭汜、张济、樊稠闻二军将至，一同商议御敌之策。谋士贾诩曰：『二军远来，只宜深沟高垒，坚守以拒之。不过百日，彼兵粮尽，必将自退，然后引兵追之，二将可擒矣。』李蒙、王方出曰：『此非好计。愿借精兵万人，立斩马腾、韩遂之头，献于麾下。』贾诩曰：『今若即战，必当败绩。』李蒙、王方齐声曰：『若吾二人败，情愿斩首；吾若战胜，公亦当输首级与我。』诩谓李傕、郭汜曰：『长安西二百里盩(zhōu)厔(zhī)山，其路险峻，可使张、樊两将军屯兵于此，坚壁守之；待李蒙、王方自引兵迎敌，可也。』李傕、郭汜从其言，点一万五千人马与李蒙、王方。二人忻喜而去，离长安二百八十里下寨。

西凉兵到，两个引军迎去。西凉军马拦路摆开阵势。马腾、韩遂联辔而出，指李蒙、王方骂曰：『反国之贼！谁去擒之？』言未绝，只见一位少年将军，面如冠玉，眼若流星，虎体猿臂，彪腹狼腰；手执长枪，坐骑骏马，从阵中飞出。原来那将即马腾之子马超，字孟起，年方十七岁，英勇无敌。王方欺他年幼，跃马迎战。战不到数合，早被马超一枪刺于马下。马超勒马便回。李蒙见王方刺死，一骑马从马超背后赶来。超只做不知。马腾在阵门下大叫：『背后有人追赶！』声犹未绝，只见

马超已将李蒙擒在马上。原来马超明知李蒙追赶，却故意俄延；等他马近举枪刺来，超将身一闪，李蒙搠个空，两马相并，被马超轻舒猿臂，生擒过去。军士无主，望风奔逃。马腾、韩遂乘势追杀，大获胜捷，直逼隘口下寨，把李蒙斩首号令。

李傕、郭汜听知李蒙、王方皆被马超杀了，方信贾诩有先见之明，重用其计，只理会紧守关防，由他搦战，并不出迎。果然西凉军未及两月，粮草俱乏，商议回军。恰好长安城中马宇家僮出首家主与刘范、种邵，外连马腾、韩遂，欲为内应等情。李傕、郭汜大怒，尽收三家老少良贱斩于市，把三颗首级，直来门前号令。马腾、韩遂见军粮已尽，内应又泄，只得拔寨退军。李傕、郭汜令张济引军赶马腾，樊稠引军赶韩遂，西凉军大败。马超在后死战，杀退张济。樊稠去赶韩遂，看看赶上，相近陈仓，韩遂勒马向樊稠曰：『吾与公乃同乡之人，今日何太无情？』樊稠也勒住马答道：『上命不可违！』韩遂曰：『吾此来为国家耳，公何相逼之甚也？』樊稠听罢，拨转马头，收兵回寨，让韩遂去了。

不提防李傕之侄李别，见樊稠放走韩遂，回报其叔。李傕大怒，便欲兴兵讨樊稠。贾诩曰：『目今人心未宁，频动干戈，深为不便；不若设一宴，请张济、樊稠庆功，就席间擒稠斩之，毫不费力。』李傕大喜，便设宴请张济、樊稠。二将忻然赴宴。酒半阑，李傕忽然变色曰：『樊稠何故交通韩遂，欲谋造反？』稠大惊，未及回言；只见刀斧手拥出，早把樊稠斩首于案下。吓得张济俯伏于地。李傕扶起曰：『樊稠谋反，故尔诛之；公乃吾之心腹，何须惊惧？』将樊稠军拨与张济管领。张济自回弘农去了。

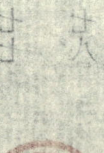

李傕、郭汜自战败西凉兵，诸侯莫敢谁何。贾诩屡劝抚安百姓，结纳贤豪。自是朝廷微有生意。不想青州黄巾又起，聚众数十万，头目不等，劫掠良民。太仆朱儁保举一人，可破群贼。李傕、郭汜问是何人。朱儁曰：『要破山东群贼，非曹孟德不可。』李傕曰：『孟德今在何处？』曰：『现为东郡太守，广有军兵。若命此人讨贼，贼可克日而破也。』李傕大喜，星夜草诏，差人赍往东郡，命曹操与济北相鲍信一同破贼。操领了圣旨，会同鲍信，一同兴兵，击贼于寿阳。鲍信杀入重地，为贼所害。操追赶贼兵，直到济北，降者数万。操即用贼为前驱，兵马到处，无不降顺。不过百余日，招安到降兵三十余万、男女百余万口。操择精锐者，号为『青州兵』，其余尽令归农。操自此威名日重。捷书报到长安，朝廷加曹操为镇东将军。

操在兖州，招贤纳士。有叔侄二人来投操：乃颍川颍阴人，姓荀，名彧，字文若，荀绲之子也；旧事袁绍，今弃绍投操；操与语大悦，曰：『此吾之子房也！』遂以为行军司马。其侄荀攸，字公达，海内名士，曾拜黄门侍郎，后弃官归乡，今与其叔同投曹操，操以为行军教授。荀彧曰：『某闻兖州有一贤士，今此人不知何在。』操问是谁，彧曰：『乃东郡东阿人，姓程，名昱，字仲德。』操曰：『吾亦闻名久矣。』遂遣人于乡中寻问。访得他在山中读书，操拜请之。程昱来见，曹操大喜。昱谓荀彧曰：『某孤陋寡闻，不足当公之荐。公之乡人姓郭，名嘉，字奉孝，乃当今贤士，何不罗而致之？』彧猛省曰：『吾几忘却！』遂启操征聘郭嘉到兖州，共论天下之事。郭嘉荐光武嫡派子孙，淮南成德人，姓刘，名晔，字子阳。操即聘晔至。晔又荐二人：一个是山阳昌邑人，姓满，名宠，字伯宁；一个是武城人，姓吕，名虔，字子恪。

曹操亦素知这两个名誉，就聘为军中从事。满宠、吕虔共荐一人，乃陈留平邱人，姓毛，名玠，字孝先。曹操亦聘为从事。又有一将引军数百人，来投曹操：乃泰山巨平人，姓于，名禁，字文则。操见其人弓马熟娴，武艺出众，命为点军司马。一日，夏侯惇引一大汉来见，操问何人，惇曰：『此乃陈留人，姓典，名韦，勇力过人。旧跟张邈，与帐下人不和，手杀数十人，逃窜山中。惇出射猎，见韦逐虎过涧，因收于军中。今特荐之于公。』操曰：『吾观此人容貌魁梧，必有勇力。』惇曰：『他曾为友报仇杀人，提头直出闹市，数百人不敢近。只今所使两枝铁戟，重八十斤，挟之上马，运使如飞。』操即令韦试之。韦挟戟骤马，往来驰骋。忽见帐下大旗为风所吹，岌岌欲倒，众军士挟持不定；韦下马，喝退众军，一手执定旗杆，立于风中，巍然不动。操曰：『此古之恶来也！』遂命为帐前都尉，解身上锦袄，及骏马雕鞍赐之。

自是曹操部下文有谋臣，武有猛将，威镇山东。乃遣泰山太守应劭，往琅琊郡取父曹嵩。嵩自陈留避难，隐居琅琊；当日接了书信，便与弟曹德及一家老小四十余人，带从者百余人，车百余辆，径望兖州而来。道经徐州，太守陶谦，字恭祖，为人温厚纯笃，向欲结纳曹操，正无其由；知操父经过，遂出境迎接，再拜致敬，大设筵宴，款待两日。曹嵩要行，陶谦亲送出郭，特差都尉张闿(kǎi)，将部兵五百护送。曹嵩率家小行到华、费间，时夏末秋初，大雨骤至，只得投一古寺歇宿。寺僧接入。嵩安顿家小，命张闿将军马屯于两廊。众军衣装，都被雨打湿，同声嗟怨。张闿唤手下头目于静处商议曰：『我们本是黄巾余党，勉强降顺陶谦，未有好处。如今曹家辎重车辆无数，你们欲得富贵不难，只就今夜三更，大家砍将入去，把

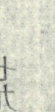

曹嵩一家杀了，取了财物，同往山中落草。此计何如？」众皆应允。是夜风雨未息，曹嵩正坐，忽闻四壁喊声大举。曹德提剑出看，就被搠死。曹嵩忙引一妾奔入方丈后，欲越墙而走；妾肥胖不能出，嵩慌急，与妾躲于厕中，被乱军所杀。应劭死命逃脱，投袁绍去了。张闿杀尽曹嵩全家，取了财物，放火烧寺，与五百人逃奔淮南去了。后人有诗曰：

曹操奸雄世所夸，曾将吕氏杀全家。如今阖户逢人杀，天理循环报不差。

当下应劭部下有逃命的军士，报与曹操。操闻之，哭倒于地。众人救起。操切齿曰：「陶谦纵兵杀吾父，此仇不共戴天！吾今悉起大军，洗荡徐州，方雪吾恨！」遂留荀彧、程昱领军三万守鄄城、范县、东阿三县，其余尽杀奔徐州来。夏侯惇、于禁、典韦为先锋。操令但得城池，将城中百姓，尽行屠戮，以雪父仇。当有九江太守边让，与陶谦交厚，闻知徐州有难，自引兵五千来救。操闻之大怒，使夏侯惇于路截杀之。时陈宫为东郡从事，亦与陶谦交厚；闻曹操起兵报仇，欲尽杀百姓，星夜前来见操。操知是为陶谦作说客，欲待不见，又灭不过旧恩，只得请入帐中相见。宫曰：「今闻明公以大兵临徐州，报尊父之仇，所到欲尽杀百姓，某因此特来进言。陶谦乃仁人君子，非好利忘义之辈；尊父遇害，乃张闿之恶，非谦罪也。且州县之民，与明公何仇？杀之不祥。望三思而行。」操怒曰：「公昔弃我而去，今有何面目复来相见？陶谦杀吾一家，誓当摘胆剜心，以雪吾恨！公虽为陶谦游说，其如吾不听何！」陈宫辞出，叹曰：「吾亦无面目见陶谦也！」遂驰马投陈留太守张邈去了。

且说操大军所到之处，杀戮人民，发掘坟墓。陶谦在徐州，闻曹操起军报仇，杀戮百姓，仰天恸哭曰：「我获罪于天，致使徐州之民，受此大难！」急聚众官商议。曹豹曰：「曹兵既至，岂可束手待死！某愿助使君破之。」陶谦只得引兵出迎，远望操军如铺霜涌雪，中军竖起白旗二面，大书「报仇雪恨」四字。军马列成阵势，曹操纵马出阵，身穿缟素，扬鞭大骂。陶谦亦出马于门旗下，欠身施礼曰：「谦本欲结好明公，故托张闿护送。不想贼心不改，致有此事。实不干陶谦之故。望明公察之。」操大骂曰：「老匹夫！杀吾父，尚敢乱言！谁可生擒老贼？」夏侯惇应声而出。陶谦慌走入阵。夏侯惇赶来，曹豹挺枪跃马，前来迎敌。两马相交，忽然狂风大作，飞沙走石，两军皆乱，各自收兵。

陶谦入城，与众计议曰：「曹兵势大难敌，吾当自缚往操营，任其剖割，以救徐州一郡百姓之命。」言未绝，一人进前言曰：「府君久镇徐州，人民感恩。今曹兵虽众，未能即破我城。府君与百姓坚守勿出。某虽不才，愿施小策，教曹操死无葬身之地！」众人大惊，便问计将安出。正是：本为纳交反成怨，那知绝处又逢生？毕竟此人是谁，且听下文分解。

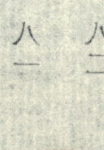

第十一回　刘皇叔北海救孔融　吕温侯濮阳破曹操

却说献计之人，乃东海朐(qú)县人，姓糜，名竺，字子仲。此人家世富豪，尝往洛阳买卖，乘车而回，路遇一美妇人，来求同载，竺乃下车步行，让车与妇人坐。妇人请竺同载。竺上车端坐，目不邪视。行及数里，妇人辞去，临别对竺曰：『我乃南方火德星君也，奉上帝敕，往烧汝家。感君相待以礼，故明告君。君可速归，搬出财物。吾当夜来。』言讫不见。竺大惊，飞奔到家，将家中所有，疾忙搬出。是晚果然厨中火起，尽烧其屋。竺因此广舍家财，济贫拔苦。后陶谦聘为别驾从事。当日献计曰：『某愿亲往北海郡，求孔融起兵救援；更得一人往青州田楷处求救。若二处军马齐来，操必退兵矣。』谦从之，遂写书二封，问帐下谁人敢去青州求救。一人应声愿往。众视之，乃广陵人，姓陈，名登，字元龙。陶谦先打发陈元龙往青州去讫，然后命糜竺赍书赴北海，自己率众守城，以备攻击。

却说北海孔融，字文举，鲁国曲阜人也，孔子二十世孙，泰山都尉孔宙之子。自小聪明，年十岁时，往谒河南尹李膺，阍(hūn)人难之，融曰：『我系李相通家。』及入见，膺问曰：『汝祖与吾祖何亲？』融曰：『昔孔子曾问礼于老子，融与君岂非累世通家？』膺大奇之。少顷，太中大夫陈炜至。膺指融曰：『此奇童也。』炜曰：『小时聪明，大时未必聪明。』融即应声曰：『如君所言，幼时必聪明者。』炜等皆笑曰：『此子长成，必当代之伟器也。』自此得名。后为中郎将，累迁北海太守。极好宾客，常曰：『座上客常满，樽中酒不空：吾之愿也。』在北海六年，甚得民心。

当日正与客坐，人报徐州糜竺至。融请入见，问其来意，竺出陶谦书，言：『曹操攻围甚急，望明公垂救。』融曰：『吾与陶恭祖交厚，子仲又亲到此，如何不去？只是曹孟德与我无仇，当先遣人送书解和。如其不从，然后起兵。』竺曰：『曹操倚仗兵威，决不肯和。』融教一面点兵，一面差人送书。正商议间，忽报黄巾贼党管亥部领群寇数万杀奔前来。孔融大惊，急点本部人马，出城与贼迎战。管亥出马曰：『吾知北海粮广，可借一万石，即便退兵；不然，打破城池，老幼不留！』孔融叱曰：『吾乃大汉之臣，守大汉之地，岂有粮米与贼耶！』管亥大怒，拍马舞刀，直取孔融。融将宗宝挺枪出马，战不数合，被管亥一刀，砍宗宝于马下。孔融兵大乱，奔入城中。管亥分兵四面围城，孔融心中郁闷。糜竺怀愁，更不可言。

次日，孔融登城遥望，贼势浩大，倍添忧恼。忽见城外一人挺枪跃马杀入贼阵，左冲右突，如入无人之境，直到城下，大叫『开门』。孔融不识其人，不敢开门。贼众赶到壕边，那人回身连搠十数人下马，贼众倒退，融急命开门引入。其人下马弃枪，径到城上，拜见孔融。融问其姓名，对曰：『某东莱黄县人也，覆姓太史，名慈，字子义。老母重蒙恩顾。某昨自辽东回家省亲，知贼寇城。老母说：「屡受府君深恩，汝当往救。」某故单马而来。』孔融大喜。原来孔融与太史慈虽未识面，却晓得他是个英雄。因他远出，有老母住在离城二十里之外，融常使人遗以粟帛；母感融德，故特使慈来救。当下孔融重待太史慈，赠与衣甲鞍马。慈曰：『某愿借精兵一千，出城杀贼。』融曰：『君虽英勇，然贼势甚盛，不可轻出。』慈曰：

『老母感君厚德，特遣慈来；如不能解围，慈亦无颜见母矣。愿决一死战！』融曰：『吾闻刘玄德乃当世英雄，若请得他来相救，此围自解。只无人可使耳。』慈曰：『府君修书，某当急往。』融喜，修书付慈。慈擐甲上马，腰带弓矢，手持铁枪，饱食严装，城门开处，一骑飞出。近壕，贼将率众来战。慈连搠死数人，透围而出。管亥知有人出城，料必是请救兵的，便自引数百骑赶来，八面围定。慈倚住枪，拈弓搭箭，八面射之，无不应弦落马。贼众不敢来追。

太史慈得脱，星夜投平原来见刘玄德。施礼罢，具言孔北海被围求救之事，呈上书札。玄德看毕，问慈曰：『足下何人？』慈曰：『某太史慈，东海之鄙人也。与孔融亲非骨肉，比非乡党，特以气谊相投，有分忧共患之意。今管亥暴乱，北海被围，孤穷无告，危在旦夕。闻君仁义素著，能救人危急，故特令某冒锋突围，前来求救。』玄德敛容答曰：『孔北海知世间有刘备耶？』乃同云长、翼德点精兵三千，往北海郡进发。管亥望见救军来到，亲自引兵迎敌；因见玄德兵少，不以为意。玄德与关、张、太史慈立马阵前，管亥忿怒直出。太史慈却待向前，云长早出，直取管亥。两马相交，众军大喊。量管亥怎敌得云长，数十合之间，青龙刀起，劈管亥于马下。太史慈、张飞两骑齐出，双枪并举，杀入贼阵。玄德驱兵掩杀。城上孔融望见太史慈与关、张赶杀贼众，如虎入羊群，纵横莫当，便驱兵出城。两下夹攻，大败群贼，降者无数，余党溃散。

孔融迎接玄德入城，叙礼毕，大设筵宴庆贺。又引糜竺来见玄德，具言张闿杀曹嵩之事：『今曹操纵兵大掠，围住徐州，特来求救。』玄德曰：『陶恭祖乃仁人君子，不意受此无辜之冤。』孔融曰：『公乃汉室宗亲。今曹操残害百姓，倚强欺弱，何不与融同往救之？』玄德曰：『备非敢推辞，奈兵微将寡，恐难轻动。』孔融曰：『融之欲救陶恭祖，虽因旧谊，亦为大义。公岂独无仗义之心耶？』玄德曰：『既如此，请文举先行，容备去公孙瓒处，借三五千人马，随后便来。』融曰：『公切勿失信。』玄德曰：『公以备为何如人也？圣人云：「自古皆有死，人无信不立。」刘备借得军或借不得军，必然亲至。』孔融应允，教糜竺先回徐州去报，融便收拾起程。太史慈拜谢曰：『慈奉母命前来相助，今幸无虞。有扬州刺史刘繇，与慈同郡，有书来唤，不敢不去。容图再见。』融以金帛相酬，慈不肯受而归。其母见之，喜曰：『我喜汝有以报北海也！』遂遣慈往扬州去了。

不说孔融起兵。且说玄德离北海来见公孙瓒，具说欲救徐州之事。瓒曰：『曹操与君无仇，何苦替人出力？』玄德曰：『备已许人，不敢失信。』瓒曰：『我借与君马步军二千。』玄德曰：『更望借赵子龙一行。』瓒许之。玄德遂与关、张引本部三千人为前部，子龙引二千人随后，往徐州来。

却说糜竺回报陶谦，言北海又请得刘玄德来助；陈元龙也回报青州田楷欣然领兵来救；陶谦心安。原来孔融、田楷两路军马，惧怕曹兵势猛，远远依山下寨，未敢轻进。曹操见两路军马到，亦分了军势，不敢向前攻城。

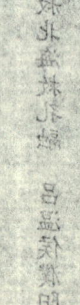

却说刘玄德军到，见孔融。融曰：『曹兵势大，操又善于用兵，未可轻战。且观其动静，然后进兵。』玄德曰：『但恐城中无粮，难以久持。备令云长、子龙领军四千，在公部下相助；备与张飞杀奔曹营，径

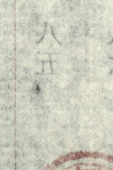

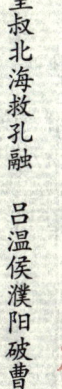

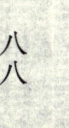

投徐州去见陶使君商议。』融大喜，会合田楷，为犄角之势；云长、子龙领兵两边接应。是日玄德、张飞引一千人马杀入曹兵寨边。正行之间，寨内一声鼓响，马军步军，如潮似浪，拥将出来。当头一员大将，乃是于禁，勒马大叫：『何处狂徒！往那里去！』张飞见了，更不打话，直取于禁。两马相交，战到数合，玄德掣双股剑麾兵大进，于禁败走。张飞当前追杀，直到徐州城下。城上望见红旗白字，大书『平原刘玄德』，陶谦急令开门。玄德入城，陶谦接着，共到府衙。礼毕，设宴相待，一壁劳军。陶谦见玄德仪表轩昂，语言豁达，心中大喜，便命糜竺取徐州牌印，让与玄德。玄德愕然曰：『公何意也？』谦曰：『今天下扰乱，王纲不振；公乃汉室宗亲，正宜力扶社稷。老夫年迈无能，情愿将徐州相让。公勿推辞。谦当自写表文，申奏朝廷。』玄德离席再拜曰：『刘备虽汉朝苗裔，功微德薄，为平原相犹恐不称职。今为大义，故来相助。公出此言，莫非疑刘备有吞并之心耶？若举此念，皇天不佑！』谦曰：『此老夫之实情也。』再三相让，玄德那里肯受。糜竺进曰：『今兵临城下，且当商议退敌之策。待事平之日，再当相让可也。』玄德曰：『备当遗书于曹操，劝令解和。操若不从，厮杀未迟。』于是传檄三寨，且按兵不动；遣人赍书以达曹操。

却说曹操正在军中，与诸将议事，人报徐州有战书到。操拆而观之，乃刘备书也。书略曰：

备自关外得拜君颜，嗣后天各一方，不及趋侍。向者，尊父曹侯，实因张闿不仁，以致被害，非陶恭祖之罪也。目今黄巾遗孽，扰乱于外；董卓余党，盘踞于内。愿明公先朝廷之急，而后私仇；撤徐州之兵，以救国难：则徐州幸甚，天下幸甚！

曹操看书，大骂：『刘备何人，敢以书来劝我！且中间有讥讽之意！』命斩来使，一面竭力攻城。郭嘉谏曰：『刘备远来救援，先礼后兵，主公当用好言答之，以慢备心；然后进兵攻城，城可破也。』操从其言，款留来使，候发回书。正商议间，忽流星马飞报祸事。操问其故，报说吕布已袭破兖州，进据濮阳。原来吕布自遭李、郭之乱，逃出武关，去投袁术；术怪吕布反覆不定，拒而不纳。投袁绍，绍纳之，与布共破张燕于常山。布自以为得志，傲慢袁绍手下将士。绍欲杀之。布乃去投张杨，杨纳之。时庞舒在长安城中，私藏吕布妻小，送还吕布。李傕、郭汜知之，遂斩庞舒，写书与张杨，教杀吕布。布因弃张杨去投张邈。恰好张邈弟张超引陈宫来见张邈。宫说邈曰：『今天下分崩，英雄并起；君以千里之众，而反受制于人，不亦鄙乎！今曹操征东，兖州空虚；而吕布乃当世勇士，若与之共取兖州，霸业可图也。』张邈大喜，便令吕布袭破兖州，随据濮阳。止有鄄城、东阿、范县三处，被荀彧、程昱设计死守得全，其余俱破。曹仁屡战，皆不能胜，特此告急。操闻报大惊曰：『兖州有失，使吾无家可归矣，不可不亟图之！』郭嘉曰：『主公正好卖个人情与刘备，退军去复兖州。』操然之，即时答书与刘备，拔寨退兵。

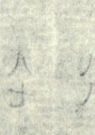

且说来使回徐州，入城见陶谦，呈上书札，言曹兵已退。谦大喜，差人请孔融、田楷、云长、子龙等赴城大会。饮宴既毕，谦延玄德于上座，拱手对众曰：『老夫年迈，二子不才，不堪国家重任。刘公乃帝室之胄(zhòu)，德广才高，可领徐州。老夫情愿乞闲养病。』玄德曰：『孔文举令备来救徐州，为义也。今无端据而有之，天下将以备为无义人矣。』糜竺曰：『今汉室陵迟，海宇颠覆，树功立业，正在此时。徐州

殷富，户口百万，刘使君领此，不可辞也。』玄德曰：『此事决不敢应命。』陈登曰：『陶府君多病，不能视事，明公勿辞。』玄德曰：『袁公路四世三公，海内所归，近在寿春，何不以州让之？』孔融曰：『袁公路冢中枯骨，何足挂齿！今日之事，天与不取，悔不可追。』玄德坚执不肯。陶谦泣下曰：『君若舍我而去，我死不瞑目矣！』云长曰：『既承陶公相让，兄且权领州事。』张飞曰：『又不是我强要他的州郡；他好意相让，何必苦苦推辞！』玄德曰：『汝等欲陷我于不义耶？』陶谦推让再三，玄德只是不受。陶谦曰：『如玄德必不肯从，此间近邑，名曰小沛，足可屯军，请玄德暂驻军此邑，以保徐州。何如？』众皆劝玄德留小沛，玄德从之。陶谦劳军已毕，赵云辞去，玄德执手挥泪而别。孔融、田楷亦各相别，引军自回。玄德与关、张引本部军来至小沛，修葺城垣，抚谕居民。

却说曹操回军，曹仁接着，言吕布势大，更有陈宫为辅，兖州、濮阳已失，其鄄城、东阿、范县三处，赖荀彧、程昱二人设计相连，死守城郭。操曰：『吾料吕布有勇无谋，不足虑也。』教且安营下寨，再作商议。吕布知曹操回兵，已过滕县，召副将薛兰、李封曰：『吾欲用汝二人久矣。汝可引军一万，坚守兖州。吾亲自率兵，前去破曹。』二人应诺。陈宫急入见曰：『将军弃兖州，欲何往乎？』布曰：『吾欲屯兵濮阳，以成鼎足之势。』宫曰：『差矣。薛兰必守兖州不住。此去正南一百八十里，泰山路险，可伏精兵万人在彼。曹兵闻失兖州，必然倍道而进，待其过半，一击可擒也。』布曰：『吾屯濮阳，别有良谋，汝岂知之！』遂不用陈宫之言，而用薛兰守兖州而行。曹操兵行至泰山险路，郭嘉曰：『且不可进，恐此处有伏兵。』曹操笑曰：『吕布无谋之辈，故教薛兰守兖州，自往濮阳，安得此处有埋伏耶？』教曹仁领一军围兖州，『吾进兵濮阳，速攻吕布。』陈宫闻曹兵至近，乃献计曰：『今曹兵远来疲困，利在速战，不可养成气力。』布曰：『吾匹马纵横天下，何愁曹操！待其下寨，吾自擒之。』

却说曹操兵近濮阳，下住寨脚。次日，引众将出，陈兵于野。操立马于门旗下，遥望吕布兵到。阵圆处，吕布当先出马，两边排开八员健将：第一个雁门马邑人，姓张，名辽，字文远；第二个泰山华阴人，姓臧，名霸，字宣高。两将又各引三员健将：郝萌、曹性、成廉、魏续、宋宪、侯成。布军五万，鼓声大震。操指吕布而言曰：『吾与汝自来无仇，何得夺吾州郡？』布曰：『汉家城池，诸人有分，偏尔合得？』便叫臧霸出马搦战。曹军内乐进出迎。两马相交，双枪齐举。战到三十余合，胜负不分。夏侯惇拍马便出助战，吕布阵上张辽截住厮杀。恼得吕布性起，挺戟骤马，冲出阵来。夏侯惇、乐进皆走，吕布掩杀，曹军大败，退三四十里。布自收军。曹操输了一阵，回寨与诸将商议。于禁曰：『某今日上山观望，濮阳之西，吕布有一寨，约无多军。今夜彼将谓我军败走，必不准备，可引兵击之；若得寨，布军必惧：此为上策。』

操从其言，带曹洪、李典、毛玠、吕虔、于禁、典韦六将，选马步二万人，连夜从小路进发。

却说吕布于寨中劳军。陈宫曰：『西寨是个要紧去处，倘或曹操袭之，奈何？』布曰：『他今日输了一阵，如何敢来！』宫曰：『曹操是极能用兵之人，须防他攻我不备。』布乃拨高顺并魏续、侯成引兵往守西寨。

却说曹操于黄昏时分，引军至西寨，四面突入。寨兵不能抵挡，四散奔走，曹操夺了寨。将及四更，高顺方引军到，杀将入来。曹操自引军马来迎，正逢高顺，三军混战。将及天明，正西鼓声大震，人报吕布自引救军来了。操弃寨而走。背后高顺、魏续、侯成赶来；当头吕布亲自引军来到。于禁、乐进双战吕布不住。操望北而行。山后一彪军出：左有张辽，右有臧霸。操使吕虔、曹洪战之，不利。操望西而走。忽又喊声大震，一彪军至：郝萌、曹性、成廉、宋宪四将拦住去路。众将死战，操当先冲阵。梆子响处，箭如骤雨射将来。操不能前进，无计可脱，大叫：『谁人救我！』马军队里，一将踊出，乃典韦也，手挺双铁戟，大叫：『主公勿忧！』飞身下马，插住双戟，取短戟十数枝，挟在手中，顾从人曰：『贼来十步乃呼我！』遂放开脚步，冒箭前行。布军数十骑追至。从人大叫曰：『十步矣！』韦曰：『五步乃呼我！』从人又曰：『五步矣！』韦乃飞戟刺之，一戟一人坠马，并无虚发，立杀十数人。众皆奔走。韦复飞身上马，挺一双大铁戟，冲杀入去。郝、曹、成、宋四将不能抵挡，各自逃去。典韦杀散敌军，救出曹操。众将随后也到，寻路归寨。看看天色傍晚，背后喊声起处，吕布骤马提戟赶来，大叫：『操贼休走！』此时人困马乏，大家面面相觑，各欲逃生。正是：虽能暂把重围脱，只怕难当劲敌追。不知曹操性命如何，且听下文分解。

第十二回　陶恭祖三让徐州　曹孟德大战吕布

曹操正慌走间，正南上一彪军到，乃夏侯惇引军来救援，截住吕布大战。斗到黄昏时分，大雨如注，各自引军分散。操回寨，重赏典韦，加为领军都尉。

却说吕布到寨，与陈宫商议。宫曰：『濮阳城中有富户田氏，家僮千百，为一郡之巨室；可令彼密使人往操寨中下书，言「吕温侯残暴不仁，民心大怨。今欲移兵黎阳，止有高顺在城内。可连夜进兵，我为内应」。操若来，诱之入城，四门放火，外设伏兵。曹操虽有经天纬地之才，到此安能得脱也？』吕布从其计，密谕田氏使人径到操寨。操因新败，正在踌躇，忽报田氏人到，呈上密书云：『吕布已往黎阳，城中空虚。万望速来，当为内应。城上插白旗，大书「义」字，便是暗号。』操大喜曰：『天使吾得濮阳也！』重赏来人，一面收拾起兵。刘晔曰：『布虽无谋，陈宫多计。只恐其中有诈，不可不防。明公欲去，当分三军为三队：两队伏城外接应，一队入城，方可。』

操从其言，分军三队，来至濮阳城下。操先往观之，见城上遍竖旗幡，西门角上，有一『义』字白旗，心中暗喜。是日午牌，城门开处，两员将引军出战：前军侯成，后军高顺。操即使典韦出马，直取侯成。侯成抵敌不过，回马望城中走。韦赶到吊桥边，高顺亦拦挡不住，都退入城中去了。数内有军人乘势混过阵来见操，说是田氏之使，呈上密书。约云：『今夜初更时分，城上鸣锣为号，便可进兵。某当献门。』

操拨夏侯惇引军在左，曹洪引军在右，自己引夏侯渊、李典、乐进、典韦四将，率兵入城。李典曰：『主公且在城外，容某等先入城去。』操喝曰：『我不自往，谁肯向前！』遂当先领兵直入。时约初更，月光未上。只听得西门上吹蠃壳声，喊声忽起，门上火把燎乱，城门大开，吊桥放落。曹操争先拍马而入。直到州衙，路上不见一人。操知是计，忙拨回马，大叫：『退兵！』州衙中一声炮响，四门烈火，轰天而起；金鼓齐鸣，喊声如江翻海沸。东巷内转出张辽，西巷内转出臧霸，夹攻掩杀。操走北门，道傍转出郝萌、曹性，又杀一阵。操急走南门，高顺、侯成拦住。典韦怒目咬牙，冲杀出去。高顺、侯成倒走出城。典韦杀到吊桥，回头不见了曹操，翻身复杀入城下，门下撞着李典。典韦问：『主公何在？』典曰：『吾亦寻不见。』韦曰：『汝在城外催救军，我入去寻主公。』李典去了。典韦杀入城中，寻觅不见；再杀出城壕边，撞着乐进。进曰：『主公何在？』韦曰：『我往复两遭，寻觅不见。』进曰：『同杀入去救主！』两人到门边，城上火炮滚下，乐进马不能入。典韦冒烟突火，又杀入去，到处寻觅。

却说曹操见典韦杀出去了，四下里人马截来，不得出南门；再转北门，火光里正撞见吕布挺戟跃马而来。操以手掩面，加鞭纵马竟过。吕布从后拍马赶来，将戟于操盔上一击，问曰：『曹操何在？』操反指曰：『前面骑黄马者是他。』吕布听说，弃了曹操，纵马向前追赶。曹操拨转马头，望东门而走，正逢典韦。韦拥护曹操，杀条血路，到城门边，火焰甚盛，城上推下柴草，遍地都是火。韦用戟拨开，飞马冒烟突火先出。曹操随后亦出。方到门道边，城门上崩下一条火梁来，正打着曹操战马后胯，那马扑地倒了。操用手托梁推放地上，手臂须发，尽被烧伤。典韦回马来救，恰好夏侯渊亦到。两个同救起曹操，突火而出。操乘渊马，典韦杀条大路而走。直混战到天明，操方回寨。

众将拜伏问安，操仰面笑曰：『误中匹夫之计，吾必当报之！』郭嘉曰：『计可速发。』操曰：『今只将计就计：诈言我被火伤，已经身死。布必引兵来攻。我伏兵于马陵山中，候其兵半渡而击之，布可擒矣。』嘉曰：『真良策也！』于是令军士挂孝发丧，诈言操死。早有人来濮阳报吕布，说曹操被火烧伤肢体，到寨身死。布随点起军马，杀奔马陵山来。将到操寨，一声鼓响，伏兵四起。吕布死战得脱，折了好些人马，败回濮阳，坚守不出。是年蝗虫忽起，食尽禾稻。关东一境，每谷一斛，直钱五十贯，人民相食。曹操因军中粮尽，引兵回鄄城暂住。吕布亦引兵出屯山阳就食。因此二处权且罢兵。

却说陶谦在徐州，时年已六十三岁，忽然染病，看看沉重。请糜竺、陈登议事。竺曰：『曹兵之去，止为吕布袭兖州故也。今因岁荒罢兵，来春又必至矣。府君两番欲让位于刘玄德，时府君尚强健，故玄德不肯受；今病已沉重，正可就此而与之，玄德不肯辞矣。』谦大喜，使人来小沛，请刘玄德商议军务。玄德引关、张带数十骑到徐州，陶谦教请入卧内。玄德问安毕，谦曰：『请玄德公，不为别事：止因老夫病已危笃，朝夕难保；万望明公可怜汉家城池为重，受取徐州牌印，老夫死亦瞑目矣！』玄德曰：『君有二子，何不传之？』谦曰：『长子商，次子应，其才皆不堪任。老夫死后，犹望明公教诲，切勿令掌州事。』玄德曰：『备一身安能当此大任？』谦曰：『某举一人，可为公辅：系北海人，姓孙，名乾，字公佑。此

人可使为从事。』又谓糜竺曰：『刘公当世人杰，汝当善事之。』玄德终是推托，陶谦以手指心而死。众军举哀毕，即捧牌印交送玄德。玄德固辞。次日，徐州百姓，拥挤府前哭拜曰：『刘使君若不领此郡，我等皆不能安生矣！』关、张二公亦再三相劝。玄德乃许权领徐州事，使孙乾、糜竺为辅，陈登为幕官；尽取小沛军马入城，出榜安民；一面安排丧事。玄德与大小军士，尽皆挂孝，大设祭奠。祭毕，葬于黄河之原。将陶谦遗表，申奏朝廷。

操在鄄(juàn)城，知陶谦已死，刘玄德领徐州牧，大怒曰：『我仇未报，汝不费半箭之功，坐得徐州！吾必先杀刘备，后戮谦尸，以雪先君之怨！』即传号令，克日起兵去打徐州。荀彧(yù)入谏曰：『昔高祖保关中，光武据河内，皆深根固本以制天下，进足以胜敌，退足以坚守，故虽有困，终济大业。明公本首事兖州，且河、济乃天下之要地，是亦昔之关中、河内也。今若取徐州，多留兵则不足用，少留兵则吕布乘虚寇之，是无兖州也。若徐州不得，明公安所归乎？今陶谦虽死，已有刘备守之。徐州之民，既已服备，必助备死战。明公弃兖州而取徐州，是弃大而就小，去本而求末，以安而易危也。

愿熟思之。』操曰：『今岁荒乏粮，军士坐守于此，终非良策。』彧曰：『不如东略陈地，使军就食汝南、颍川。黄巾余党何仪、黄劭等，劫掠州郡，多有金帛、粮食，此等贼徒，又容易破；破而取其粮，以养三军，朝廷喜，百姓悦，乃顺天之事也。』

操喜，从之，乃留夏侯惇、曹仁守鄄城等处，自引兵先略陈地，次及汝、颍。黄巾何仪、黄劭知曹兵到，引众来迎，会于羊山。时贼兵虽众，都是狐群狗党，并无队伍行列。操令强弓硬弩射住，令典韦出马。何仪令副元帅出战，不三合，被典韦一戟刺于马下。操引众乘势赶过羊山下寨。次日，黄劭自引军来。阵圆处，一将步行出战，头裹黄巾，身披绿袄，手提铁棒，大叫：『我乃截天夜叉何曼也！谁敢与我厮斗？』曹洪见了，大喝一声，飞身下马，提刀步出。两下向阵前厮杀，四五十合，胜负不分。曹洪诈败而走，何曼赶来。洪用拖刀背砍计，转身一踅(xué)，砍中何曼，再复一刀，杀死。李典乘势飞马直入贼阵。黄劭不及提备，被李典生擒活捉过来。曹兵掩杀贼众，夺其金帛、粮食无数。何仪势孤，引数百骑奔走葛陂。正行之间，山背后撞出一军。为头一个壮士，身长八尺，腰大十围，手提大刀，截住去路。何仪挺枪出迎，只一合，被那壮士活挟过去。余众着忙，皆下马受缚，被壮士尽驱入葛陂坞中。

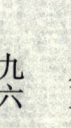

却说典韦追袭何仪到葛陂，壮士引军迎住。典韦曰：『汝亦黄巾贼耶？』壮士曰：『黄巾数百骑，尽被我擒在坞内！』韦曰：『何不献出？』壮士曰：『你若赢得手中宝刀，我便献出！』韦大怒，挺双戟向前来战。两个从辰至午，不分胜负，各自少歇。不一时，那壮士又出搦战，典韦亦出。直战到黄昏，各因

马乏暂止。典韦手下军士，飞报曹操。操大惊，忙引众将来看。次日，壮士又出搦战。操见其人威风凛凛，心中暗喜，分付典韦，今日且诈败。韦领命出战，战到三十合，败走回阵。壮士赶到阵门中，弓弩射回。操急引军退五里，密使人掘下陷坑，暗伏钩手。次日，再令典韦引百余骑出。壮士笑曰：『败将何敢复来！』便纵马接战。典韦略战数合，便回马走。壮士只顾望前赶来，不提防连人带马，都落于陷坑之内，被钩手缚来见曹操。操下帐叱退军士，亲解其缚，急取衣衣之，命坐，问其乡贯姓名。壮士曰：『我乃谯国谯县人也，姓许，名褚，字仲康。向遭寇乱，聚宗族数百人，筑坚壁于坞中以御之。一日寇至，吾令众人多取石子准备，吾亲自飞石击之，无不中者，寇乃退去。又一日寇至，坞中无粮，遂与贼和，约以耕牛换米。米已送到，贼驱牛至坞外，牛皆奔走回还，被我双手掣二牛尾，倒行百余步。贼大惊，不敢取牛而走。因此保守此处无事。』操曰：『吾闻大名久矣，还肯降否？』褚曰：『固所愿也。』遂招引宗族数百人俱降。操拜许褚为都尉，赏劳甚厚。随将何仪、黄劭斩讫。汝、颍悉平。

曹操班师，曹仁、夏侯惇接见，言近日细作报说：兖州薛兰、李封军士皆出掳掠，城邑空虚，可引得胜之兵攻之，一鼓可下。操遂引军径奔兖州。薛兰、李封出其不意，只得引兵出城迎战。许褚曰：『吾愿取此二人，以为贽见之礼。』操大喜，遂令出战。李封使画戟，向前来迎。交马两合，许褚斩李封于马下。薛兰急走回阵，吊桥边李典拦住。薛兰不敢回城，引军投巨野而去；却被吕虔飞马赶来，一箭射于马下，军皆溃散。曹操复得兖州，程昱便请进兵取濮阳。操令许褚、典韦为先锋，夏侯惇、夏侯渊为左军，李典、乐进为右军，操自领中军，于禁、吕虔为合后。兵至濮阳，吕布欲自将出迎，陈宫谏：『不可出战。待众将聚会后方可。』吕布曰：『吾怕谁来？』遂不听宫言，引兵出阵，横戟大骂。许褚便出。斗二十合，不分胜负。操曰：『吕布非一人可胜。』便差典韦助战，两将夹攻；左边夏侯惇、夏侯渊，右边李典、乐进齐到，六员将共攻吕布。布遮拦不住，拨马回城。城上田氏，见布败回，急令人拽起吊桥。布大叫：『开门！』田氏曰：『吾已降曹将军矣。』布大骂，引军奔定陶而去。陈宫急开东门，保护吕布老小出城。操遂得濮阳，恕田氏旧日之罪。

刘晔曰：『吕布乃猛虎也，今日困乏，不可少容。』操令刘晔等守濮阳，自己引军赶至定陶。时吕布与张邈、张超尽在城中，高顺、张辽、臧霸、侯成巡海打粮未回。操军至定陶，连日不战，引军退四十里下寨。正值济郡麦熟，操即令军割麦为食。细作报知吕布，布引军赶来。将近操寨，见左边一望林木茂盛，恐有伏兵而回。操知布军回去，乃谓诸将曰：『布疑林中有伏兵耳，可多插旌旗于林中以疑之。寨西一带长堤，无水，可尽伏精兵。明日吕布必来烧林，堤中军断其兵，布可擒矣。』于是止留鼓手五十人于寨中擂鼓；将村中掳来男女在寨内呐喊。精兵多伏堤中。

却说吕布回报陈宫。宫曰：『操多诡计，不可轻敌。』布曰：『吾用火攻，可破伏兵。』乃留陈宫、高顺守城。布次日引大军来，遥见林中有旗，驱兵大进，四面放火，竟无一人。欲投寨中，却闻鼓声大震。正自疑惑不定，忽然寨后一彪军出。吕布纵马赶来。炮响处，堤内伏兵尽出：夏侯惇、夏侯渊、许褚、典

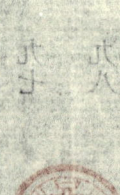

韦、李典、乐进骤马杀来。吕布料敌不过，落荒而走。从将成廉，被乐进一箭射死。布军三停去了二停，败卒回报陈宫。宫曰：『空城难守，不若急去。』遂与高顺保着吕布老小，弃定陶而走。曹操将得胜之兵，杀入城中，势如劈竹。张超自刎，张邈投袁术去了。山东一境，尽被曹操所得。安民修城，不在话下。

却说吕布正走，逢诸将皆回。陈宫亦已寻着。布曰：『吾军虽少，尚可破曹。』遂再引军来。正是：

兵家胜败真常事，卷甲重来未可知。不知吕布胜负如何，且听下文分解。

第十三回　李傕郭汜大交兵　杨奉董承双救驾

却说曹操大破吕布于定陶，布乃收集败残军马于海滨，众将皆来会集，欲再与曹操决战。陈宫曰：『今曹兵势大，未可与争。先寻取安身之地，那时再来未迟。』布曰：『吾欲再投袁绍，何如？』宫曰：『先使人往冀州探听消息，然后可去。』布从之。且说袁绍在冀州，闻知曹操与吕布相持，谋士审配进曰：『吕布，豺虎也；若得兖州，必图冀州。不若助操攻之，方可无患。』绍遂遣颜良将兵五万，往助曹操。细作探知这个消息，飞报吕布。布大惊，与陈宫商议。宫曰：『闻刘玄德新领徐州，可往投之。』布从其言，竟投徐州来。有人报知玄德。玄德曰：『布乃当今英勇之士，可出迎之。』糜竺曰：『吕布乃虎狼之徒，不可收留；收则伤人矣。』玄德曰：『前者非布袭兖州，怎解此郡之祸。今彼穷而投我，岂有他心！』张飞曰：『哥哥心肠忒好。虽然如此，也要准备。』

玄德领众出城三十里，接着吕布，并马入城。都到州衙厅上，讲礼毕，坐下。布曰：『某自与王司徒计杀董卓之后，又遭傕、汜之变，飘零关东，诸侯多不能相容。近因曹贼不仁，侵犯徐州，蒙使君力救陶谦，布因袭兖州以分其势；不料反堕奸计，败兵折将。今投使君，共图大事，未审尊意如何？』玄德曰：『陶使君新逝，无人管领徐州，因令备权摄州事。今幸将军至此，合当相让。』遂将牌印送与吕布。吕布却待要接，只见玄德背后关、张二公各有怒色。布乃佯笑曰：『量吕布一勇夫，何能作州牧乎？』

玄德又让。陈宫曰：『「强宾不压主」，请使君勿疑。』玄德方止。遂设宴相待，收拾宅院安下。次日，吕布回席请玄德，玄德乃与关、张同往。饮酒至半酣，布请玄德入后堂。关、张随入。布令妻女出拜玄德。玄德再三谦让。布曰：『贤弟不必推让。』张飞听了，瞋目大叱曰：『我哥哥是金枝玉叶，你是何等人，敢称我哥哥为贤弟！你来！我和你斗三百合！』玄德连忙喝住，关公劝飞出。玄德与吕布陪话曰：『劣弟酒后狂言，兄勿见责。』布默然无语。须臾席散。布送玄德出门，张飞跃马横枪而来，大叫：『吕布！我和你并三百合！』玄德急令关公劝止。次日，吕布来辞玄德曰：『蒙使君不弃，但恐令弟辈不能相容。布当别投他处。』玄德曰：『将军若去，某罪大矣。劣弟冒犯，另日当令陪话。近邑小沛，乃备昔日屯兵之处。将军不嫌浅狭，权且歇马，如何？粮食军需，谨当应付。』吕布谢了玄德，自引军投小沛安身去了。玄德自去埋怨张飞不题。

却说曹操平了山东，表奏朝廷，加操为建德将军、费亭侯。其时李傕自为大司马，郭汜自为大将军，横行无忌，朝廷无人敢言。太尉杨彪、大司农朱儁(jùn)暗奏献帝曰：『今曹操拥兵二十余万，谋臣武将数十员，若得此人扶持社稷，剿除奸党，天下幸甚。』献帝泣曰：『朕被二贼欺凌久矣！若得诛之，诚为大幸！』彪奏曰：『臣有一计：先令二贼自相残害，然后诏曹操引兵杀之，扫清贼党，以安朝廷。』献帝曰：『计将安出？』彪曰：『闻郭汜之妻最妒，可令人于汜妻处用反间计，则二贼自相害矣。』

帝乃书密诏付杨彪。彪即暗使夫人以他事入郭汜府，乘间告汜妻曰：『闻郭将军与李司马夫人有染，其情甚密。倘司马知之，必遭其害。夫人宜绝其往来为妙。』汜妻讶曰：『怪见他经宿不归！却干出如此无耻之事！非夫人言，妾不知也。当慎防之。』彪妻告归，汜妻再三称谢而别。过了数日，郭汜又将往李傕府中饮宴。妻曰：『傕性不测，况今两雄不并立，倘彼酒后置毒，妾将奈何？』汜不肯听，妻再三劝住。至晚间，傕使人送酒筵至。汜妻乃暗置毒于中，方始献入。汜便欲食。妻曰：『食自外来，岂可便食？』乃先与犬试之，犬立死。自此汜心怀疑。一日朝罢，李傕力邀郭汜赴家饮宴。至夜席散，汜醉而归，偶然腹痛。妻曰：『必中其毒矣！』急令将粪汁灌之，一吐方定。

汜大怒曰：『吾与李傕共图大事，今无端欲谋害我，我不先发，必遭毒手。』遂密整本部甲兵，欲攻李傕。早有人报知傕。傕亦大怒曰：『郭阿多安敢如此！』遂点本部甲兵，来杀郭汜。两处合兵数万，就在长安城下混战，乘势掳掠居民。傕侄李暹(xiān)引兵围住宫院，用车二乘，一乘载天子，一乘载伏皇后，使贾诩、左灵监押车驾；其余宫人内侍，并皆步走。拥出后宰门，正遇郭汜兵到，乱箭齐发，射死宫人不知其数。李傕随后掩杀，郭汜兵退，车驾冒险出城，不由分说，竟拥到李傕营中。郭汜领兵入宫，尽抢掳宫嫔采女入营，放火烧宫殿。次日，郭汜知李傕劫了天子，领军来营前厮杀。帝后都受惊恐。后人有诗叹之曰：

光武中兴兴汉世，上下相承十二帝。桓灵无道宗社堕，阉臣擅权为叔季。无谋何进作三公，
欲除社鼠招奸雄。豺獭虽驱虎狼入，西州逆竖生淫凶。王允赤心托红粉，致令董吕成矛盾。

渠魁殄灭天下宁，谁知李郭心怀愤。神州荆棘争奈何，六宫饥馑愁干戈。人心既离天命去，英雄割据分山河。后王规此存兢业，莫把金瓯(ōu)等闲缺。生灵糜烂肝脑涂，剩水残山多怨血。我观遗史不胜悲，今古茫茫叹《黍离》。人君当守「苞桑」戒，太阿谁执全纲维。

却说郭汜兵到，李傕出营接战。汜军不利，暂且退去。傕乃移帝后车驾于郿坞，使侄李暹监之，断绝内使，饮食不继，侍臣皆有饥色。帝令人问傕取米五斛，牛骨五具，以赐左右。傕怒曰：「朝夕上饭，何又他求？」乃以腐肉朽粮与之，皆臭不可食。帝骂曰：「逆贼直如此相欺！」侍中杨琦急奏曰：「傕性残暴。事势至此，陛下且忍之，不可撄其锋也。」帝乃低头无语，泪盈袍袖。忽左右报曰：「有一路军马，枪刀映日，金鼓震天，前来救驾。」帝教打听是谁，乃郭汜也。帝心转忧。只闻坞外喊声大起，原来李傕引兵出迎郭汜，鞭指郭汜而骂曰：「我待你不薄，你如何谋害我！」汜曰：「尔乃反贼，如何不杀你！」傕曰：「我保驾在此，何为反贼？」汜曰：「此乃劫驾，何为保驾？」傕曰：「不须多言！我两个各不许用军士，只自并输赢。赢的便把皇帝取去罢了。」二人便就阵前厮杀。战到十合，不分胜负。只见杨彪拍马而来，大叫：「二位将军少歇！老夫特邀众官，来与二位讲和。」傕、汜乃各自还营。杨彪与朱儁会合朝廷官僚六十余人，先诣郭汜营中劝和。郭汜竟将众官尽行监下。众官曰：「我等为好而来，何乃如此相待？」汜曰：「李傕劫天子，偏我劫不得公卿！」杨彪曰：「一劫天子，一劫公卿，意欲何为？」汜大怒，便拔剑欲杀彪。中郎将杨密力劝，汜乃放了杨彪、朱儁，其余都监在营中。彪谓儁曰：「为社稷之臣，不能匡君救主，空生天地间耳！」言讫，相抱而哭，昏绝于地。朱儁归到家中，成病而死。自此之后，傕、汜每日厮杀，一连五十余日，死者不知其数。

却说李傕平日最喜左道妖邪之术，常使女巫击鼓降神于军中。贾诩屡谏不听。侍中杨琦密奏帝曰：「臣观贾诩虽为李傕腹心，然实未尝忘君。陛下当与谋之。」正说之间，贾诩来到。帝乃屏退左右，泣谕诩曰：「卿能怜汉朝，救朕命乎？」诩拜伏于地曰：「固臣所愿也。陛下且勿言，臣自图之。」帝收泪而谢。少顷，李傕来见，带剑而入。帝面如土色。傕谓帝曰：「郭汜不臣，监禁公卿，欲劫陛下。非臣则驾被掳矣。」帝拱手称谢，傕乃出。时皇甫郦入见帝。帝知郦能言，又与李傕同乡，诏使往两边解和。郦奉诏，走至汜营说汜。汜曰：「如李傕送出天子，我便放出公卿。」郦即来见李傕曰：「今天子以某是西凉人，与公同乡，特令某来劝和二公。汜已奉诏，公意若何？」傕曰：「吾有败吕布之大功，辅政四年，多著勋绩，天下共知。郭阿多盗马贼耳，乃敢擅劫公卿，与我相抗，誓必诛之！君试观我方略士众，足胜郭阿多否？」郦答曰：「不然。昔有穷后羿，恃其善射，不思患难，以致灭亡。近董太师之强，君所目见也，吕布受恩而反图之，斯须之间，头悬国门。则强固不足恃矣。将军身为上将，持钺仗节，子孙宗族，皆居显位，国恩不可谓不厚。今郭阿多劫公卿，而将军劫至尊，果谁轻谁重邪？」李傕大怒，拔剑叱曰：「天子使汝来辱我乎？我先斩汝头！」骑都尉杨奉谏曰：「今郭汜未除，而杀天使，则汜兴兵有名，诸侯皆助之矣。」贾诩亦力劝，傕怒少息。诩遂推皇甫郦出。郦大叫曰：「李傕不奉诏，欲弑君自立！」侍中胡邈急止之曰：「无出此言，恐于身不利。』郿叱之曰：『胡敬才！汝亦为朝廷之臣，如何附贼？「君辱臣死」，吾被李傕所杀，乃分也！』大骂不止。帝知之，急令皇甫郿回西凉。

却说李傕之军，大半是西凉人氏，更赖羌兵为助。却被皇甫郿扬言于西凉人曰：『李傕谋反，从之者即为贼党，后患不浅。』西凉人多有听郿之言，军心渐涣。傕闻郿言，大怒，差虎贲王昌追之。昌知郿乃忠义之士，竟不往追，只回报曰：『郿已不知何往矣。』贾诩又密谕羌人曰：『天子知汝等忠义，久战劳苦，密诏使汝还郡，后当有重赏。』羌人正怨李傕不与爵赏，遂听诩言，都引兵去。诩又密奏帝曰：『李傕贪而无谋，今兵散心怯，可以重爵饵之。』帝乃降诏，封傕为大司马。傕喜曰：『此女巫降神祈祷之力也！』遂重赏女巫，却不赏军将。骑都尉杨奉大怒，谓宋果曰：『吾等出生入死，身冒矢石，功反不及女巫耶？』宋果曰：『何不杀此贼，以救天子？』奉曰：『你于中军放火为号，吾当引兵外应。』二人约定是夜二更时分举事。不料其事不密，有人报知李傕。傕大怒，令人擒宋果先杀之。杨奉引兵在外，不见号火。

第十三回
李傕郭汜大交兵　杨奉董承双救驾

李傕自将兵出，恰遇杨奉，就寨中混战到四更。奉不胜，引军投西安去了。李傕自此军势渐衰。更兼郭汜常来攻击，杀死者甚多。忽人来报：『张济统领大军，自陕西来到，欲与二公解和；声言如不从者，引兵击之。』傕便卖个人情，先遣人赴张济军中许和。郭汜亦只得许诺。张济上表，请天子驾幸弘农。帝喜曰：『朕思东都久矣。今乘此得还，乃万幸也！』诏封张济为骠骑将军。济进粮食酒肉，供给百官。汜放公卿出营。傕收拾车驾东行，遣旧有御林军数百，持戟护送。

銮舆(yú)过新丰，至霸陵，时值秋天，金风骤起。忽闻喊声大作，数百军兵来至桥上拦住车驾，厉声问曰：『来者何人？』侍中杨琦拍马上桥曰：『圣驾过此，谁敢拦阻？』有二将出曰：『吾等奉郭将军命，把守此桥，以防奸细。既云圣驾，须亲见帝，方可准信。』杨琦高揭珠帘。帝谕曰：『朕躬在此，卿何不退？』众将皆呼『万岁』，分于两边，驾乃得过。二将回报郭汜曰：『驾已去矣。』汜曰：『我正欲哄过张济，劫驾再入郿坞，你如何擅自放了过去？』遂斩二将，起兵赶来。车驾正到华阴县，背后喊声震天，大叫：『车驾且休动！』帝泣告大臣曰：『方离狼窝，又逢虎口，如之奈何？』众皆失色。贼军渐近。只听得一派鼓声，山背后转出一将，当先一面大旗，上书『大汉杨奉』四字，引军千余杀来。原来杨奉自为李傕所败，便引军屯终南山下；今闻驾至，特来保护。当下列开阵势。汜将崔勇出马，大骂杨奉『反贼』。奉大怒，回顾阵中曰：『公明何在？』一将手执大斧，飞骤骅骝，直取崔勇。两马相交，只一合，斩崔勇于马下。杨奉乘势掩杀，汜军大败，退走二十余里。奉乃收军来见天子。帝慰谕曰：『卿救朕躬，其功不小！』奉顿首

拜谢。帝曰：『适斩贼将者何人？』奉乃引此将拜于车下曰：『此人河东杨郡人，姓徐，名晃，字公明。』帝慰劳之。杨奉保驾至华阴驻跸(bì)。将军段煨，具衣服饮膳上献。是夜，天子宿于杨奉营中。

郭汜败了一阵，次日又点军杀至营前来。徐晃当先出马，郭汜大军八面围来，将天子、杨奉困在垓心。正在危急之中，忽然东南上喊声大震，一将引军纵马杀来。贼众奔溃。徐晃乘势攻击，大败汜军。那人来见天子，乃国戚董承也。帝哭诉前事。承曰：『陛下免忧。臣与杨将军誓斩二贼，以靖天下。』帝命早赴东都。连夜驾起，前幸弘农。

却说郭汜引败军回，撞着李傕，言：『杨奉、董承救驾往弘农去了。若到山东，立脚得牢，必然布告天下，令诸侯共伐我等，三族不能保矣。』傕曰：『今张济兵据长安，未可轻动。我和你乘间合兵一处，至弘农杀了汉君，平分天下，有何不可！』汜喜诺。二人合兵，于路劫掠，所过一空。杨奉、董承知贼兵远来，遂勒兵回，与贼大战于东涧。傕、汜二人商议：『我众彼寡，只可以混战胜之。』于是李傕在左，郭汜在右，漫山遍野拥来。杨奉、董承两边死战，刚保帝后车出，百官宫人，符册典籍，一应御用之物，尽皆抛弃。郭汜引军入弘农劫掠。承、奉保驾走陕北，傕、汜分兵赶来。

承、奉一面差人与傕、汜讲和，一面密传圣旨往河东，急召故白波帅韩暹、李乐、胡才三处军兵前来救应。那李乐亦是啸聚山林之贼，今不得已而召之。三处军闻天子赦罪赐官，如何不来；并拔本营军士，来与董承约会一齐，再取弘农。其时李傕、郭汜但到之处，劫掠百姓，老弱者杀之，强壮者充军；临敌则驱民兵

在前，名曰『敢死军』，贼势浩大。李乐军到，会于渭阳。郭汜令军士将衣服物件抛弃于道。乐军见衣服满地，争往取之，队伍尽失。傕、汜二军，四面混战，乐军大败。杨奉、董承遮拦不住，保驾北走，背后贼军赶来。李乐曰：『事急矣！请天子上马先行！』帝曰：『朕不可舍百官而去。』众皆号泣相随。胡才被乱军所杀。承、奉见贼追急，请天子弃车驾，步行到黄河岸边。李乐等寻得一只小舟作渡船。时值天气严寒，帝与后强扶到岸，边岸又高，不得下船，后面追兵将至。杨奉曰：『可解马缰绳接连，拴缚帝腰，放下船去。』人丛中国舅伏德挟白绢十数匹至，曰：『我于乱军中拾得此绢，可接连拽辇。』行军校尉尚弘用绢包帝及后，令众先挂帝往下放之，乃得下船。李乐仗剑立于船头上。后兄伏德，负后下船中。岸上有不得下船者，争扯船缆；李乐尽砍于水中。渡过帝后，再放船渡众人。其争渡者，皆被砍下手指，哭声震天。

既渡彼岸，帝左右止剩得十余人。杨奉寻得牛车一辆，载帝至大阳。绝食，晚宿于瓦屋中，野老进粟饭，上与后共食，粗粝不能下咽。次日，诏封李乐为征北将军，韩暹为征东将军，起驾前行。有二大臣寻至，哭拜车前，乃太尉杨彪、太仆韩融也。帝后俱哭。韩融曰：『傕、汜二贼，颇信臣言；臣舍命去说二贼罢兵。陛下善保龙体。』韩融去了。李乐请帝入杨奉营暂歇。杨彪请帝都安邑县。驾至安邑，苦无高房，帝后都居于茅屋中；又无门关闭，四边插荆棘以为屏蔽。帝与大臣议事于茅屋之下，诸将引兵于篱外镇压。李乐等专权，百官稍有触犯，竟于帝前殴骂；故意送浊酒粗食与帝，帝勉强纳之。李乐、韩暹又连名保奏无徒、部曲、巫医、走卒二百余名，并为校尉、御史等官。刻印不及，以锥画之，全不成体统。

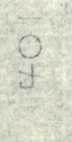

却说韩融曲说傕、汜二贼，二贼从其言，乃放百官及宫人归。是岁大荒，百姓皆食枣菜，饿莩遍野。河内太守张杨献米肉，河东太守王邑献绢帛，帝稍得宁。董承、杨奉商议，一面差人修洛阳宫院，欲奉车驾还东都。李乐不从。董承谓李乐曰：『洛阳本天子建都之地。安邑乃小地面，如何容得车驾？今奉驾还洛阳是正理。』李乐曰：『汝等奉驾去，我只在此处住。』承、奉乃奉驾起程。李乐暗令人结连李傕、郭汜，一同劫驾。董承、杨奉、韩暹知其谋，连夜摆布军士，护送车驾前奔箕关。李乐闻知，不等傕、汜军到，自引本部人马前来追赶。四更左侧，赶到箕山下，大叫：『车驾休行！李傕、郭汜在此！』吓得献帝心惊胆战。山上火光遍起。正是：前番两贼分为二，今番三贼合为一。不知汉天子怎离此难，且听下文分解。

第十四回 曹孟德移驾幸许都 吕奉先乘夜袭徐郡

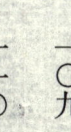

却说李乐引军诈称李傕、郭汜，来追车驾，天子大惊。杨奉曰：『此李乐也。』遂令徐晃出迎之。李乐亲自出战。两马相交，只一合，被徐晃一斧砍于马下，杀散余党，保护车驾过箕关。太守张杨具粟帛迎驾于轵(zhǐ)道。帝封张杨为大司马。杨辞帝屯兵野王去了。帝入洛阳，见宫室烧尽，街市荒芜，满目皆是蒿草，宫院中只有颓墙坏壁。命杨奉且盖小宫居住。百官朝贺，皆立于荆棘之中。诏改兴平为建安元年。是岁又大荒。洛阳居民，仅有数百家，无可为食，尽出城去剥树皮、掘草根食之。尚书郎以下，皆自出城樵采，多有死于颓墙坏壁之间者。汉末气运之衰，无甚于此。后人有诗叹之曰：

血流芒砀白蛇亡，赤帜纵横游四方。
秦鹿逐翻兴社稷，楚骓推倒立封疆。
天子懦弱奸邪起，气色凋零盗贼狂。
看到两京遭难处，铁人无泪也凄惶！

太尉杨彪奏帝曰：『前蒙降诏，未曾发遣。今曹操在山东，兵强将盛，可宣入朝，以辅王室。』

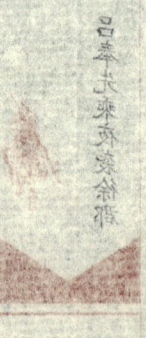

帝曰：『朕前既降诏，卿何必再奏，今即差人前去便了。』彪领旨，即差使命赴山东，宣召曹操。却说曹操在山东，闻知车驾已还洛阳，聚谋士商议。荀彧进曰：『昔晋文公纳周襄王，而诸侯服从；汉高祖为义帝发丧，而天下归心。今天子蒙尘，将军诚因此时首倡义兵，奉天子以从众望，不世之略也。若不早图，人将先我而为之矣。』曹操大喜。正要收拾起兵，忽报有天使赍诏宣召。操接诏，克日兴师。

却说帝在洛阳，百事未备，城郭崩倒，欲修未能。人报李傕、郭汜领兵将到。帝大惊，问杨奉曰：『山东之使未回，李、郭之兵又至，为之奈何？』杨奉、韩暹曰：『臣愿与贼决死战，以保陛下！』董承曰：『城郭不坚，兵甲不多，战如不胜，当复如何？不若且奉驾往山东避之。』帝从其言，即日起驾望山东进发。百官无马，皆随驾步行。出了洛阳，行无一箭之地，但见尘头蔽日，金鼓喧天，无限人马来到。帝、后战栗不能言。忽见一骑飞来，乃前差往山东之使命也，至车前拜启曰：『曹将军尽起山东之兵，应诏前来。闻李傕、郭汜犯洛阳，先差夏侯惇为先锋，引上将十员，精兵五万，前来保驾。』帝心方安。少顷，夏侯惇引许褚、典韦等，至驾前面君，俱以军礼见。帝慰谕方毕，忽报正东又有一路军到。帝即命夏侯惇往探之，回奏曰：『乃曹操步军也。』须臾，曹洪、李典、乐进来见驾。通名毕，洪奏曰：『臣兄知贼兵至近，恐夏侯惇孤力难为，故又差臣等倍道而来协助。』帝曰：『曹将军真社稷臣也！』遂命护驾前行。探马来报：『李傕、郭汜领兵长驱而来。』帝令夏侯惇分两路迎之。惇乃与曹洪分为两翼，马军先出，步军后随，尽力攻击。傕、汜贼兵大败，斩首万余。于是请帝还洛阳故宫。夏侯惇屯兵于城外。次日，曹操引大队人马到来。安营毕，入城见帝，拜于殿阶之下。帝赐平身，宣谕慰劳。操曰：『臣向蒙国恩，刻思图报。今傕、汜二贼，罪恶贯盈；臣有精兵二十余万，以顺讨逆，无不克捷。陛下善保龙体，以社稷为重。』帝乃封操领司隶校尉、假节钺、录尚书事。

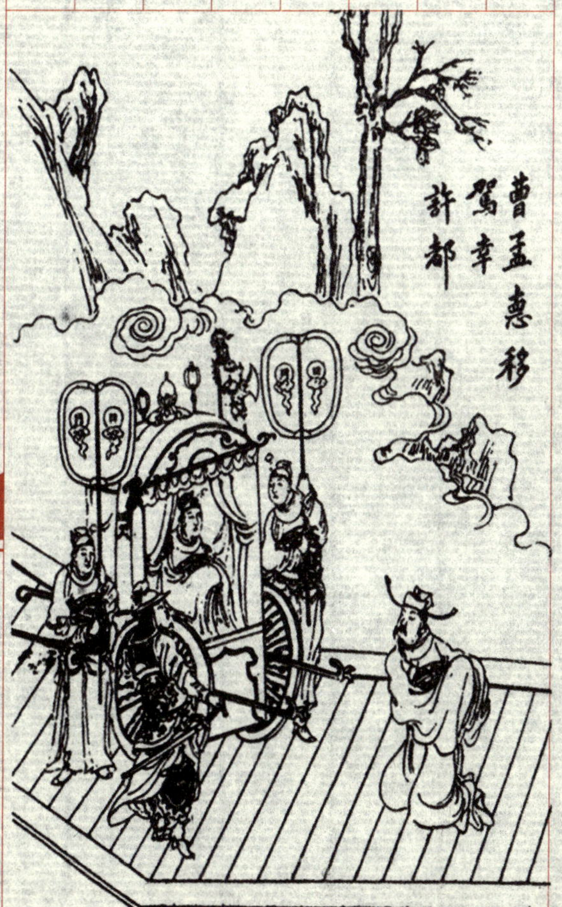

却说李傕、郭汜知操远来，议欲速战。贾诩谏曰：『不可。操兵精将勇，不如降之，求免本身之罪。』傕怒曰：『尔敢灭吾锐气！』拔剑欲斩诩。众将劝免。是夜，贾诩单马走回乡里去了。次日，李傕军马来迎操兵。操先令许褚、曹仁、典韦领三百铁骑，于傕阵中冲突三遭，方才布阵。阵圆处，李傕侄李暹、李别出马阵前，未及开言，许褚飞马过去，一刀先斩李暹；李别吃了一惊，倒撞下马，褚亦斩之。双挽人头回阵。曹操抚许褚之背曰：『子真吾之樊哙也！』随令夏侯惇领兵左出，曹仁领兵右出，操自领中军冲阵。鼓响一声，三军齐进。贼兵抵敌不住，大败而走。操亲掣宝剑押阵，率众连夜追杀，剿戮极多，降者不计其数。傕、汜望西逃命，忙忙似丧家之狗；自知无处容身，只得往山中落草去了。曹操回兵，仍屯于洛阳城外。杨奉、韩暹两个商议：『今曹操成了大功，必掌重权，如何容得我等？』乃入奏天子，只以追杀傕、

汜为名，引本部军屯于大梁去了。

帝一日命人至操营，宣操入宫议事。操闻天使至，请入相见。只见那人眉清目秀，精神充足。操暗想曰：『今东都大荒，官僚军民皆有饥色，此人何得独肥？』因问之曰：『公尊颜充腴，以何调理而至此？』对曰：『某无他法，只食淡三十年矣。』操乃颔之。又问曰：『君居何职？』对曰：『某举孝廉。原为袁绍、张杨从事。今闻天子还都，特来朝觐，官封正议郎。济阴定陶人，姓董，名昭，字公仁。』曹操避席曰：『闻名久矣！幸得于此相见。』遂置酒帐中相待，令与荀彧相会。忽人报曰：『一队军往东而去，不知何人。』操急令人探之。董昭曰：『此乃李傕旧将杨奉，与白波帅韩暹，因明公来此，故引兵欲投大梁去耳。』操曰：『莫非疑操乎？』昭曰：『此乃无谋之辈，明公何足虑也。』操又曰：『李、郭二贼此去若何？』昭曰：『虎无爪，鸟无翼，不久当为明公所擒，无足介意。』操见昭言语投机，便问以朝廷大事。昭曰：『明公兴义兵以除暴乱，入朝辅佐天子，此五霸之功也。但诸将人殊意异，未必服从；今若留此，恐有不便。惟移驾幸许都为上策。然朝廷播越，新还京师，远近仰望，以冀一朝之安；今复徙驾，不厌众心。夫行非常之事，乃有非常之功；愿将军决计之。』操执昭手而笑曰：『此吾之本志也。但杨奉在大梁，大臣在朝，不有他变否？』昭曰：『易也。以书与杨奉，先安其心。明告大臣，以京师无粮，欲车驾幸许都，近鲁阳，转运粮食，庶无欠缺悬隔之忧。大臣闻之，当欣从也。』操大喜。昭谢别，操执其手曰：『凡操有所图，惟公教之。』昭称谢而去。

操由是日与众谋士密议迁都之事。时侍中太史令王立私谓宗正刘艾曰：『吾仰观天文，自去春太白犯镇星于斗牛，过天津，荧惑又逆行，与太白会于天关，金火交会，必有新天子出。吾观大汉气数将终，晋魏之地，必有兴者。』又密奏献帝曰：『天命有去就，五行不常盛。代火者土也。代汉而有天下者，当在魏。』操闻之，使人告立曰：『知公忠于朝廷，然天道深远，幸勿多言。』操以是告彧。彧曰：『汉以火德王，而明公乃土命也。许都属土，到彼必兴。火能生土，土能旺木，正合董昭、王立之言。他日必有兴者。』操意遂决。次日，入见帝，奏曰：『东都荒废久矣，不可修葺；更兼转运粮食艰辛。许都地近鲁阳，城郭宫室，钱粮民物，足可备用。臣敢请驾幸许都，惟陛下从之。』帝不敢不从；群臣皆惧操势，亦莫敢有异议。遂择日起驾。操引军护行，百官皆从。

行不到数程，前至一高陵。忽然喊声大举，杨奉、韩暹领兵拦路。徐晃当先，大叫：『曹操欲劫驾何往！』操出马视之，见徐晃威风凛凛，暗暗称奇，便令许褚出马与徐晃交锋。刀斧相交，战五十余合，不分胜败。操即鸣金收军，召谋士议曰：『杨奉、韩暹诚不足道；徐晃乃真良将也。吾不忍以力并之，当以计招之。』行军从事满宠曰：『主公勿虑。某向与徐晃有一面之交，今晚扮作小卒，偷入其营，以言说之，管教他倾心来降。』操欣然遣之。

是夜满宠扮作小卒，混入彼军队中，偷至徐晃帐前，只见晃秉烛被甲而坐。宠突至其前，揖曰：『故人别来无恙乎！』徐晃惊起，熟视之曰：『子非山阳满伯宁耶！何以至此？』宠曰：『某现为曹将军从事。

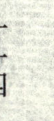

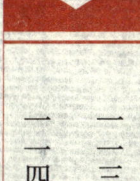

今日于阵前得见故人，欲进一言，故特冒死而来。』晃乃延之坐，问其来意。宠曰：『公之勇略，世所罕有，奈何屈身于杨、韩之徒？曹将军当世英雄，其好贤礼士，天下所知也；今日阵前，见公之勇，十分敬爱，故不忍以健将决死战，特遣宠来奉邀。公何不弃暗投明，共成大业？』晃沈吟良久，乃喟然叹曰：『吾固知奉、暹非立业之人，奈从之久矣，不忍相舍。』宠曰：『岂不闻「良禽择木而栖，贤臣择主而事」。遇可事之主，而交臂失之，非丈夫也。』晃起谢曰：『愿从公言。』宠曰：『何不就杀奉、暹而去，以为进见之礼？』晃曰：『以臣弑主，大不义也。吾决不为。』宠曰：『公真义士也！』晃遂引帐下数十骑，连夜同满宠来投曹操。早有人报知杨奉。奉大怒，自引千骑来追，大叫：『徐晃反贼休走！』正追赶间，忽然一声炮响，山上山下，火把齐明，伏军四出。曹操亲自引军当先，大喝：『我在此等候多时，休教走脱！』杨奉大惊，急待回军，早被曹兵围住。恰好韩暹引兵来救，两军混战，杨奉走脱。曹操趁彼军乱，乘势攻击，两家军士大半多降。杨奉、韩暹势孤，引败兵投袁术去了。

曹操收军回营，满宠引徐晃入见。操大喜，厚待之。于是迎銮驾到许都，盖造宫室殿宇，立宗庙社稷、省台司院衙门，修城郭府库，封董承等十三人为列侯。赏功罚罪，并听曹操处置。操自封为大将军、武平侯，以荀彧为侍中、尚书令，荀攸为军师，郭嘉为司马祭酒，刘晔为司空仓曹掾，毛玠、任峻为典农中郎将——催督钱粮，程昱为东平相，范成、董昭为洛阳令，满宠为许都令，夏侯惇、夏侯渊、曹仁、曹洪皆为将军，吕虔、李典、乐进、于禁、徐晃皆为校尉，许褚、典韦皆为都尉；其余将士，各各封官。自此大权皆归于曹操：朝廷大务，先禀曹操，然后方奏天子。

操既定大事，乃设宴后堂，聚众谋士共议曰：『刘备屯兵徐州，自领州事；近吕布以兵败投之，备使居于小沛：若二人同心引兵来犯，乃心腹之患也。公等有何妙计可图之？』许褚曰：『愿借精兵五万，斩刘备、吕布之头，献于丞相。』荀彧曰：『将军勇则勇矣，不知用谋。今许都新定，未可造次用兵。彧有一计，名曰「二虎竞食」之计。今刘备虽领徐州，未得诏命。明公可奏请诏命实授备为徐州牧。因密与一书，教杀吕布。事成则备无猛士为辅，亦渐可图；事不成，则吕布必杀备矣。此乃「二虎竞食」之计也。』操从其言，即时奏请诏命，遣使赍往徐州，封刘备为征东将军、宜城亭侯，领徐州牧，并附密书一封。

却说刘玄德在徐州，闻帝幸许都，正欲上表庆贺。忽报天使至，出郭迎接入郡，拜受恩命毕，设宴管待来使。使曰：『君侯得此恩命，实曹将军于帝前保荐之力也。』玄德称谢。使者乃取出私书递与玄德。玄德看罢，曰：『此事尚容计议。』席散，安歇来使于馆驿。玄德连夜与众商议此事。张飞曰：『吕布本无义之人，杀之何碍！』玄德曰：『他势穷而来投我，我若杀之，亦是不义。』张飞曰：『好人难做！』玄德不从。次日，吕布来贺，玄德教请入见。布曰：『闻公受朝廷恩命，特来相贺。』玄德逊谢。只见张飞扯剑上厅，要杀吕布。玄德慌忙阻住。布大惊曰：『翼德何故只要杀我？』张飞叫曰：『曹操道你是无义之人，教我哥哥杀你！』玄德连声喝退。乃引吕布同入后堂，实告前因；就将曹操所送密书与吕布看。布看毕，泣曰：『此乃曹贼欲令我二人不和耳！』玄德曰：『兄勿忧，刘备誓不为此不义之事。』吕布再

三拜谢。备留布饮酒，至晚方回。关、张曰：『兄长何故不杀吕布？』玄德曰：『此曹孟德恐我与吕布同谋伐之，故用此计，使我两人自相吞并，彼却于中取利。奈何为所使乎？』关公点头道是。张飞曰：『我只要杀此贼以绝后患！』玄德曰：『此非大丈夫之所为也。』次日，玄德送使命回京，就拜表谢恩，并回书与曹操，只言容缓图之。使命回见曹操，言玄德不杀吕布之事。操问荀彧曰：『此计不成，奈何？』彧曰：『又有一计，名曰「驱虎吞狼」之计。』操曰：『其计如何？』彧曰：『可暗令人往袁术处通问，报说刘备上密表，要略南郡。术闻之，必怒而攻备；公乃明诏刘备讨袁术。两边相并，吕布必生异心：此「驱虎吞狼」之计也。』操大喜，先发人往袁术处；次假天子诏，发人往徐州。

却说玄德在徐州，闻使命至，出郭迎接；开读诏书，却是要起兵讨袁术。玄德领命，送使者先回。糜竺曰：『此又是曹操之计。』玄德曰：『虽是计，王命不可违也。』遂点军马，克日起程。孙乾曰：『可先定守城之人。』玄德曰：『二弟之中，谁人可守？』关公曰：『弟愿守此城。』玄德曰：『吾早晚欲与尔议事，岂可相离？』张飞曰：『小弟愿守此城。』玄德曰：『你守不得此城。你一者酒后刚强，鞭挞士卒；二者作事轻易，不从人谏。吾不放心。』张飞曰：『弟自今以后，不饮酒，不打军士，诸般听人劝谏便了。』糜竺曰：『只恐口不应心。』飞怒曰：『吾跟哥哥多年，未尝失信，你如何轻料我！』玄德曰：『弟言虽如此，吾终不放心。还请陈元龙辅之，早晚令其少饮酒，勿致失事。』陈登应诺。玄德分付了当，乃统马步军三万，离徐州望南阳进发。

却说袁术闻说刘备上表，欲吞其州县，乃大怒曰：『汝乃织席编屦之夫，今辄占据大郡，与诸侯同列；吾正欲伐汝，汝却反欲图我！深为可恨！』乃使上将纪灵起兵十万，杀奔徐州。两军会于盱眙。玄德兵少，依山傍水下寨。那纪灵乃山东人，使一口三尖刀，重五十斤。是日引兵出阵，大骂：『刘备村夫，安敢侵吾境界！』玄德曰：『吾奉天子诏，以讨不臣。汝今敢来相拒，罪不容诛！』纪灵大怒，拍马舞刀，直取玄德。关公大喝曰：『匹夫休得逞强！』出马与纪灵大战。一连三十合，不分胜负。纪灵大叫少歇，关公便拨马回阵，立于阵前候之。纪灵却遣副将荀正出马。关公曰：『只教纪灵来，与他决个雌雄！』荀正曰：『汝乃无名下将，非纪将军对手！』关公大怒，直取荀正；交马一合，砍荀正于马下。玄德驱兵杀将过去，纪灵大败，退守淮阴河口，不敢交战；只教军士来偷营劫寨，皆被徐州兵杀败。两军相拒，不在话下。

却说张飞自送玄德起身后，一应杂事，俱付陈元龙管理；军机大务，自家参酌。一日，设宴请各官赴席。众人坐定，张飞开言曰：『我兄临去时，分付我少饮酒，恐致失事。众官今日尽此一醉，明日都各戒酒，帮我守城。——今日却都要满饮。』言罢，起身与众官把盏。酒至曹豹面前，豹曰：『我从天戒，不饮酒。』飞曰：『厮杀汉如何不饮酒？我要你吃一盏。』豹惧怕，只得饮了一杯。张飞把遍各官，自斟巨觥，连饮了几十杯，不觉大醉，却又起身与众官把盏。酒至曹豹，豹曰：『某实不能饮矣。』飞曰：『你恰才吃了，如今为何推却？』豹再三不饮。飞醉后使酒，便发怒曰：『你违我将令，该打一百！』便喝军士拿下。陈元龙曰：『玄德公临去时，分付你甚来？』飞曰：『你文官，只管文官事，休来管我！』曹豹无奈，

只得告求曰：『翼德公，看我婿之面，且恕我罢。』飞曰：『你女婿是谁？』豹曰：『吕布是也。』飞大怒曰：『我本不欲打你，你把吕布来唬我，我偏要打你！我打你，便是打吕布！』诸人劝不住。将曹豹鞭至五十，众人苦苦告饶，方止。席散，曹豹回去，深恨张飞，连夜差人赍书一封，径投小沛见吕布，备说张飞无礼；且云：玄德已往淮南，今夜可乘飞醉，引兵来袭徐州，不可错此机会。

吕布见书，便请陈宫来议。宫曰：『小沛原非久居之地。今徐州既有可乘之隙，失此不取，悔之晚矣。』布从之，随即披挂上马，领五百骑先行；使陈宫引大军继进，高顺亦随后进发。小沛离徐州只四五十里，上马便到。吕布到城下时，恰才四更，月色澄清，城上更不知觉。布到城门边叫曰：『刘使君有机密使人至。』城上有曹豹军报知曹豹，豹上城看之，便令军士开门。吕布一声暗号，众军齐入，喊声大举。张飞正醉卧府中，左右急忙摇醒，报说：『吕布赚开城门，杀将进来了！』张飞大怒，慌忙披挂，绰了丈八蛇矛；才出府门上得马时，吕布军马已到，正与相迎。张飞此时酒犹未醒，不能力战。吕布素知飞勇，亦不敢相逼。十八骑燕将，保着张飞，杀出东门，玄德家眷在府中，都不及顾了。

却说曹豹见张飞只十数人护从，又欺他醉，遂引百十人赶来。飞见豹，大怒，拍马来迎。战了三合，曹豹败走，飞赶到河边，一枪正刺中曹豹后心，连人带马，死于河中。飞于城外招呼士卒，出城者尽随飞投淮南而去。吕布入城安抚居民，令军士一百人守把玄德宅门，诸人不许擅入。

却说张飞引数十骑，直到盱眙来见玄德，具说曹豹与吕布里应外合，夜袭徐州。众皆失色。玄德叹曰：『得何足喜，失何足忧！』关公曰：『嫂嫂安在？』飞曰：『皆陷于城中矣。』玄德默然无语。关公顿足埋怨曰：『你当初要守城时说甚来？兄长分付你甚来？今日城池又失了，嫂嫂又陷了，如何是好！』张飞闻言，惶恐无地，掣剑欲自刎。正是：举杯畅饮情何放，拔剑捐生悔已迟！不知性命如何，且听下文分解。

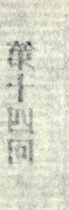

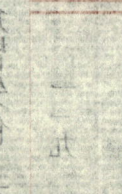

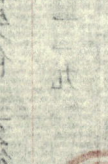

第十五回　太史慈酣斗小霸王　孙伯符大战严白虎

却说张飞拔剑要自刎，玄德向前抱住，夺剑掷地曰：『古人云：「兄弟如手足，妻子如衣服。衣服破，尚可缝；手足断，安可续？」吾三人桃园结义，不求同生，但愿同死。今虽失了城池家人，安忍教兄弟中道而亡？况城池本非吾有；家眷虽被陷，吕布必不谋害，尚可设计救之。贤弟一时之误，何至遽欲捐生耶！』说罢大哭。关、张俱感泣。

且说袁术知吕布袭了徐州，星夜差人至吕布处，许以粮五万斛、马五百匹、金银一万两、彩缎一千匹，使夹攻刘备。布喜，令高顺领兵五万袭玄德之后。玄德闻得此信，乘阴雨撤兵，弃盱眙而走，思欲东取广陵。比及高顺军来，玄德已去。高顺与纪灵相见，就索所许之物。灵曰：『公且回军，容某见主公计之。』高顺乃别纪灵回军，见吕布具述纪灵语。布正在迟疑，忽有袁术书至。书意云：『高顺虽来，而刘备未除；且待捉了刘备，那时方以所许之物相送。』布怒骂袁术失信，欲起兵伐之。陈宫曰：『不可。术据寿春，兵多粮广，不可轻敌。不如请玄德还屯小沛，使为我羽翼。他日令玄德为先锋，那时先取袁术，后取袁绍，可纵横天下矣。』布听其言，令人赍书迎玄德回。

却说玄德引兵东取广陵，被袁术劫寨，折兵大半。回来正遇吕布之使，呈上书札，玄德大喜。关、张

曰：『吕布乃无义之人，不可信也。』玄德曰：『彼既以好情待我，奈何疑之！』遂来到徐州。布恐玄德疑惑，先令人送还家眷。甘、糜二夫人见玄德，具说吕布令兵把定宅门，禁诸人不得入；又常使侍妾送物，未尝有缺。玄德谓关、张曰：『我知吕布必不害我家眷也。』乃入城谢吕布。张飞恨吕布，不肯随往，先奉二嫂往小沛去了。玄德入见吕布拜谢。吕布曰：『我非欲夺城；因令弟张飞在此恃酒杀人，恐有失事，故来守之耳。』玄德曰：『备欲让兄久矣。』布假意仍让玄德。玄德力辞，还屯小沛住扎。关、张心中不忿。玄德曰：『屈身守分，以待天时，不可与命争也。』吕布令人送粮米缎匹。自此两家和好，不在话下。

却说袁术大宴将士于寿春。人报孙策征庐江太守陆康，得胜而回。术唤策至，策拜于堂下。问劳已毕，便令侍坐饮宴。原来孙策自父丧之后，退居江南，礼贤下士；后因陶谦与策母舅丹阳太守吴景不和，策乃移母并家属居于曲阿，自己却投袁术。术甚爱之，常叹曰：『使术有子如孙郎，死复何恨！』因使为怀义校尉，引兵攻泾县大帅祖郎得胜。术见策勇，复使攻陆康，今又得胜而回。

当日筵散，策归营寨。见术席间相待之礼甚傲，心中郁闷，乃步月于中庭。因思父孙坚如此英雄，我今沦落至此，不觉放声大哭。忽见一人自外而入，大笑曰：『伯符何故如此？尊父在日，多曾用我。君今有不决之事，何不问我，乃自哭耶！』策视之，乃丹阳故鄣人，姓朱，名治，字君理，孙坚旧从事官也。策收泪而延之坐曰：『策所哭者，恨不能继父之志耳。』治曰：『君何不告袁公路，借兵往江东，假名救吴景，实图大业，而乃久困于人之下乎？』正商议间，一人忽入曰：『公等所谋，吾已知之。吾手下有精

壮百人，暂助伯符一马之力。』策视其人，乃袁术谋士，汝南细阳人，姓吕，名范，字子衡。策大喜，延坐共议。吕范曰：『只恐袁公路不肯借兵。』策曰：『吾有亡父留下传国玉玺，以为质当。』范曰：『公路欲得此久矣！以此相质，必肯发兵。』三人计议已定。次日，策入见袁术，哭拜曰：『父仇不能报，今母舅吴景，又为扬州刺史刘繇所逼；策老母家小，皆在曲阿，必将被害。策敢借雄兵数千，渡江救难省亲。恐明公不信，有亡父遗下玉玺，权为质当。』术闻有玉玺，取而视之，大喜曰：『吾非要你玉玺，今且权留在此。我借兵三千、马五百匹与你。平定之后，可速回来。你职位卑微，难掌大权。我表你为折冲校尉、殄寇将军，克日领兵便行。』策拜谢，遂引军马，带领朱治、吕范，旧将程普、黄盖、韩当等，择日起兵。

行至历阳，见一军到。当先一人，姿质风流，仪容秀丽，见了孙策，下马便拜。策视其人，乃庐江舒城人，姓周，名瑜，字公瑾。原来孙坚讨董卓之时，移家舒城，瑜与孙策同年，交情甚密，因结为昆仲。策长瑜两月，瑜以兄事策。瑜叔周尚，为丹阳太守；今往省亲，到此与策相遇。策见瑜大喜，诉以衷情。瑜曰：『某愿施犬马之力，共图大事。』策喜曰：『吾得公瑾，大事谐矣！』便令与朱治、吕范等相见。瑜谓策曰：『吾兄欲济大事，亦知江东有「二张」乎？』策曰：『何为「二张」？』瑜曰：『一人乃彭城张昭，字子布；一人乃广陵张纮(hóng)，字子纲。二人皆有经天纬地之才，因避乱隐居于此。吾兄何不聘之？』策喜，即便令人赍礼往聘，俱辞不至。策乃亲到其家，与语大悦，力聘之，二人许允。策遂拜张昭为长史，兼抚军中郎将；张纮为参谋正议校尉：商议攻击刘繇。

却说刘繇字正礼，东莱牟平人也，亦是汉室宗亲，太尉刘宠之侄，兖州刺史刘岱之弟；旧为扬州刺史，屯于寿春，被袁术赶过江东，故来曲阿。当下闻孙策兵至，急聚众将商议。部将张英曰：『某领一军屯于牛渚，纵有百万之兵，亦不能近。』言未毕，帐下一人高叫曰：『某愿为前部先锋！』众视之，乃东莱黄县人太史慈也。慈自解了北海之围后，便来见刘繇，繇留于帐下。当日听得孙策来到，愿为前部先锋。繇曰：『你年尚轻，未可为大将，只在吾左右听命。』太史慈不喜而退。张英领兵至牛渚，积粮十万于邸阁。孙策引兵到，张英出迎，两军会于牛渚滩上。孙策出马，张英大骂，黄盖便出与张英战。不数合，忽然张英军中大乱，报说寨中有人放火。张英急回军。孙策引军前来，乘势掩杀。张英弃了牛渚，望深山而逃。原来那寨后放火的，乃是两员健将：一人乃九江寿春人，姓蒋，名钦，字公奕；一人乃九江下蔡人，姓周，名泰，字幼平。二人皆遭世乱，聚人在洋子江中，劫掠为生；久闻孙策为江东豪杰，能招贤纳士，故特引其党三百余人，前来相投。策大喜，用为军前校尉。收得牛渚邸阁粮食、军器，并降卒四千余人，遂进兵神亭。

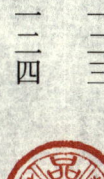

却说张英败回见刘繇，繇怒欲斩之。谋士笮(zé)融、薛礼劝免，使屯兵零陵城拒敌。繇自领兵于神亭岭南下营，孙策于岭北下营。策问土人曰：『近山有汉光武庙否？』土人曰：『有庙在岭上。』策曰：『吾夜梦光武召我相见，当往祈之。』长史张昭曰：『不可。岭南乃刘繇寨，倘有伏兵，奈何？』策曰：『神人佑我，吾何惧焉！』遂披挂绰枪上马，引程普、黄盖、韩当、蒋钦、周泰等共十三骑，出寨上岭，到庙焚香。下马参拜已毕，策向前跪祝曰：『若孙策能于江东立业，复兴故父之基，即当重修庙宇，四时祭礼。』

祝毕，出庙上马，回顾众将曰：『吾欲过岭，探看刘繇寨栅。』诸将皆以为不可。策不从，遂同上岭，南望村林。早有伏路小军飞报刘繇。繇曰：『此必是孙策诱敌之计，不可追之。』太史慈踊跃曰：『此时不捉孙策，更待何时！』遂不候刘繇将令，竟自披挂上马，绰枪出营，大叫曰：『有胆气者，都跟我来！』诸将不动。惟有一小将曰：『太史慈真猛将也！吾可助之！』拍马同行。众将皆笑。

却说孙策看了半晌，方始回马。正行过岭，只听得岭上叫：『孙策休走！』策回头视之，见两匹马飞下岭来。策将十三骑一齐摆开。策横枪立马于岭下待之。太史慈高叫曰：『那个是孙策？』策曰：『你是何人？』答曰：『我便是东莱太史慈也，特来捉孙策！』策笑曰：『只我便是。你两个一齐来并我一个，我不惧你！我若怕你，非孙伯符也！』慈曰：『你便众人都来，我亦不怕！』纵马横枪，直取孙策。策挺枪来迎。两马相交，战五十合，不分胜负。程普等暗暗称奇。慈见孙策枪法无半点渗漏，乃佯输诈败，引孙策赶来。慈却不由旧路上岭，竟转过山背后。策赶到，大喝曰：『走的不算好汉！』慈心中自忖：『这厮有十二从人，我只一个，便活捉了他，也吃众人夺去。再引一程，教这厮没寻处，方好下手。』于是且战且走。策那里肯舍，一直赶到平川之地。慈兜回马再战，又到五十合。策一枪搠去，慈闪过，挟住枪；慈也一枪搠去，策亦闪过，挟住枪。两个用力只一拖，都滚下马来。马不知走的那里去了。两个弃了枪，揪住厮打，战袍扯得粉碎。策手快，掣了太史慈背上的短戟，慈亦掣了策头上的兜鍪(móu)。策把戟来刺慈，慈把兜鍪遮架。忽然喊声后起，乃刘繇接应军到来，约有千余。策正慌急，程普等十二骑亦冲到。策与慈方才放手。慈于军中讨了一匹马，取了枪，上马复来。孙策的马却是程普收得，策亦取枪上马。刘繇一千余军，和程普等十二骑混战，逶迤杀到神亭岭下。喊声起处，周瑜领军来到。刘繇自引大军杀下岭来。时近黄昏，风雨暴至，两下各自收军。

次日，孙策引军到刘繇营前，刘繇引军出迎。两阵圆处，孙策把枪挑太史慈的小戟于阵前，令军士大叫曰：『太史慈若不是走的快，已被刺死了！』太史慈亦将孙策兜鍪挑于阵前，也令军士大叫曰：『孙策头已在此！』两军呐喊，这边夸胜，那边道强。太史慈出马，要与孙策决个胜负，策遂欲出。程普曰：『不须主公劳力，某自擒之。』程普出到阵前，太史慈曰：『你非我之敌手，只教孙策出马来！』程普大怒，挺枪直取太史慈。两马相交，战到三十合，刘繇急鸣金收军。太史慈曰：『我正要捉拿贼将，何故收军？』刘繇曰：『人报周瑜领军袭取曲阿，有庐江松滋人陈武，字子烈，接应周瑜入去。吾家基业已失，不可久留。速往秣陵，会薛礼、笮融军马，急来接应。』太史慈跟着刘繇退军，孙策不赶，收住人马。长史张昭曰：『彼军被周瑜袭取曲阿，无恋战之心，今夜正好劫营。』孙策然之。当夜分军五路，长驱大进。刘繇军兵大败，众皆四纷五落。太史慈独力难当，引十数骑连夜投泾县去了。

却说孙策又得陈武为辅，其人身长七尺，面黄睛赤，形容古怪。策甚敬爱之，拜为校尉，使作先锋，攻薛礼。武引十数骑突入阵去，斩首级五十余颗。薛礼闭门不敢出。策正攻城，忽有人报刘繇会合笮融去取牛渚。孙策大怒，自提大军竟奔牛渚。刘繇、笮融二人出马迎敌。孙策曰：『吾今到此，你如何不降？』

刘繇背后一人挺枪出马，乃部将于糜也。与策战不三合，被策生擒过去，拨马回阵。繇将樊能，见捉了于糜，挺枪来赶。那枪刚搠到策后心，策阵上军士大叫：『背后有人暗算！』策回头，忽见樊能马到，乃大喝一声，声如巨雷。樊能惊骇，倒翻身撞下马来，破头而死。策到门旗下，将于糜丢下，已被挟死。一霎时挟死一将，喝死一将：自此，人皆呼孙策为『小霸王』。

当日刘繇兵大败，人马大半降策。策斩首级万余。刘繇与笮融走豫章投刘表去了。孙策还兵复攻秣陵，亲到城壕边，招谕薛礼投降。城上暗放一冷箭，正中孙策左腿，翻身落马。众将急救起，还营拔箭，以金疮药傅之。策令军中诈称主将中箭身死。军中举哀，拔寨齐起。薛礼听知孙策已死，连夜起城内之军，与骁将张英、陈横杀出城来追之。忽然伏兵四起，孙策当先出马，高声大叫曰：『孙郎在此！』众军皆惊，尽弃枪刀，拜于地下。策令休杀一人。张英拨马回走，被陈武一枪刺死。陈横被蒋钦一箭射死。薛礼死于乱军中。策入秣陵，安辑居民；移兵至泾县来捉太史慈。

却说太史慈招得精壮二千余人，并所部兵，正要来与刘繇报仇。孙策与周瑜商议活捉太史慈之计。瑜令三面攻县，只留东门放走；离城二十五里，三路各伏一军，太史慈到那里，人困马乏，必然被擒。原来太史慈所招军大半是山野之民，不谙纪律。泾县城头，苦不甚高。当夜孙策命陈武短衣持刀，首先爬上城放火。太史慈见城上火起，上马投东门走，背后孙策引军赶来。太史慈正走，后军赶至三十里，却不赶了。太史慈走了五十里，人困马乏，芦苇之中，喊声忽起。慈急待走，两下里绊马索齐来，将马绊翻了，生擒太史慈，解投大寨。策知解到太史慈，亲自出营喝散士卒，自释其缚，将自己锦袍衣之，请入寨中，谓曰：『我知子义真丈夫也。刘繇蠢辈，不能用为大将，以致此败。』慈见策待之甚厚，遂请降。

四大名著

绣像珍藏版

三国演义

第十五回

太史慈酣斗小霸王　孙伯符大战严白虎

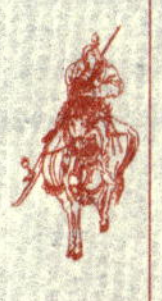

策执慈手笑曰：『神亭相战之时，若公获我，还相害否？』慈笑曰：『未可知也。』策大笑，请入帐，邀之上坐，设宴款待。慈曰：『刘君新破，士卒离心。某欲自往收拾余众，以助明公。不识能相信否？』策起谢曰：『此诚策所愿也。今与公约：明日日中，望公来还。』慈应诺而去。诸将曰：『太史慈此去必不来矣。』策曰：『子义乃信义之士，必不背我。』众皆未信。次日，立竿于营门以候日影。恰将日中，太史慈引一千余众到寨。孙策大喜。众皆服策之知人。于是孙策聚数万之众，下江东，安民恤众，投者无数。江东之民，皆呼策为『孙郎』。但闻孙郎兵至，皆丧胆而走。及策军到，并不许一人掳掠，鸡犬不惊，人民皆悦，赍牛酒到寨劳军。策以金帛答之，欢声遍野。其刘繇旧军，愿从军者听从，不愿为军者给赏归农。江南之民，无不仰颂。由是兵势大盛。策乃迎母叔诸弟俱归曲阿，使弟孙权与周泰守宣城。策领兵南取吴郡。

时有严白虎，自称『东吴德王』，据吴郡，遣部将守住乌程、嘉兴。当日白虎闻策兵至，令弟严舆(yú)出兵，会于枫桥。舆横刀立马于桥上。有人报入中军，策便欲出。张纮谏曰：『夫主将乃三军之所系命，不宜轻敌小寇。愿将军自重。』策谢曰：『先生之言如金石；但恐不亲冒矢石，则将士不用命耳。』随遣韩当出马。比及韩当到桥上时，蒋钦、陈武早驾小舟从河岸边杀过桥里，乱箭射倒岸上军，二人飞身上岸砍杀。严舆退走。韩当引军直杀到阊(chōng)门下，贼退入城里去了。策分兵水陆并进，围住吴城。一困三日，无人出战。

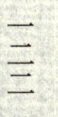

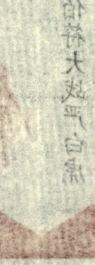

策引众军到阊门外招谕。城上一员裨将，左手托定护梁，右手指着城下大骂。太史慈就马上拈弓取箭，顾军将曰：『看我射中这厮左手！』说声未绝，弓弦响处，果然射个正中，把那将的左手射透，反牢钉在护梁上。城上城下人见者，无不喝采。众人救了这人下城。白虎大惊曰：『彼军有如此人，安能敌乎！』遂商量求和。次日，使严舆出城，来见孙策。策请舆入帐饮酒。酒酣，问舆曰：『令兄意欲如何？』舆曰：『欲与将军平分江东。』策大怒曰：『鼠辈安敢与吾相等！』命斩严舆。舆拔剑起身，策飞剑砍之，应手而倒，割下首级，令人送入城中。白虎料敌不过，弃城而走。策进兵追袭，黄盖攻取嘉兴，太史慈攻取乌程，数州皆平。白虎奔余杭，于路劫掠，被土人凌操领乡人杀败，望会稽而走。凌操父子二人来接孙策，策使为从征校尉，遂同引兵渡江。严白虎聚寇，分布于西津渡口。程普与战，复大败之，连夜赶到会稽。

会稽太守王朗，欲引兵救白虎。忽一人出曰：『不可。孙策用仁义之师，白虎乃暴虐之众，还宜擒白虎以献孙策。』朗视之，乃会稽余姚人，姓虞，名翻，字仲翔，现为郡吏。朗怒叱之，翻长叹而出。朗遂引兵会合白虎，同陈兵于山阴之野。两阵对圆，孙策出马，谓王朗曰：『吾兴仁义之兵，来安浙江，汝何故助贼？』朗骂曰：『汝贪心不足！既得吴郡，而又强并吾界！今日特与严氏雪仇！』孙策大怒，正待交战，太史慈早出。王朗拍马舞刀，与慈战不数合，朗将周昕，杀出助战；孙策阵中黄盖，飞马接住周昕交锋。两下鼓声大震，互相鏖战。忽王朗阵后先乱，一彪军从背后抄来。朗大惊，急回马来迎：原来是周瑜与程普引军刺斜杀来，前后夹攻。王朗寡不敌众，与白虎、周昕杀条血路，走入城中，拽起吊桥，坚闭城门。

孙策大军乘势赶到城下，分布众军，四门攻打。王朗在城中见孙策攻城甚急，欲再出兵决一死战。严白虎曰：『孙策兵势甚大，足下只宜深沟高垒，坚壁勿出。不消一月，彼军粮尽，自然退走。那时乘虚掩之，可不战而破也。』朗依其议，乃固守会稽城而不出。孙策一连攻了数日，不能成功，乃与众将计议。孙静曰：『王朗负固守城，难可卒拔。会稽钱粮，大半屯于查渎；其地离此数十里，莫若以兵先据其内：所谓「攻其无备，出其不意」也。』策大喜曰：『叔父妙用，足破贼人矣！』即下令于各门燃火，虚张旗号，设为疑兵，连夜撤围南去。周瑜进曰：『主公大兵一起，王朗必然出城来赶，可用奇兵胜之。』策曰：『吾今准备下了，取城只在今夜。』遂令军马起行。

却说王朗闻报孙策军马退去，自引众人来敌楼上观望，见城下烟火并起，旌旗不杂，心下迟疑。周昕曰：『孙策走矣，特设此计以疑我耳。可出兵袭之。』严白虎曰：『孙策此去，莫非要去查渎？我令部兵与周将军追之。』朗曰：『查渎是我屯粮之所，正须提防。汝引兵先行，吾随后接应。』白虎与周昕领五千兵出城追赶。将近初更，离城二十余里，忽密林里一声鼓响，火把齐明。白虎大惊，便勒马回走。一将当先拦住，火光中视之，乃孙策也。周昕舞刀来迎，被策一枪刺死。余从皆降。白虎杀条血路，望余杭而走。王朗听知前军已败，不敢入城，引部下奔逃海隅去了。孙策复回大军，乘势取了城池，安定人民。不隔一日，只见一人将着严白虎首级来孙策军前投献。策视其人，身长八尺，面方口阔。问其姓名，乃会稽余姚人，姓董，名袭，字元代。策喜，命为别部司马。自是东路皆平，令叔孙静守之，令朱治为吴郡太守，收军回

江东。

却说孙权与周泰守宣城，忽山贼窃发，四面杀至。时值更深，不及抵敌，泰抱权上马。数十贼众，用刀来砍。泰赤体步行，提刀杀贼，砍杀十余人。随后一贼跃马挺枪直取周泰，被泰扯住枪，拖下马来，夺了枪马，杀条血路，救出孙权。余贼远遁。周泰身被十二枪，金疮发胀，命在须臾。策闻之大惊。帐下董袭曰：『某曾与海寇相持，身遭数枪，得会稽一个贤郡吏虞翻荐一医者，半月而愈。』策曰：『虞翻莫非虞仲翔乎？』袭曰：『然。』策曰：『此贤士也。我当用之。』乃令张昭与董袭同往聘请虞翻。翻至，策优礼相待，拜为功曹，因言及求医之意。翻曰：『此人乃沛国谯郡人，姓华，名佗，字元化。真当世之神医也。当引之来见。』不一日引至。策见其人，童颜鹤发，飘然有出世之姿。乃待为上宾，请视周泰疮。佗曰：『此易事耳。』投之以药，一月而愈。策大喜，厚谢华佗。遂进兵杀除山贼，江南皆平。孙策分拨将士，守把各处隘口；一面写表申奏朝廷；一面结交曹操；一面使人致书与袁术取玉玺。

却说袁术暗有称帝之心，乃回书推托不还；急聚长史杨大将，都督张勋、纪灵、桥蕤(ruí)，上将雷薄、陈兰等三十余人商议，曰：『孙策借我军马起事，今日尽得江东地面；乃不思报本，而反来索玺，殊为无礼。当以何策图之？』长史杨大将曰：『孙策据长江之险，兵精粮广，未可图也。今当先伐刘备，以报前日无故相攻之恨，然后图取孙策未迟。某献一计，使备即日就擒。』正是：不去江东图虎豹，却来徐郡斗蛟龙。

不知其计若何，且听下文分解。

第十六回 吕奉先射戟辕门 曹孟德败师淯水

却说杨大将献计欲攻刘备。袁术曰：『计将安出？』大将曰：『刘备军屯小沛，虽然易取，奈吕布虎踞徐州，前次许他金帛粮马，至今未与，恐其助备；今当令人送与粮食，以结其心，使其按兵不动，则刘备可擒。先擒刘备，后图吕布，徐州可得也。』术喜，便具粟二十万斛，令韩胤赍密书往见吕布。吕布甚喜，重待韩胤。胤回告袁术，术遂遣纪灵为大将，雷薄、陈兰为副将，统兵数万，进攻小沛。玄德闻知此信，聚众商议。张飞要出战。孙乾曰：『今小沛粮寡兵微，如何抵敌？可修书告急于吕布。』张飞曰：『那厮如何肯来！』玄德曰：『乾之言善。』遂修书与吕布。书略曰：

伏自将军垂念，令备于小沛容身，实拜云天之德。今袁术欲报私仇，遣纪灵领兵到县，亡在旦夕，非将军莫能救。望驱一旅之师，以救倒悬之急，不胜幸甚！

吕布看了书，与陈宫计议曰：『前者袁术送粮致书，盖欲使我不救玄德也。今玄德又来求救。吾想玄德屯军小沛，未必遂能为我害；若袁术并了玄德，则北连泰山诸将以图我，我不能安枕矣：不若救玄德。』遂点兵起程。

却说纪灵起兵长驱大进，已到沛县东南，扎下营寨。昼列旌旗，遮映山川；夜设火鼓，震明天地。玄德县中，止有五千余人，也只得勉强出县，布阵安营。忽报吕布引兵离县一里、西南上扎下营寨。纪灵知

吕布领兵来救刘备，急令人致书于吕布，责其无信。布笑曰：『我有一计，使袁、刘两家都不怨我。』乃发使往纪灵、刘备寨中，请二人饮宴。玄德闻布相请，即便欲往。关、张曰：『兄长不可去。吕布必有异心。』玄德曰：『我待彼不薄，彼必不害我。』遂上马而行。关、张随往。到吕布寨中，入见。布曰：『吾今特解公之危。异日得志，不可相忘！』玄德称谢。布请玄德坐。关、张按剑立于背后。人报纪灵到，玄德大惊，欲避之。布曰：『吾特请你二人来会议，勿得生疑。』玄德未知其意，心下不安。纪灵下马入寨，却见玄德在帐上坐，大惊，抽身便回，左右留之不住。吕布向前一把扯回，如提童稚。灵曰：『将军欲杀纪灵耶？』布曰：『非也。』灵曰：『莫非杀「大耳儿」乎？』布曰：『亦非也。』灵曰：『然则为何？』布曰：『玄德与布乃兄弟也，今为将军所困，故来救之。』灵曰：『若此则杀灵也？』布曰：『无有此理。布平生不好斗，惟好解斗。吾今为两家解之。』灵曰：『请问解之之法？』布曰：『我有一法，从天所决。』乃拉灵入帐与玄德相见。二人各怀疑忌。布乃居中坐，使灵居左，备居右，且教设宴行酒。

酒行数巡，布曰：『你两家看我面上，俱各罢兵。』玄德无语。灵曰：『吾奉主公之命，提十万之兵，专捉刘备，如何罢得？』张飞大怒，拔剑在手，叱曰：『吾虽兵少，觑汝辈如儿戏耳！你比百万黄巾何如！你敢伤我哥哥！』关公急止之曰：『且看吕将军如何主意，那时各回营寨厮杀未迟。』吕布曰：『我请你两家解斗，须不教你厮杀！』这边纪灵不忿，那边张飞只要厮杀。布大怒，教左右：『取我戟来！』布提画戟在手，纪灵、玄德尽皆失色。布曰：『我劝你两家不要厮杀，尽在天命。』令左右接过画戟，

去辕门外远远插定。乃回顾纪灵、玄德曰：『辕门离中军一百五十步。吾若一箭射中戟小枝，你两家罢兵；如射不中，你各自回营，安排厮杀。有不从吾言者，并力拒之。』纪灵私忖：『戟在一百五十步之外，安能便中？且落得应允。待其不中，那时凭我厮杀。』便一口许诺。玄德自无不允。布都教坐，再各饮一杯酒。酒毕，布教取弓箭来。玄德暗祝曰：『只愿他射得中便好！』只见吕布挽起袍袖，搭上箭，扯满弓，叫一声：『着！』正是：弓开如秋月行天，箭去似流星落地。一箭正中画戟小枝。帐上帐下将校，齐声喝采。后人有诗赞之曰：

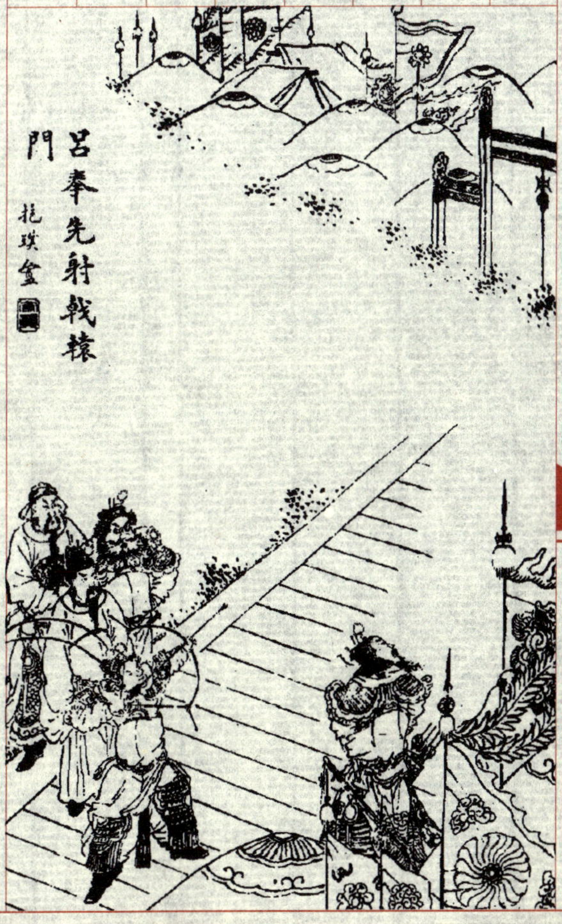

温侯神射世间稀，曾向辕门独解危。落日果然欺后羿，号猿直欲胜由基。
虎筋弦响弓开处，雕羽翎飞箭到时。豹子尾摇穿画戟，雄兵十万脱征衣。

当下吕布射中画戟小枝，呵呵大笑，掷弓于地，执纪灵、玄德之手曰：『此天令你两家罢兵也！』喝教军士：『斟酒来！各饮一大觥。』玄德暗称惭愧。纪灵默然半晌，告布曰：『将军之言，不敢不听；奈纪灵回去，主人如何肯信？』布曰：『吾自作书复之便了。』酒又数巡，纪灵求书先回。布谓玄德曰：『非

我则公危矣。」玄德拜谢，与关、张回。次日，三处军马都散。

不说玄德入小沛，吕布归徐州。却说纪灵回淮南见袁术，说吕布辕门射戟解和之事，呈上书信。袁术大怒曰：「吕布受吾许多粮米，反以此儿戏之事，偏护刘备。吾当自提重兵，亲征刘备，兼讨吕布！」纪灵曰：「主公不可造次。吕布勇力过人，兼有徐州之地；若布与备首尾相连，不易图也。灵闻布妻严氏有一女，年已及笄(jī)。主公有一子，可令人求亲于布。布若嫁女于主公，必杀刘备：此乃『疏不间亲』之计也。」袁术从之，即日遣韩胤为媒，赍礼物往徐州求亲。胤到徐州见布，称说：「主公仰慕将军，欲求令爱为儿妇，永结『秦晋之好』。」布入谋于妻严氏。原来吕布有二妻一妾：先娶严氏为正妻，后娶貂蝉为妾；及居小沛时，又娶曹豹之女为次妻。曹氏先亡无出，貂蝉亦无所出，惟严氏生一女，布最钟爱。当下严氏对布曰：「吾闻袁公路久镇淮南，兵多粮广，早晚将为天子。若成大事，则吾女有后妃之望。只不知他有几子？」布曰：「止有一子。」妻曰：「既如此，即当许之。纵不为皇后，吾徐州亦无忧矣。」布意遂决，厚款韩胤，许了亲事。韩胤回报袁术。术即备聘礼，仍令韩胤送至徐州。吕布受了，设席相待，留于馆驿安歇。

次日，陈宫竟往馆驿内拜望韩胤。讲礼毕，坐定。宫乃叱退左右，对胤曰：「谁献此计，教袁公与奉先联姻？意在取刘玄德之头乎？」胤失惊，起谢曰：「乞公台勿泄！」宫曰：「吾自不泄，只恐其事若迟，必被他人识破，事将中变。」胤曰：「然则奈何？愿公教之。」宫曰：「吾见奉先，使其即日送女就亲，何如？」胤大喜，称谢曰：「若如此，袁公感佩明德不浅矣！」宫遂辞别韩胤，入见吕布曰：「闻公女许嫁袁公路，甚善。但不知于何日结亲？」布曰：「尚容徐议。」宫曰：「古者自受聘成婚之期，各有定例：天子一年，诸侯半年，大夫一季，庶民一月。」布曰：「袁公路天赐国宝，早晚当为帝，今从天子例，可乎？」宫曰：「不可。」布曰：「然则仍从诸侯例？」宫曰：「亦不可。」布曰：「然则将从卿大夫例矣？」宫曰：「亦不可。」布笑曰：「公岂欲吾依庶民例耶？」宫曰：「非也。」布曰：「然则公意欲如何？」宫曰：「方今天下诸侯，互相争雄；今公与袁公路结亲，诸侯保无有嫉妒者乎？若复远择吉期，或竟乘我良辰，伏兵半路以夺之，如之奈何？为今之计：不许便休；既已许之，当趁诸侯未知之时，即便送女到寿春，另居别馆，然后择吉成亲，万无一失也。」布喜曰：「公台之言甚当。」遂入告严氏。连夜具办妆奁，收拾宝马香车，令宋宪、魏续一同韩胤送女前去。鼓乐喧天，送出城外。

时陈元龙之父陈珪，养老在家，闻鼓乐之声，遂问左右。左右告以故。珪曰：「此乃『疏不间亲』之计也。玄德危矣。」遂扶病来见吕布。布曰：「大夫何来？」珪曰：「闻将军死至，特来吊丧。」布惊曰：「何出此言？」珪曰：「前者袁公路以金帛送公，欲杀刘玄德，而公以射戟解之；今忽来求亲，其意盖欲以公女为质，随后就来攻玄德而取小沛。小沛亡，徐州危矣。且彼或来借粮，或来借兵：公若应之，是疲于奔命，而又结怨于人；若其不允，是弃亲而启兵端也。况闻袁术有称帝之意，是造反也。彼若造反，则公乃反贼亲属矣，得无为天下所不容乎？」布大惊曰：「陈宫误我！」急命张辽引兵，追赶至三十里之外，将女抢归；连韩胤都拿回监禁，不放归去。却令人回复袁术，只说女儿妆奁未备，俟备毕便自送来。陈珪

又说吕布，使解韩胤赴许都。布犹豫未决。

忽人报：『玄德在小沛招军买马，不知何意。』布曰：『此为将者本分事，何足为怪。』正话间，宋宪、魏续至，告布曰：『我二人奉明公之命，往山东买马，买得好马三百余匹；回至沛县界首，被强寇劫去一半。打听得是刘备之弟张飞，诈妆山贼，抢劫马匹去了。』吕布听了大怒，随即点兵往小沛来斗张飞。玄德闻知大惊，慌忙领兵出迎。两阵圆处，玄德出马曰：『兄长何故领兵到此？』布指骂曰：『我辕门射戟，救你大难，你何故夺我马匹？』玄德曰：『备因缺马，令人四下收买，安敢夺兄马匹。』布曰：『你便使张飞夺了我好马一百五十匹，尚自抵赖！』张飞挺枪出马曰：『是我夺了你好马！你今待怎么？』布骂曰：『环眼贼！你累次渺视我！』飞曰：『我夺你马你便恼，你夺我哥哥的徐州便不说了！』布挺戟出马来战张飞，飞亦挺枪来迎。两个酣战一百余合，未见胜负。玄德恐有疏失，急鸣金收军入城。吕布分军四面围定。玄德唤张飞责之曰：『都是你夺他马匹，惹起事端！如今马匹在何处？』飞曰：『都寄在各寺院内。』玄德随令人出城，至吕布营中，说情愿送还马匹，两相罢兵。布欲从之。陈宫曰：『今不杀刘备，久后必为所害。』布听之，不从所请，攻城愈急。玄德与糜竺、孙乾商议。孙乾曰：『曹操所恨者，吕布也。不若弃城走许都，投奔曹操，借军破布，此为上策。』玄德曰：『谁可当先破围而出？』飞曰：『小弟情愿死战！』玄德令飞在前，云长在后；自居于中，保护老小。当夜三更，乘着月明，出北门而走。正遇宋宪、魏续，被翼德一阵杀退，得出重围。后面张辽赶来，关公敌住。吕布见玄德去了，也不来赶，随即入城安民，令高顺守小沛，自己仍回徐州去了。

却说玄德前奔许都，到城外下寨，先使孙乾来见曹操，言被吕布追逼，特来相投。操曰：『玄德与吾，兄弟也。』便请入城相见。次日，玄德留关、张在城外，自带孙乾、糜竺入见操。操待以上宾之礼。玄德备诉吕布之事。操曰：『布乃无义之辈，吾与贤弟并力诛之。』玄德称谢。操设宴相待，至晚送出。荀彧入见曰：『刘备，英雄也。今不早图，后必为患。』操不答。彧出，郭嘉入。操曰：『荀彧劝我杀玄德，当如何？』嘉曰：『不可。主公兴义兵，为百姓除暴，惟仗信义以招俊杰，犹惧其不来也；今玄德素有英雄之名，以困穷而来投，若杀之，是害贤也。天下智谋之士，闻而自疑，将裹足不前，主公谁与定天下乎？夫除一人之患，以阻四海之望：安危之机，不可不察。』操大喜曰：『君言正合吾心。』次日，即表荐刘备领豫州牧。程昱谏曰：『刘备终不为人之下，不如早图之。』操曰：『方今正用英雄之时，不可杀一人而失天下之心。此郭奉孝与吾有同见也。』遂不听昱言，以兵三千、粮万斛送与玄德，使往豫州到任，进兵屯小沛，招集原散之兵，攻吕布。玄德至豫州，令人约会曹操。

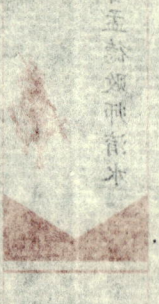

操正欲起兵，自往征吕布，忽流星马报说张济自关中引兵攻南阳，为流矢所中而死；济侄张绣统其众，用贾诩为谋士，结连刘表，屯兵宛城，欲兴兵犯阙夺驾。操大怒，欲兴兵讨之，又恐吕布来侵许都，乃问计于荀彧。彧曰：『此易事耳。吕布无谋之辈，见利必喜；明公可遣使往徐州，加官赐赏，令与玄德解和。布喜，则不思远图矣。』操曰：『善。』遂差奉军都尉王则，赍官诰并和解书，往徐州去讫。一面起兵

十五万，亲讨张绣。分军三路而行，以夏侯惇为先锋。军马至淯水下寨。贾诩劝张绣曰：「操兵势大，不可与敌，不如举众投降。」张绣从之，使贾诩至操寨通款。操见诩应对如流，甚爱之，欲用为谋士。诩曰：「某昔从李傕，得罪天下；今从张绣，言听计从，不忍弃之。」乃辞去。次日引绣来见操，操待之甚厚。引兵入宛城屯扎，余军分屯城外，寨栅联络十余里。一住数日，绣每日设宴请操。

一日操醉，退入寝所，私问左右曰：「此城中有妓女否？」操之兄子曹安民，知操意，乃密对曰：「昨晚小侄窥见馆舍之侧，有一妇人，生得十分美丽，问之，即绣叔张济之妻也。」操闻言，便令安民领五十甲兵往取之。须臾，取到军中。操见之，果然美丽。问其姓，妇答曰：「妾乃张济之妻邹氏也。」操曰：「夫人识吾否？」邹氏曰：「久闻丞相威名，今夕幸得瞻拜。」操曰：「吾为夫人故，特纳张绣之降；不然灭族矣。」邹氏拜曰：「实感再生之恩。」操曰：「今日得见夫人，乃天幸也。今宵愿同枕席，随吾还都，安享富贵，何如？」邹氏拜谢。是夜，共宿于帐中。邹氏曰：「久住城中，绣必生疑，亦恐外人议论。」操曰：「明日同夫人去寨中住。」次日，移于城外安歇，唤典韦就中军帐房外宿卫。他人非奉呼唤，不许辄入。因此，内外不通。操每日与邹氏取乐，不想归期。

张绣家人密报绣。绣怒曰：「操贼辱我太甚！」便请贾诩商议。诩曰：「此事不可泄漏。来日等操出帐议事，如此如此。」次日，操坐帐中，张绣入告曰：「新降兵多有逃亡者，乞移屯中军。」操许之。绣乃移屯其军，分为四寨，刻期举事。因畏典韦勇猛，急切难近，乃与偏将胡车儿商议。那胡车儿力能负

五百斤，日行七百里，亦异人也。当下献计于绣曰：「典韦之畏者，双铁戟耳。主公明日可请他来吃酒，使尽醉而归。那时某便混入他跟来军士数内，偷入帐房，先盗其戟，此人不足畏矣。」绣甚喜，预先准备弓箭、甲兵，告示各寨。至期，令贾诩致意请典韦到寨，殷勤待酒。至晚醉归，胡车儿杂在众人队里，直入大寨。是夜曹操于帐中与邹氏饮酒，忽听帐外人言马嘶。操使人观之，回报是张绣军夜巡，操乃不疑。时近二更，忽闻寨内呐喊，报说草车上火起。操曰：「军人失火，勿得惊动。」须臾，四下里火起，操始着忙，急唤典韦。韦方醉卧，睡梦中听得金鼓喊杀之声，便跳起身来，却寻不见了双戟。时敌兵已到辕门，韦急掣步卒腰刀在手。只见门首无数军马，各挺长枪，抢入寨来。韦奋力向前，砍死二十余人。马军方退，步军又到，两边枪如苇列。韦身无片甲，上下被数十枪，兀自死战。刀砍缺不堪用，韦即弃刀，双手提着两个军人迎敌，击死者八九人。群贼不敢近，只远远以箭射之，箭如骤雨。韦犹死拒寨门。争奈寨后贼军已入，韦背上又中一枪，乃大叫数声，血流满地而死。死了半晌，还无一人敢从前门而入者。

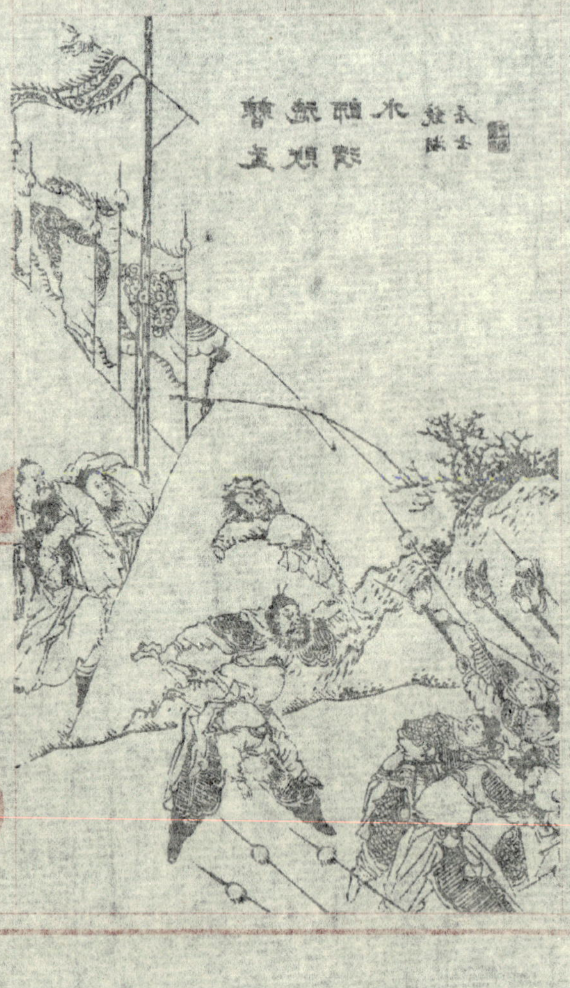

却说曹操赖典韦当住寨门，乃得从寨后上马逃奔，只有曹安民步随。操右臂中了一箭，马亦中了三箭。亏得那马是大宛良马，熬得痛，走得快。刚刚走到淯水河边，贼兵追至，安民被砍为肉泥。操急骤马冲波过河，才上得岸，贼兵一箭射来，正中马眼，那马扑地倒了。操长子曹昂，即以己所乘之马奉操。操上马急奔。曹昂却被乱箭射死。操乃走脱。路逢诸将，收集残兵。时夏侯惇所领青州之兵，乘势下乡，劫掠民家；平虏校尉于禁，即将本部军于路剿杀，安抚乡民。青州兵走回，迎操泣拜于地，言于禁造反，赶杀青州军马。操大惊。须臾，夏侯惇、许褚、李典、乐进都到。操言于禁造反，可整兵迎之。

却说于禁见操等俱到，乃引军射住阵角，凿堑安营。或告之曰：『青州军言将军造反，今丞相已到，何不分辩，乃先立营寨耶？』于禁曰：『今贼追兵在后，不时即至；若不先准备，何以拒敌？分辩小事，退敌大事。』安营方毕，张绣军两路杀至。于禁身先出寨迎敌。绣急退兵。左右诸将，见于禁向前，各引兵击之，绣军大败，追杀百余里。绣势穷力孤，引败兵投刘表去了。曹操收军点将，于禁入见，备言青州之兵，肆行劫掠，大失民望，某故杀之。操曰：『不告我，先下寨，何也？』禁以前言对。操曰：『将军在匆忙之中，能整兵坚垒，任谤任劳，使反败为胜，虽古之名将，何以加兹！』乃赐以金器一副，封益寿亭侯；责夏侯惇治兵不严之过。又设祭祭典韦，操亲自哭而奠之，顾谓诸将曰：『吾折长子、爱侄，俱无深痛；独号泣典韦也！』众皆感叹。次日下令班师。

不说曹操还兵许都。且说王则赍诏至徐州，布迎接入府，开读诏书——封布为平东将军，特赐印绶

——又出操私书。王则在吕布面前极道曹公相敬之意。布大喜。忽报袁术遣人至，布唤入问之。使言：『袁公早晚即皇帝位，立东宫，催取皇妃早到淮南。』布大怒曰：『反贼焉敢如此！』遂杀来使，将韩胤用枷钉了，遣陈登赍谢表，解韩胤一同王则上许都来谢恩；且答书于操，欲求实授徐州牧。操知布绝婚袁术，大喜，遂斩韩胤于市曹。陈登密谏操曰：『吕布，豺狼也，勇而无谋，轻于去就，宜早图之。』操曰：『吾素知吕布狼子野心，诚难久养。非公父子莫能究其情，公当与吾谋之。』登曰：『丞相若有举动，某当为内应。』操喜，表赠陈珪，登为广陵太守。登辞回，操执登手曰：『东方之事，便以相付。』登点头允诺。回徐州见吕布，布问之，登言：『父赠禄，某为太守。』布大怒曰：『汝不为吾求徐州牧，而乃自求爵禄！汝父教我协同曹公，绝婚公路，今吾所求，终无一获，而汝父子俱各显贵，吾为汝父子所卖耳！』遂拔剑欲斩之。登大笑曰：『将军何其不明之甚也！』布曰：『吾何不明？』登曰：『吾见曹公，言养将军譬如养虎，当饱其肉；不饱则将噬人。曹公笑曰：「不如卿言。吾待温侯，如养鹰耳：狐兔未息，不敢先饱，饥则为用，饱则飏(yáng)去。」某问：「谁为狐兔？」曹公曰：「淮南袁术、江东孙策、冀州袁绍、荆襄刘表、益州刘璋、汉中张鲁，皆狐兔也。」』布掷剑笑曰：『曹公知我也！』正说话间，忽报袁术军取徐州。吕布闻言失惊。正是：秦晋未谐吴越斗，婚姻惹出甲兵来。毕竟后事如何，且听下文分解。

第十七回　袁公路大起七军　曹孟德会合三将

却说袁术在淮南，地广粮多，又有孙策所质玉玺，遂思僭称帝号；大会群下议曰：『昔汉高祖不过泗上一亭长，而有天下；今历年四百，气数已尽，海内鼎沸。吾家四世三公，百姓所归；吾欲应天顺人，正位九五。尔众人以为何如？』主簿阎象曰：『不可。昔周后稷积德累功，至于文王，三分天下有其二，犹以服事殷。明公家世虽贵，未若有周之盛；汉室虽微，未若殷纣之暴也。此事决不可行。』术怒曰：『吾袁姓出于陈。陈乃大舜之后。以土承火，正应其运。又谶云：「代汉者，当涂(tú)高也。」吾字公路，正应其谶。又有传国玉玺。若不为君，背天道也。吾意已决，多言者斩！』遂建号仲氏，立台省等官，乘龙凤辇，祀南北郊，立冯方女为后，立子为东宫。因命使催取吕布之女为东宫妃，却闻布已将韩胤解赴许都，为曹操所斩，乃大怒；遂拜张勋为大将军，统领大军二十余万，分七路征徐州：第一路大将张勋居中，第二路上将桥蕤(ruí)居左，第三路上将陈纪居右，第四路副将雷薄居左，第五路副将陈兰居右，第六路降将韩暹居左，第七路降将杨奉居右。各领部下健将，克日起行。命兖州刺史金尚为太尉，监运七路钱粮。尚不从，术杀之。以纪灵为七路都救应使。术自引军三万，使李丰、梁刚、乐就为催进使，接应七路之兵。

吕布使人探听得张勋一军从大路径取徐州，桥蕤一军取小沛，陈纪一军取沂都，雷薄一军取琅琊，陈兰一军取碣石，韩暹一军取下邳，杨奉一军取浚山：七路军马，日行五十里，于路劫掠将来。乃急召众谋士商议，陈宫与陈珪父子俱至。陈宫曰：『徐州之祸，乃陈珪父子所招，媚朝廷以求爵禄，今日移祸于将军。可斩二人之头献袁术，其军自退。』布听其言，即命擒下陈珪、陈登。陈登大笑曰：『何如是之懦也？吾观七路之兵，如七堆腐草，何足介意！』布曰：『汝若有计破敌，免汝死罪。』陈登曰：『将军若用老夫之言，徐州可保无虞。』布曰：『试言之。』登曰：『术兵虽众，皆乌合之师，素不亲信；我以正兵守之，出奇兵胜之，无不成功。更有一计，不止保安徐州，并可生擒袁术。』布曰：『计将安出？』登曰：『韩暹、杨奉乃汉旧臣，因惧曹操而走，无家可依，暂归袁术；术必轻之，彼亦不乐为术用。若凭尺书结为内应，更连刘备为外合，必擒袁术矣。』布曰：『汝须亲到韩暹、杨奉处下书。』陈登允诺。布乃发表上许都，并致书与豫州，然后令陈登引数骑，先于下邳道上候韩暹。暹引兵至，下寨毕，登入见。暹问曰：『汝乃吕布之人，来此何干？』登笑曰：『某为大汉公卿，何谓吕布之人？若将军者，向为汉臣，今乃为叛贼之臣，使昔日关中保驾之功，化为乌有，窃为将军不取也。且袁术性最多疑，将军

后必为其所害。今不早图，悔之无及！』暹叹曰：『吾欲归汉，恨无门耳。』登乃出布书。暹览书毕曰：『吾已知之。公先回。吾与杨将军反戈击之。但看火起为号，温侯以兵相应可也。』登辞暹，急回报吕布。

布乃分兵五路：高顺引一军进小沛，敌桥蕤；陈宫引一军进沂都，敌陈纪；张辽、臧霸引一军出琅琊，敌雷薄；宋宪、魏续引一军出碣石，敌陈兰；吕布自引一军出大道，敌张勋。各领军一万，余者守城。吕布出城三十里下寨。张勋军到，料敌吕布不过，且退二十里屯住，待四下兵接应。是夜二更时分，韩暹、杨奉分兵到处放火，接应吕家军入寨。勋军大乱。吕布乘势掩杀，张勋败走。吕布赶到天明，正撞纪灵接应。两军相迎，恰待交锋，韩暹、杨奉两路杀来。纪灵大败而走，吕布引兵追杀。山背后一彪军到，门旗开处，只见一队军马，打龙凤日月旗旛，四斗五方旌帜，金瓜银斧，黄钺白旄，黄罗销金伞盖之下，袁术身披金甲，腕悬两刀，立于阵前，大骂：『吕布，背主家奴！』布怒，挺戟向前。术将李丰挺枪来迎；战不三合，被布刺伤其手，丰弃枪而走。吕布麾兵冲杀，术军大乱。吕布引军从后追赶，抢夺马匹衣甲无数。袁术引着败军，走不上数里，山背后一彪军出，截住去路。当先一将乃关云长也，大叫：『反贼！还不受死！』袁术慌走，余众四散奔逃，被云长大杀了一阵。袁术收拾败军，奔回淮南去了。吕布得胜，邀请云长并杨奉、韩暹等一行人马到徐州，大排筵宴管待，军士都有犒赏。次日，云长辞归。布保韩暹为沂都牧，杨奉为琅琊牧，商议欲留二人在徐州。陈珪曰：『不可。韩、杨二人据山东，不出一年，则山东城郭皆属将军也。』布然之，遂送二将暂于沂都、琅琊二处屯扎，以候恩命。陈登私问父曰：『何不留二人在徐州，为杀吕布之根？』珪曰：『倘二人协助吕布，是反为虎添爪牙也。』登乃服父之高见。

却说袁术败回淮南，遣人往江东问孙策借兵报仇。策怒曰：『汝赖吾玉玺，僭称帝号，背反汉室，大逆不道！吾方欲加兵问罪，岂肯反助叛贼乎！』遂作书以绝之。使者赍书回见袁术。术看毕，怒曰：『黄口孺子，何敢乃尔！吾先伐之！』长史杨大将力谏方止。

却说孙策自发书后，防袁术兵来，点军守住江口。忽曹操使至，拜策为会稽太守，令起兵征讨袁术。策乃商议，便欲起兵。长史张昭曰：『术虽新败，兵多粮足，未可轻敌。不如遗书曹操，劝他南征，吾为后应：两军相援，术军必败。万一有失，亦望操救援。』策从其言，遣使以此意达曹操。

却说曹操至许都，思慕典韦，立祀祭之；封其子典满为中郎，收养在府。忽报孙策遣使致书，操览书毕；又有人报袁术乏粮，劫掠陈留。欲乘虚攻之，遂兴兵南征。令曹仁守许都，其余皆从征：马步兵十七万，粮食辎重千余车。一面先发人会合孙策与刘备、吕布。兵至豫州界上，玄德早引兵来迎，操命请入营。相见毕，玄德献上首级二颗。操惊曰：『此是何人首级？』玄德曰：『此韩暹、杨奉之首级也。』操曰：『何

以得之？』玄德曰：『吕布令二人权住沂都、琅琊两县。不意二人纵兵掠民，人人嗟怨。因此备乃设一宴，诈请议事；饮酒间，掷盏为号，使关、张二弟杀之，尽降其众。今特来请罪。』操曰：『君为国家除害，正是大功，何言罪也！』遂厚劳玄德，合兵到徐州界。吕布出迎，操善言抚慰，封为左将军，许于还都之时，换给印绶。布大喜。操即分吕布一军在左，玄德一军在右，自统大军居中，令夏侯惇、于禁为先锋。

袁术知操兵至，令大将桥蕤引兵五万作先锋。两军会于寿春界口。桥蕤当先出马，与夏侯惇战不三合，被夏侯惇搠死。术军大败，奔走回城。忽报孙策发船攻江边西面，吕布引兵攻东面，刘备、关、张引兵攻南面，操自引兵十七万攻北面。术大惊，急聚众文武商议。杨大将曰：『寿春水旱连年，人皆缺食；今又动兵扰民，民既生怨，兵至难以拒敌。不如留军在寿春，不必与战；待彼兵粮尽，必然生变。陛下且统御林军渡淮，一者就熟，二者暂避其锐。』术用其言，留李丰、乐就、梁刚、陈纪四人分兵十万，坚守寿春；其余将卒并库藏金玉宝贝，尽数收拾过淮去了。

却说曹兵十七万，日费粮食浩大，诸郡又荒旱，接济不及。操催军速战，李丰等闭门不出。操军相拒月余，粮食将尽，致书于孙策，借得粮食米十万斛，不敷支散。管粮官任峻部下仓官王垕(hòu)入禀操曰：『兵多粮少，当如之何？』操曰：『可将小斛散之，权且救一时之急。』垕曰：『兵士倘怨，如何？』操曰：『吾自有策。』垕依命，以小斛分散。操暗使人各寨探听，无不嗟怨，皆言丞相欺众。操乃密召王垕入曰：『吾欲问汝借一物，以压众心，汝必勿吝。』垕曰：『丞相欲用何物？』操曰：『欲借汝头以示众耳。』垕大惊曰：『某实无罪！』操曰：『吾亦知汝无罪，但不杀汝，军必变矣。汝死后，汝妻子吾自养之，汝勿虑也。』垕再欲言时，操早呼刀斧手推出门外，一刀斩讫，悬头高竿，出榜晓示曰：『王垕故行小斛，盗窃官粮，谨按军法。』于是众怨始解。

次日，操传令各营将领：『如三日内不并力破贼，皆斩！』操亲自至城下，督诸军搬土运石，填壕塞堑。城上矢石如雨，有两员裨将畏避而回，操掣剑亲斩于城下，遂自下马接土填坑。于是大小将士无不向前，军威大振。城上抵敌不住。曹兵争先上城，斩关落锁，大队拥入。李丰、陈纪、乐就、梁刚都被生擒，操令皆斩于市。焚烧伪造宫室殿宇，一应犯禁之物；寿春城中，收掠一空。商议欲进兵渡淮，追赶袁术。荀彧谏曰：『年来荒旱，粮食艰难，若更进兵，劳军损民，未必有利。不若暂回许都，待来春麦熟，军粮足备，方可图之。』操踌躇未决。忽探马到，报说：『张绣依托刘表，复肆猖獗；南阳、江陵诸县复反；曹洪拒敌不住，连输数阵，今特来告急。』操乃驰书与孙策，令其跨江布阵，以为刘表疑兵，使不敢妄动；自己即日班师，别议征张绣之事。临行，令玄德仍屯兵小沛，与吕布结为兄弟，互相救助，再无相侵。吕布领兵自回徐州。操密谓玄德曰：『吾令汝屯兵小沛，是「掘坑待虎」之计也。公但与陈珪父子商议，勿致有失。某当为公外援。』话毕而别。

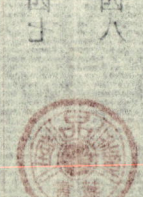

却说曹操引军回许都，人报段煨杀了李傕，伍习杀了郭汜，将头来献。段煨并将李傕合族老小二百余口活解入许都。操令分于各门处斩，传首号令，人民称快。天子升殿，会集文武，作太平筵宴。封段煨为

荡寇将军、伍习为殄虏将军，各引兵镇守长安。二人谢恩而去。操即奏张绣作乱，当兴兵伐之。天子乃亲排銮驾，送操出师。——时建安三年夏四月也。操留荀彧在许都，调遣兵将，自统大军进发。行军之次，见一路麦已熟；民因兵至，逃避在外，不敢刈(yì)麦。操使人远近遍谕村人父老，及各处守境官吏曰：『吾奉天子明诏，出兵讨逆，与民除害。方今麦熟之时，不得已而起兵，大小将校，凡过麦田，但有践踏者，并皆斩首。军法甚严，尔民勿得惊疑。』百姓闻谕，无不欢喜称颂，望尘遮道而拜。官军经过麦田，皆下马以手扶麦，递相传送而过，并不敢践踏。操乘马正行，忽田中惊起一鸠，那马眼生，窜入麦中，践坏了一大块麦田。操随呼行军主簿，拟议自己践麦之罪。主簿曰：『丞相岂可议罪？』操曰：『吾自制法，吾自犯之，何以服众？』即掣所佩之剑欲自刎。众急救住。郭嘉曰：『古者《春秋》之义：法不加于尊。丞相总统大军，岂可自戕？』操沉吟良久，乃曰：『既《春秋》有「法不加于尊」之义，吾姑免死。』乃以剑割自己之发，掷于地曰：『割发权代首。』使人以发传示三军曰：『丞相践麦，本当斩首号令，今割发以代。』于是三军悚然，无不懔遵军令。后人有诗论之曰：

十万貔貅十万心，一人号令众难禁。拔刀割发权为首，方见曹瞒诈术深。

却说张绣知操引兵来，急发书报刘表，使为后应；一面与雷叙、张先二将领兵出城迎敌。两阵对圆，张绣出马，指操骂曰：『汝乃假仁义无廉耻之人，与禽兽何异！』操大怒，令许褚出马。绣令张先接战。只三合，许褚斩张先于马下，绣军大败。操引军赶至南阳城下。绣入城，闭门不出。操围城攻打，见城壕甚阔，水势又深，急难近城。乃令军士运土填壕；又用土布袋并柴薪草把相杂，于城边作梯凳；又立云梯窥望城中；操自骑马绕城观之。如此三日。传令教军士于西门角上，堆积柴薪，会集诸将，就那里上城。城中贾诩见如此光景，便谓张绣曰：『某已知曹操之意矣。今可将计就计而行。』正是：强中自有强中手，用诈还逢识诈人。不知其计若何，且听下文分解。

第十八回　贾文和料敌决胜　夏侯惇拔矢啖睛

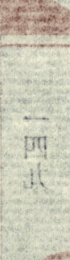

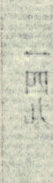

却说贾诩料知曹操之意，便欲将计就计而行，乃谓张绣曰：『某在城上见曹操绕城而观者三日。他见城东南角砖土之色，新旧不等，鹿角多半毁坏，意将从此处攻进；却虚去西北上积草，诈为声势，欲哄我撤兵守西北，彼乘夜黑必爬东南角而进也。』绣曰：『然则奈何？』诩曰：『此易事耳。来日可令精壮之兵，饱食轻装，尽藏于东南房屋内；却教百姓假扮军士，虚守西北。夜间任他在东南角上爬城。俟其爬进城时，一声炮响，伏兵齐起，操可擒矣。』绣喜，从其计。早有探马报曹操，说张绣尽撤兵在西北角上，呐喊守城，东南却甚空虚。操曰：『中吾计矣！』遂命军中密备锹镢(jué)爬城器具。日间只引军攻西北角。至二更时分，却领精兵于东南角上爬过壕去，砍开鹿角。城中全无动静，众军一齐拥入。只听得一声炮响，伏兵四起。曹军急退，背后张绣亲驱勇壮杀来。曹军大败，退出城外，奔走数十里。张绣直杀至天明方收军入城。曹操计点败军，折兵五万余人，失去辎重无数。吕虔、于禁俱各被伤。

却说贾诩见操败走，急劝张绣遗书刘表，使起兵截其后路。表得书，即欲起兵。忽探马报孙策屯兵湖口。蒯良曰：『策屯兵湖口，乃曹操之计也。今操新败，若不乘势击之，后必有患。』表乃令黄祖坚守隘口，自己统兵至安众县截操后路；一面约会张绣。绣知表兵已起，即同贾诩引兵袭操。

且说操军缓缓而行，至襄城，到淯水，操忽于马上放声大哭。众惊问其故，操曰：『吾思去年于此地

折了吾大将典韦，不由不哭耳！』因即下令屯住军马，大设祭筵，吊奠典韦亡魂。操亲自拈香哭拜，三军无不感叹。祭典韦毕，方祭侄曹安民及长子曹昂，并祭阵亡军士；连那匹射死的大宛马，也都致祭。次日，忽荀彧差人报说：『刘表助张绣屯兵安众，截吾归路。』操答彧书曰：『吾日行数里，非不知贼来追我；然吾计划已定，若到安众，破绣必矣。君等勿疑。』便催军行至安众县界。刘表军已守险要，张绣随后引军赶来。操乃令众军黑夜凿险开道，暗伏奇兵。及天色微明，刘表、张绣军会合，见操兵少，疑操遁去，俱引兵入险击之。操纵奇兵出，大破两家之兵。曹兵出了安众隘口，于隘外下寨。刘表、张绣各整败兵相见。表曰：『何期反中曹操奸计！』绣曰：『容再图之。』于是两军集于安众。

且说荀彧探知袁绍欲兴兵犯许都，星夜驰书报曹操。操得书心慌，即日回兵。细作报知张绣，绣欲追之。贾诩曰：『不可追也，追之必败。』刘表曰：『今日不追，坐失机会矣。』力劝绣引军万余同往追之。约行十余里，赶上曹军后队。曹军奋力接战，绣、表两军大败而还。绣谓诩曰：『不用公言，果有此败。』诩曰：『今可整兵再往追之。』绣与表俱曰：『今已败，奈何复追？』诩曰：『今番追去，必获大胜；如其不然，请斩吾首。』绣信之。刘表疑虑，不肯同往。绣乃自引一军往追。操兵果然大败，军马辎重，连路散弃而走。绣正往前追赶，忽山后一彪军拥出。绣不敢前追，收军回安众。刘表问贾诩曰：『前以精兵追退兵，而公曰必败；后以败卒击胜兵，而公曰必克：究竟悉如公言。何其事不同而皆验也？愿公明教我。』诩曰：『此易知耳。将军虽善用兵，非曹操敌手。操军虽败，必有劲将为后殿，以防追兵；我兵虽锐，不

能敌之也；故知必败。夫操之急于退兵者，必因许都有事；既破我追军之后，必轻车速回，不复为备；我乘其不备而更追之：故能胜也。』刘表、张绣俱服其高见。诩劝表回荆州，绣守襄城，以为唇齿。两军各散。

且说曹操正行间，闻报后军为绣所追，急引众将回身救应，只见绣军已退。败兵回告操曰：『若非山后这一路人马阻住中路，我等皆被擒矣。』操急问何人。那人绰枪下马，拜见曹操，乃镇威中郎将，江夏平春人，姓李，名通，字文达。操问何来。通曰：『近守汝南，闻丞相与张绣、刘表战，特来接应。』操喜，封之为建功侯，守汝南西界，以防表、绣。李通拜谢而去。操还许都，表奏孙策有功，封为讨逆将军，赐爵吴侯，遣使赍诏江东，谕令防剿刘表。

操回府，众官参见毕，荀彧问曰：『丞相缓行至安众，何以知必胜贼兵？』操曰：『彼退无归路，必将死战，吾缓诱之而暗图之，是以知其必胜也。』荀彧拜服。郭嘉入，操曰：『公来何暮也？』嘉袖出一书，白操曰：『袁绍使人致书丞相，言欲出兵攻公孙瓒，特来借粮借兵。』操曰：『吾闻绍欲图许都，今见吾归，又别生他议。』遂拆书观之。见其词意骄慢，乃问嘉曰：『袁绍

如此无状，吾欲讨之，恨力不及，如何？』嘉曰：『刘、项之不敌，公所知也。高祖惟智胜，项羽虽强，终为所擒。今绍有十败，公有十胜，绍兵虽盛，不足惧也：绍繁礼多仪，公体任自然，此道胜也；绍以逆动，公以顺率，此义胜也；桓、灵以来，政失于宽，绍以宽济，公以猛纠，此治胜也；绍外宽内忌，所任多亲戚，公外简内明，用人惟才，此度胜也；绍多谋少决，公得策辄行，此谋胜也；绍专收名誉，公以至诚待人，此德胜也；绍恤近忽远，公虑无不周，此仁胜也；绍听谗惑乱，公浸润不行，此明胜也；绍是非混淆，公法度严明，此文胜也；绍好为虚势，不知兵要，公以少克众，用兵如神，此武胜也。公有此十胜，于以败绍无难矣。』操笑曰：『如公所言，孤何足以当之！』荀彧曰：『郭奉孝十胜十败之说，正与愚见相合。绍兵虽众，何足惧耶！』嘉曰：『徐州吕布，实心腹大患。今绍北征公孙瓒，我当乘其远出，先取吕布，扫除东南，然后图绍，乃为上计；否则我方攻绍，布必乘虚来犯许都，为害不浅也。』操然其言，遂议东征吕布。荀彧曰：『可先使人往约刘备，待其回报，方可动兵。』操从之，一面发书与玄德，一面厚遣绍使，奏封绍为大将军、太尉，兼都督冀、青、幽、并四州，密书答之云：『公可讨公孙瓒。吾当相助。』绍得书大喜，便进兵攻公孙瓒。

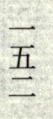

且说吕布在徐州，每当宾客宴会之际，陈珪父子必盛称布德。陈宫不悦，乘间告布曰：『陈珪父子面谀将军，其心不可测，宜善防之。』布怒叱曰：『汝无端献谗，欲害好人耶？』宫出叹曰：『忠言不入，吾辈必受殃矣！』意欲弃布他往，却又不忍；又恐被人嗤笑。乃终日闷闷不乐。一日，带领数骑去小沛地

面围猎解闷，忽见官道上一骑驿马，飞奔前去。宫疑之，弃了围场，引从骑从小路赶上，问曰：『汝是何处使命？』那使者知是吕布部下人，慌不能答。陈宫令搜其身，得玄德回答曹操密书一封。宫即连人与书，拿见吕布。布问其故。来使曰：『曹丞相差我往刘豫州处下书，今得回书，不知书中所言何事。』布乃拆书细看。书略曰：

奉明命欲图吕布，敢不夙夜用心。但备兵微将少，不敢轻动。丞相兴大师，备当为前驱。谨严兵整甲，专待钧命。

吕布见了，大骂曰：『操贼焉敢如此！』遂将使者斩首。先使陈宫、臧霸结连泰山寇孙观、吴敦、尹礼、昌狶（xī），东取山东兖州诸郡。令高顺、张辽取沛城，攻玄德。令宋宪、魏续西取汝、颍。布自总中军为三路救应。

且说高顺等引兵出徐州，将至小沛，有人报知玄德。玄德急与众商议。孙乾曰：『可速告急于曹操。』玄德曰：『谁可去许都告急？』阶下一人出曰：『某愿往。』视之，乃玄德同乡人，姓简，名雍，字宪和，现为玄德幕宾。玄德即修书付简雍，使星夜赴许都求援；一面整顿守城器具。玄德自守南门，孙乾守北门，云长守西门，张飞守东门，令糜竺与其弟糜芳守护中军。原来糜竺有一妹，嫁与玄德为次妻。玄德与他兄弟有郎舅之亲，故令其守中军保护妻小。高顺军至，玄德在敌楼上问曰：『吾与奉先无隙，何故引兵至此？』顺曰：『你结连曹操，欲害吾主，今事已露，何不就缚！』言讫，便麾军攻城。玄德闭门不出。次日，张

辽引兵攻打西门。云长在城上谓之曰：『公仪表非俗，何故失身于贼？』张辽低头不语。云长知此人有忠义之气，更不以恶言相加，亦不出战。辽引兵退至东门，张飞便出迎战。早有人报知关公。关公急来东门看时，只见张飞方出城，张辽军已退。飞欲追赶，关公急召入城。飞曰：『彼惧而退，何不追之？』关公曰：『此人武艺不在你我之下。因我以正言感之，颇有自悔之心，故不与我等战耳。』飞乃悟，只令士卒坚守城门，更不出战。

却说简雍至许都见曹操，具言前事。操即聚众谋士议曰：『吾欲攻吕布，不忧袁绍掣肘，只恐刘表、张绣议其后耳。』荀攸曰：『二人新破，未敢轻动。吕布骁勇，若更结连袁术，纵横淮、泗，急难图矣。』郭嘉曰：『今可乘其初叛，众心未附，疾往击之。』操从其言，即命夏侯惇与夏侯渊、吕虔、李典领兵五万先行，自统大军陆续进发，简雍随行。早有探马报知高顺。顺飞报吕布。布先令侯成、郝萌、曹性引二百余骑接应高顺，使离沛城三十里去迎曹军，自引大军随后接应。玄德在小沛城中见高顺退去，知是曹家兵至，乃只留孙乾守城，糜竺、糜芳守家，自己却与关、张二公，提兵尽出城外，分头下寨，接应曹军。

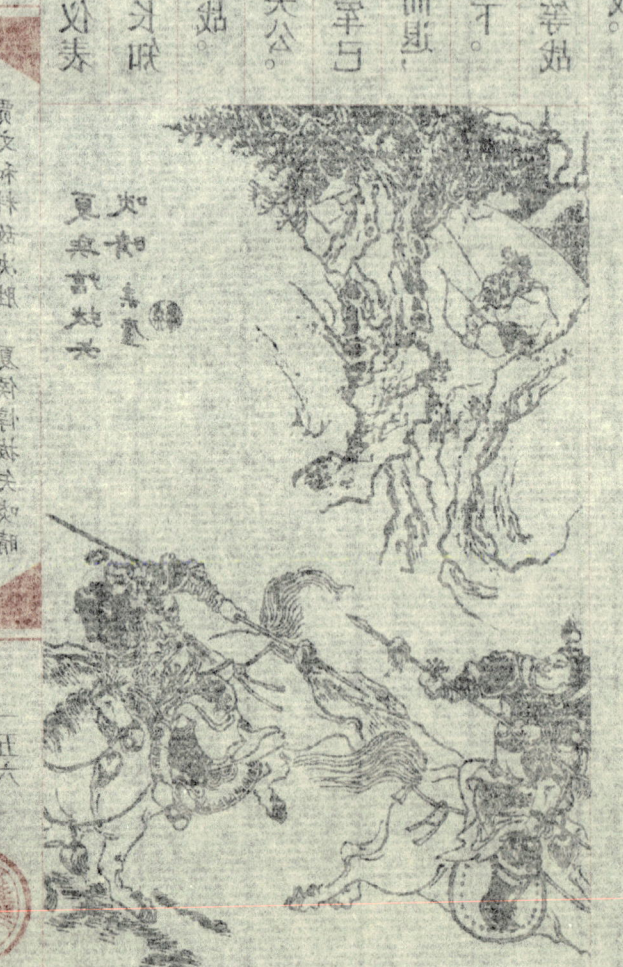

却说夏侯惇引军前进，正与高顺军相遇，便挺枪出马搦战。高顺迎敌。两马相交，战有四五十合，高顺抵敌不住，败下阵来。惇纵马追赶，顺绕阵而走。惇不舍，亦绕阵追之。阵上曹性看见，暗地拈弓搭箭，觑得亲切，一箭射去，正中夏侯惇左目。惇大叫一声，急用手拔箭，不想连眼珠拔出，乃大呼曰：『父精母血，不可弃也！』遂纳于口内啖之，仍复挺枪纵马，直取曹性。性不及提防，早被一枪搠透面门，死于马下。两边军士见者，无不骇然。夏侯惇既杀曹性，纵马便回。高顺从背后赶来，麾军齐上，曹兵大败。夏侯渊救护其兄而走。吕虔、李典将败军退去济北下寨。高顺得胜，引军回击玄德。恰好吕布大军亦至，布与张辽、高顺分兵三路，来攻玄德、关、张三寨。正是：啖睛猛将虽能战，中箭先锋难久持。未知玄德胜负如何，且听下文分解。

第十九回　下邳城曹操鏖兵　白门楼吕布殒命

却说高顺张辽击关公寨，吕布自击张飞寨，关、张各出迎战，玄德引兵两路接应。吕布分军从背后杀来，关、张两军皆溃，玄德引数十骑奔回沛城。吕布赶来，玄德急唤城上军士放下吊桥。吕布随后也到。城上欲待放箭，又恐射了玄德。被吕布乘势杀入城门，把门将士，抵敌不住，都四散奔避。吕布招军入城。玄德见势已急，到家不及，只得弃了妻小，穿城而过，走出西门，匹马逃难。吕布赶到玄德家中，糜竺出迎，告布曰：『吾闻大丈夫不废人之妻子。今与将军争天下者，曹公耳。玄德常念辕门射戟之恩，不敢背将军也。今不得已而投曹公，惟将军怜之。』布曰：『吾与玄德旧交，岂忍害他妻子。』便令糜竺引玄德妻小，去徐州安置。布自引军投山东兖州境上，留高顺、张辽守小沛。此时孙乾已逃出城外。关、张二人亦各自收得些人马，往山中住扎。

且说玄德匹马逃难，正行间，背后一人赶至，视之乃孙乾也。玄德曰：『吾今两弟不知存亡，妻小失散，为之奈何？』孙乾曰：『不若且投曹操，以图后计。』玄德依言，寻小路投许都。途次绝粮，尝往村中求食。但到处，闻刘豫州，皆争进饮食。一日，到一家投宿，其家一少年出拜，问其姓名，乃猎户刘安也。当下刘安闻豫州牧至，欲寻野味供食，一时不能得，乃杀其妻以食之。玄德曰：『此何肉也？』安曰：『乃狼肉也。』玄德不疑，乃饱食了一顿，天晚就宿。至晓将去，往后院取马，忽见一妇人杀于厨下，臂

上肉已都割去。玄德惊问，方知昨夜食者，乃其妻之肉也。玄德不胜伤感，洒泪上马。刘安告玄德曰：『本欲相随使君，因老母在堂，未敢远行。』玄德称谢而别，取路出梁城。忽见尘头蔽日，一彪大军来到。玄德知是曹操之军，同孙乾径至中军旗下，与曹操相见，具说失沛城、散二弟、陷妻小之事。操亦为之下泪。又说刘安杀妻为食之事，操乃令孙乾以金百两往赐之。

军行至济北，夏侯渊等迎接入寨，备言兄夏侯惇损其一目，卧病未痊。操临卧处视之，令先回许都调理。一面使人打探吕布现在何处。探马回报云：『吕布与陈宫、臧霸结连泰山贼寇，共攻兖州诸郡。』操即令曹仁引三千兵打沛城；操亲提大军，与玄德来战吕布。前至山东，路近萧关，正遇泰山寇孙观、吴敦、尹礼、昌豨领兵三万余拦住去路。操令许褚迎战，四将一齐出马。许褚奋力死战，四将抵敌不住，各自败走。操乘势掩杀，追至萧关。探马飞报吕布。

时布已回徐州，欲同陈登往救小沛，令陈珪守徐州。陈登临行，珪谓之曰：『昔曹公曾言东方事尽付与汝。今布将败，可便图之。』登曰：『外面之事，儿自为之；倘布败回，父亲便请糜竺一同守城，休放布入，儿自有脱身之计。』珪曰：『布妻小在此，心腹颇多，为之奈何？』登曰：『儿亦有计了。』乃入见吕布曰：『徐州四面受敌，操必力攻，我当先思退步：可将钱粮移于下邳，倘徐州被围，下邳有粮可救。主公盍(hé)早为计？』布曰：『元龙之言甚善。吾当并妻小移去。』遂令宋宪、魏续保护妻小与钱粮屯下邳；一面自引军与陈登往救萧关。到半路，登曰：『容某先到关探曹操虚实，主公方可行。』布许之，登乃先

第十九回 下邳城曹操鏖兵 白门楼吕布殒命

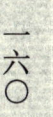

到关上。陈宫等接见。登曰：『温侯深怪公等不肯向前，要来责罚。』宫曰：『今曹兵势大，未可轻敌。吾等紧守关隘，可劝主公深保沛城，乃为上策。』陈登唯唯。至晚，上关而望，见曹兵直逼关下，乃乘夜连写三封书，拴在箭上，射下关去。次日辞了陈宫，飞马来见吕布曰：『关上孙观等皆欲献关，某已留下陈宫守把，将军可于黄昏时杀去救应。』布曰：『非公则此关休矣。』便教陈登飞骑先至关，约陈宫为内应，举火为号。登径往报宫曰：『曹兵已抄小路到关内，恐徐州有失。公等宜急回。』宫遂引众弃关而走。登就关上放起火来。吕布乘黑杀至，陈宫军和吕布军在黑暗里自相掩杀。曹兵望见号火，一齐杀到，乘势攻击。孙观等各自四散逃避去了。吕布直杀到天明，方知是计，急与陈宫回徐州。到得城边叫门时，城上乱箭射下。糜竺在敌楼上喝曰：『汝夺吾主城池，今当仍还吾主，汝不得复入此城也。』布大怒曰：『陈珪何在？』竺曰：『吾已杀之矣。』布回顾宫曰：『陈登安在？』宫曰：『将军尚执迷而问此佞贼乎？』布令遍寻军中，却只不见。宫劝布急投小沛，布从之。行至半路，只见一彪军骤至，视之，乃高顺、张辽也。布问之，答曰：『陈登来报说主公被围，令某等急来救解。』宫曰：『此又佞贼之计也。』布怒曰：『吾必杀此贼！』急驱马至小沛。只见小沛城上尽插曹兵旗号。原来曹操已令曹仁袭了城池，引军守把。吕布于城下大骂陈登。登在城上指布骂曰：『吾乃汉臣，安肯事汝反贼耶！』布大怒，正待攻城，忽听背后喊声大起，一队人马来到，当先一将乃是张飞。高顺出马迎敌，不能取胜。布亲自接战。正斗间，阵外喊声复起，曹操亲统大军冲杀前来。吕布料难抵敌，引军东走。曹兵随后追赶。吕布走得人困马乏。忽又闪出一彪军拦住去

路，为首一将，立马横刀，大喝：『吕布休走！关云长在此！』吕布慌忙接战。背后张飞赶来。布无心恋战，与陈宫等杀开条路，径奔下邳。侯成引兵接应去了。

关、张相见，各洒泪言失散之事。云长曰：『我在海州路上住扎，探得消息，故来至此。』张飞曰：『弟在芒砀山住了这几时，今日幸得相遇。两个叙话毕，一同引兵来见玄德，哭拜于地。玄德悲喜交集，引二人见曹操，便随操入徐州。糜竺接见，具言家属无恙，玄德甚喜。陈珪父子亦来参拜曹操。操设一大宴，犒劳诸将。操自居中，使陈珪居右、玄德居左。其余将士，各依次坐。宴罢，操嘉陈珪父子之功，加封十县之禄，授登为伏波将军。

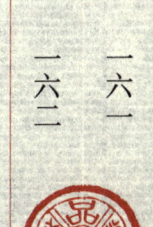

且说曹操得了徐州，心中大喜，商议起兵攻下邳。程昱曰：『布今止有下邳一城，若逼之太急，必死战而投袁术矣。布与术合，其势难攻。今可使能事者守住淮南径路，内防吕布，外当袁术。况今山东尚有臧霸、孙观之徒未曾归顺，防之亦不可忽也。』操曰：『吾自当山东诸路。其淮南径路，请玄德当之。』玄德曰：『丞相将令，安敢有违。』次日，玄德留糜竺、简雍在徐州，带孙乾、关、张引军往守淮南径路。曹操自引兵攻下邳。

且说吕布在下邳，自恃粮食足备，且有泗水之险，安心坐守，可保无虞。陈宫曰：『今操兵方来，可乘其寨栅未定，以逸击劳，无不胜者。』布曰：『吾方屡败，不可轻出。待其来攻而后击之，皆落泗水矣。』遂不听陈宫之言。过数日，曹兵下寨已定。操统众将至城下，大叫：『吕布答话！』布上城而立。操谓布曰：『闻奉先又欲结婚袁术，吾故领兵至此。夫术有反逆大罪，而公有讨董卓之功，今何自弃其前功而从逆贼耶？倘城池一破，悔之晚矣！若早来降，共扶王室，当不失封侯之位。』布曰：『丞相且退，尚容商议。』陈宫在布侧大骂曹操『奸贼』，一箭射中其麾盖。操指宫恨曰：『吾誓杀汝！』遂引兵攻城。

宫谓布曰：『曹操远来，势不能久。将军可以步骑出屯于外，宫将余众闭守于内；操若攻将军，宫引兵击其背；若来攻城，将军为救于后。不过旬日，操军食尽，可一鼓而破：此乃掎角之势也。』布曰：『公言极是。』遂归府收拾戎装。时方冬寒，分付从人多带绵衣。布妻严氏闻之，出问曰：『君欲何往？』布告以陈宫之谋。严氏曰：『君委全城，捐妻子，孤军远出，倘一旦有变，妾岂得为将军之妻乎？』布踌躇未决，三日不出。宫入见曰：『操军四面围城，若不早出，必受其困。』布曰：『吾思远出不如坚守。』宫曰：『近闻操军粮少，遣人往许都去取，早晚将至。将军可引精兵往断其粮道。此计大妙。』布然其言，复入内对严氏说知此事。严氏泣曰：『将军若出，陈宫、高顺安能坚守城池？倘有差失，悔无及矣！妾昔在长安，已为将军所弃，幸赖庞舒私藏妾身，再得与将军相聚；孰知今又弃妾而去乎？将军前程万里，请勿以

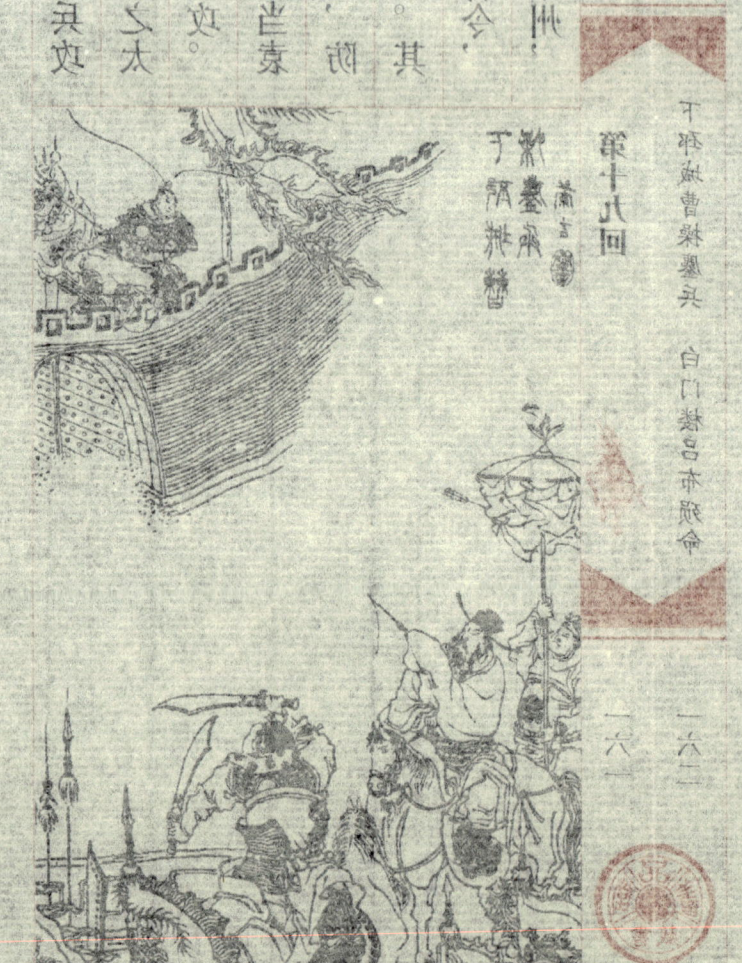

妾为念！」言罢痛哭。布闻言愁闷不决，入告貂蝉。貂蝉曰：「将军与妾作主，勿轻身自出。」布曰：「汝无忧虑。吾有画戟、赤兔马，谁敢近我！」乃出谓陈宫曰：「操军粮至者，诈也。操多诡计，吾未敢动。」宫出，叹曰：「吾等死无葬身之地矣！」布于是终日不出，只同严氏、貂蝉饮酒解闷。谋士许汜、王楷入见布，进计曰：「今袁术在淮南，声势大振。将军旧曾与彼约婚，今何不仍求之？彼兵若至，内外夹攻，操不难破也。」布从其计，即日修书，就着二人前去。许汜曰：「须得一军引路冲出方好。」布令张辽、郝萌两个引兵一千，送出隘口。是夜二更，张辽在前，郝萌在后，保着许汜、王楷杀出城去。抹过玄德寨，众将追赶不及，已出隘口。郝萌将五百人，跟许汜、王楷而去。张辽引一半军回来，到隘口时，云长拦住。未及交锋，高顺引兵出城救应，接入城中去了。

且说许汜、王楷至寿春，拜见袁术，呈上书信。术曰：「前者杀吾使命，赖我婚姻；今又来相问，何也？」汜曰：「此为曹操奸计所误，愿明上详之。」术曰：「汝主不因曹兵困急，岂肯以女许我？」楷曰：「明上今不相救，恐唇亡齿寒，亦非明上之福也。」术曰：「奉先反复无信，可先送女，然后发兵。」许汜、王楷只得拜辞，和郝萌回来。到玄德寨边，汜曰：「日间不可过。夜半吾二人先行，郝将军断后。」商量停当。夜过玄德寨，许汜、王楷先过去了。郝萌正行之次，张飞出寨拦路。郝萌交马只一合，被张飞生擒过去，五百人马尽被杀散。张飞解郝萌来见玄德，玄德押往大寨见曹操。郝萌备说求救许婚一事。操大怒，斩郝萌于军门，使人传谕各寨，小心防守：如有走透吕布及彼军士者，依军法处治。各寨悚然。玄德回营，分付关、张曰：「我等正当淮南冲要之处。二弟切宜小心在意，勿犯曹公军令。」飞曰：「捉了一员贼将，操不见有甚褒赏，却反来唬吓，何也？」玄德曰：「非也。曹操统领多军，不以军令，何能服人？弟勿犯之。」关、张应诺而退。

却说许汜、王楷回见吕布，具言袁术先欲得妇，然后起兵救援。布曰：「如何送去？」汜曰：「今郝萌被获，操必知我情，预作准备。若非将军亲自护送，谁能突出重围？」布曰：「今日便送去，如何？」汜曰：「今日乃凶神值日，不可去。明日大利，宜用戌、亥时。」布命张辽、高顺：「引三千军马，安排小车一辆；我亲送至二百里外，却使你两个送去。」次夜二更时分，吕布将女以绵缠身，用甲包裹，负于背上，提戟上马。放开城门，布当先出城，张辽、高顺跟着。将次到玄德寨前，一声鼓响，关、张二人拦住去路，大叫：「休走！」布无心恋战，只顾夺路而行。玄德自引一军杀来，两军混战。吕布英勇，终是缚一女在身上，只恐有伤，不敢冲突重围。后面徐晃、许褚皆杀来，众军皆大叫曰：「不要走了吕布！」布见军来太急，只得仍退入城。玄德收军，徐晃等各归寨，端的不曾走透一个。吕布回到城中，心中忧闷，只是饮酒。

却说曹操攻城，两月不下。忽报：「河内太守张杨出兵东市，欲救吕布；部将杨丑杀之，欲将头献丞相，却被张杨心腹将眭固所杀，反投犬城去了。」操闻报，即遣史涣追斩眭固。因聚众将曰：「张杨虽幸自灭，然北有袁绍之忧，东有表、绣之患，下邳久围不克。吾欲舍布还都，暂且息战，何如？」荀攸急止曰：「不可。吕布屡败，锐气已堕，军以将为主，将衰则军无战心。彼陈宫虽有谋而迟。今布之气未复，宫之谋未

定，作速攻之，布可擒也。」郭嘉曰：「某有一计，下邳城可立破，胜于二十万师。」荀彧曰：「莫非决沂、泗之水乎？」嘉笑曰：「正是此意。」操大喜，即令军士决两河之水。曹兵皆居高原，坐视水淹下邳。下邳一城，只剩得东门无水；其余各门，都被水淹。众军飞报吕布。布曰：「吾有赤兔马，渡水如平地，又何惧哉！」乃日与妻妾痛饮美酒。因酒色过伤，形容销减；一日取镜自照，惊曰：「吾被酒色伤矣！自今日始，当戒之。」遂下令城中，但有饮酒者皆斩。

却说侯成有马十五匹，被后槽人盗去，欲献与玄德。侯成知觉，追杀后槽人，将马夺回；诸将与侯成作贺。侯成酿得五六斛酒，欲与诸将会饮，恐吕布见罪，乃先以酒五瓶诣布府，禀曰：「托将军虎威，追得失马。众将皆来作贺。酿得些酒，未敢擅饮，特先奉上微意。」布大怒曰：「吾方禁酒，汝却酿酒会饮，莫非同谋伐我乎！」命推出斩之。宋宪、魏续等诸将俱入告饶。布曰：「故犯吾令，理合斩首。今看众将面，且打一百！」众将又哀告，打了五十背花，然后放归。众将无不丧气。宋宪、魏续至侯成家来探视，侯成泣曰：「非公等则吾死矣！」宪曰：「布只恋妻子，视吾等如草芥。」续曰：「军围城下，水绕壕边，吾等死无日矣！」宪曰：「布无仁无义，我等弃之而走，何如？」续曰：「非丈夫也。不若擒布献曹公。」侯成曰：「我因追马受责，而布所倚恃者，赤兔马也。汝二人果能献门擒布，吾当先盗马去见曹公。」三人商议定了。是夜侯成暗至马院，盗了那匹赤兔马，飞奔东门来。魏续便开门放出，却佯作追赶之状。侯成到曹操寨，献上马匹，备言宋宪、魏续插白旗为号，准备献门。曹操闻此信，便押榜数十张射入城去。其榜曰：

大将军曹，特奉明诏，征伐吕布。如有抗拒大军者，破城之日，满门诛戮。上至将校，下至庶民，有能擒吕布来献，或献其首级者，重加官赏。为此榜谕，各宜知悉。

次日平明，城外喊声震地。吕布大惊，提戟上城，各门点视，责骂魏续走透侯成，失了战马，欲待治罪。城下曹兵望见城上白旗，竭力攻城，布只得亲自抵敌。从平明直打到日中，曹兵稍退。布少憩门楼，不觉睡着在椅上。宋宪赶退左右，先盗其画戟，便与魏续一齐动手，将吕布绳缠索绑，紧紧缚住。布从睡梦中惊醒，急唤左右，却都被二人杀散，把白旗一招，曹兵齐至城下。魏续大叫：「已生擒吕布矣！」夏侯渊尚未信。宋宪在城上掷下吕布画戟来，大开城门，曹兵一拥而入。高顺、张辽在西门，水围难出，为曹兵所擒。陈宫奔至南门，为徐晃所获。

曹操入城，即传令退了所决之水，出榜安民；一面与玄德坐白门楼上，关、张侍立于侧，提过擒获一干人来。吕布虽然长大，却被绳索捆作一团。布叫曰：「缚太急，乞缓之！」操曰：「缚虎不得不急。」布见侯成、魏续、宋宪皆立于侧，乃谓之曰：「我待诸将不薄，汝等何忍背反？」宪曰：「听妻妾言，不听将计，何谓不薄？」布默然。须臾，众拥高顺至。操问曰：「汝有何言？」顺不答。操怒命斩之。徐晃解陈宫至。操曰：「公台别来无恙！」宫曰：「汝心术不正，吾故弃汝！」操曰：「吾心不正，公又奈何独事吕布？」宫曰：「布虽无谋，不似你诡诈奸险。」操曰：「公自谓足智多谋，今竟何如？」宫顾吕布曰：「恨此人不从吾言！若从吾言，未必被擒也。」操曰：「今日之事当如何？」宫大声曰：「今日有死而已！」

操曰：『公如是，奈公之老母妻子何？』宫曰：『吾闻以孝治天下者，不害人之亲；施仁政于天下者，不绝人之祀。老母妻子之存亡，亦在于明公耳。吾身既被擒，请即就戮，并无挂念。』操有留恋之意。宫径步下楼，左右牵之不住。操起身泣而送之。宫并不回顾。操谓从者曰：『即送公台老母妻子回许都养老。怠慢者斩。』宫闻言，亦不开口，伸颈就刑。众皆下泪。操以棺椁盛其尸，葬于许都。后人有诗叹之曰：

生死无二志，丈夫何壮哉！不从金石论，空负栋梁材。辅主真堪敬，辞亲实可哀。白门身死日，谁肯似公台！

方操送宫下楼时，布告玄德曰：『公为坐上客，布为阶下囚，何不发一言而相宽乎？』玄德点头。及操上楼来，布叫曰：『明公所患，不过于布；布今已服矣。公为大将，布副之，天下不难定也。』操回顾玄德曰：『何如？』玄德答曰：『公不见丁建阳、董卓之事乎？』布目视玄德曰：『是儿最无信者！』操令牵下楼缢之。布回顾玄德曰：『大耳儿！不记辕门射戟时耶？』忽一人大叫曰：『吕布匹夫！死则死耳，何惧之有！』众视之，乃刀斧手拥张辽至。操令将吕布缢死，然后枭首。后人有诗叹曰：

洪水滔滔淹下邳，当年吕布受擒时。空余赤兔马千里，漫有方天戟一枝。

缚虎望宽今太懦，养鹰休饱昔无疑。恋妻不纳陈宫谏，枉骂无恩『大耳儿』。

又有诗论玄德曰：

伤人饿虎缚休宽，董卓丁原血未干。玄德既知能啖父，争如留取害曹瞒？

却说武士拥张辽至。操指辽曰：『这人好生面善。』辽曰：『濮阳城中曾相遇，如何忘却？』操笑曰：

『你原来也记得！』辽曰：『只是可惜！』操曰：『可惜甚的？』辽曰：『可惜当日火不大，不曾烧死你这国贼！』操大怒曰：『败将安敢辱吾！』拔剑在手，亲自来杀张辽。辽全无惧色，引颈待杀。曹操背后一人攀住臂膊，一人跪于面前，说道：『丞相且莫动手！』正是：乞哀吕布无人救，骂贼张辽反得生。毕竟救张辽的是谁，且听下文分解。

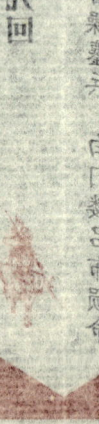

第二十回　曹阿瞒许田打围　董国舅内阁受诏

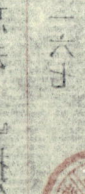

话说曹操举剑欲杀张辽，玄德攀住臂膊，云长跪于面前。玄德曰：『此等赤心之人，正当留用。』云长曰：『关某素知文远忠义之士，愿以性命保之。』操掷剑笑曰：『我亦知文远忠义，故戏之耳。』乃亲释其缚，解衣衣之，延之上坐。辽感其意，遂降。操拜辽为中郎将，赐爵关内侯，使招安臧霸。霸闻吕布已死，张辽已降，遂亦引本部军投降。操厚赏之。臧霸又招安孙观、吴敦、尹礼来降；独昌豨未肯归顺。操封臧霸为琅琊相。孙观等亦各加官，令守青、徐沿海地面。将吕布妻女载回许都。大犒三军，拔寨班师。路过徐州，百姓焚香遮道，请留刘使君为牧。操曰：『刘使君功大，且待面君封爵，回来未迟。』百姓叩谢。操唤车骑将军车胄权领徐州。操军回许昌，封赏出征人员，留玄德在相府左近宅院歇定。

次日，献帝设朝，操表奏玄德军功，引玄德见帝。玄德具朝服拜于丹墀。帝宣上殿，问曰：『卿祖何人？』玄德奏曰：『臣乃中山靖王之后，孝景皇帝阁下玄孙，刘雄之孙，刘弘之子也。』帝教取宗族世谱检看，令宗正卿宣读曰：

孝景皇帝生十四子。第七子乃中山靖王刘胜。胜生陆城亭侯刘贞。贞生沛侯刘昂。昂生漳侯刘禄。禄生沂水侯刘恋。恋生钦阳侯刘英。英生安国侯刘建。建生广陵侯刘哀。哀生胶水侯刘宪。宪生祖邑侯刘舒。舒生祁阳侯刘谊。谊生原泽侯刘必。必生颍川侯刘达。达生丰灵侯刘不疑。不疑生济川侯刘惠。惠生东郡范令刘雄。雄生刘弘。弘不仕。刘备乃刘弘之子也。

帝排世谱，则玄德乃帝之叔也。帝大喜，请入偏殿叙叔侄之礼。帝暗思：『曹操弄权，国事都不由朕主，今得此英雄之叔，朕有助矣！』遂拜玄德为左将军、宜城亭侯。设宴款待毕，玄德谢恩出朝。自此人皆称为刘皇叔。

曹操回府，荀彧等一班谋士入见曰：『天子认刘备为叔，恐无益于明公。』操曰：『彼既认为皇叔，吾以天子之诏令之，彼愈不敢不服矣。况吾留彼在许都，名虽近君，实在吾掌握之内，吾何惧哉？吾所虑者，太尉杨彪系袁术亲戚，倘与二袁为内应，为害不浅。当即除之。』乃密使人诬告彪交通袁术，遂收彪下狱，命满宠按治之。时北海太守孔融在许都，因谏操曰：『杨公四世清德，岂可因袁氏而罪之乎？』操曰：『此朝廷意也。』融曰：『使成王杀召公，周公可得言不知耶？』操不得已，乃免彪官，放归田里。议郎赵彦愤操专横，上疏劾操不奉帝旨、擅收大臣之罪。操大怒，即收赵彦杀之。于是百官无不悚惧。谋士程昱说操曰：『今明公威名日盛，何不乘此时行王霸之事？』操曰：『朝廷股肱尚多，未可轻动。吾当请天子田猎，以观动静。』

于是拣选良马、名鹰、俊犬，弓矢俱备，先聚兵城外，操入请天子田猎。帝曰：『田猎恐非正道。』操曰：『古之帝王，春蒐(sōu)夏苗，秋狝冬狩：四时出郊，以示武于天下。今四海扰攘之时，正当借田猎以讲武。』帝不敢不从，随即上逍遥马，带宝雕弓、金鈚箭，排銮驾出城。玄德与关、张各弯弓插箭，内穿掩心甲，手持兵器，引数十骑随驾出许昌。曹操骑爪黄飞电马，引十万之众，与天子猎于许田。军士排开围场，周

第二十回 曹阿瞒许田打围 董国舅内阁受诏

广二百余里。操与天子并马而行，只争一马头。背后都是操之心腹将校。文武百官，远远侍从，谁敢近前。当日献帝驰马到许田，刘玄德起居道傍。帝曰：『朕今欲看皇叔射猎。』玄德领命上马，忽草中赶起一兔。玄德射之，一箭正中那兔。帝喝采。转过土坡，忽见荆棘中赶出一只大鹿。帝连射三箭不中，顾谓操曰：『卿射之。』操就讨天子宝雕弓、金鈚箭，扣满一射，正中鹿背，倒于草中。群臣将校，见了金鈚箭，只道天子射中，都踊跃向帝呼『万岁』。曹操纵马直出，遮于天子之前以迎受之。众皆失色。玄德背后云长大怒，剔起卧蚕眉，睁开丹凤眼，提刀拍马便出，要斩曹操。玄德见了，慌忙摇手送目。关公见兄如此，便不敢动。玄德欠身向操称贺曰：『丞相神射，世所罕及！』操笑曰：『此天子洪福耳。』乃回马向天子称贺，竟不献还宝雕弓，就自悬带。围场已罢，宴于许田。

宴毕，驾回许都。众人各自归歇。云长问玄德曰：『操贼欺君罔上，我欲杀之，为国除害，兄何止我？』玄德曰：『「投鼠忌器」。操与帝相离只一马头，其心腹之人，周回拥侍；吾弟若逞一时之怒，轻有举动，倘事不成，有伤天子，罪反坐我等矣。』云长曰：『今日不杀此贼，后必为祸。』玄德曰：『且宜秘之，不可轻言。』

却说献帝回宫，泣谓伏皇后曰：『朕自即位以来，奸雄并起：先受董卓之殃，后遭傕、汜之乱。常人未受之苦，吾与汝当之。后得曹操，以为社稷之臣；不意专国弄权，擅作威福。朕每见之，背若芒刺。今日在围场上，身迎呼贺，无礼已极！早晚必有异谋，吾夫妇不知死所也！』伏皇后曰：『满朝公卿，俱食汉禄，竟无一人能救国难乎？』言未毕，忽一人自外而入曰：『帝、后休忧。吾举一人，可除国害。』帝视之，乃伏皇后之父伏完也。帝掩泪问曰：『皇丈亦知操贼之专横乎？』完曰：『许田射鹿之事，谁不见之？但满朝之中，非操宗族，则其门下。若非国戚，谁肯尽忠讨贼？老臣无权，难行此事。车骑将军国舅董承可托也。』帝曰：『董国舅多赴国难，朕躬素知；可宣入内，共议大事。』完曰：『陛下左右皆操贼心腹，倘事泄，为祸不浅。』帝曰：『然则奈何？』完曰：『臣有一计：陛下可制衣一领，取玉带一条，密赐董承；却于带衬内缝一密诏以赐之，令到家见诏，可以昼夜画策，神鬼不觉矣。』帝然之，伏完辞出。

帝乃自作一密诏，咬破指尖，以血写之，暗令伏皇后缝于玉带紫锦衬内，却自穿锦袍，自系此带，令内史宣董承入。承见帝礼毕，帝曰：『朕夜来与后说霸河之苦，念国舅大功，故特宣入慰劳。』承顿首谢。帝引承出殿，到太庙，转上功臣阁内。帝焚香礼毕，引承观画像。中间画汉高祖容像。帝曰：『吾高祖皇帝起身何地？如何创业？』承大惊曰：『陛下戏臣耳。圣祖之事，何为不知？高皇帝起自泗上亭长，提三尺剑，斩蛇起义，纵横四海，三载亡秦，五年灭楚，遂有天下，立万世之基业。』帝曰：『祖宗如此英雄，子孙如此懦弱，岂不可叹！』因指左右二辅之像曰：『此二人非留侯张良、酂(zàn)侯萧何耶？』承曰：『然也。高祖开基

创业，实赖二人之力。』帝回顾左右较远，乃密谓承曰：『卿亦当如此二人立于朕侧。』承曰：『臣无寸功，何以当此？』帝曰：『朕想卿西都救驾之功，未尝少忘，无可为赐。』因指所着袍带曰：『卿当衣朕此袍，系朕此带，常如在朕左右也。』承顿首谢。帝解袍带赐承，密语曰：『卿归可观之，勿负朕意。』承会意，穿袍系带，辞帝下阁。早有人报知曹操曰：『帝与董承登功臣阁说话。』操即入朝来看。董承出阁，才过宫门，恰遇操来；急无躲避处，只得立于路侧施礼。操问曰：『国舅何来？』承曰：『适蒙天子宣召，赐以锦袍玉带。』操问曰：『何故见赐？』承曰：『因念某旧日西都救驾之功，故有此赐。』操曰：『解带我看。』承心知衣带中必有密诏，恐操看破，迟延不解。操叱左右：『急解下来！』看了半晌，笑曰：『果然是条好玉带！再脱下锦袍来借看。』承心中畏惧，不敢不从，遂脱袍献上。操亲自以手提起，对日影中细细详看。看毕，自己穿在身上，系了玉带，回顾左右曰：『长短如何？』左右称美。操谓承曰：『国舅即以此袍带转赐与吾，何如？』承告曰：『君恩所赐，不敢转赠；容某别制奉献。』操曰：『国舅受此衣带，莫非其中有谋乎？』承惊曰：『某焉敢？丞相如要，便当留下。』操曰：『公受君赐，吾何相夺？聊为戏耳。』遂脱袍带还承。

承辞操归家，至夜独坐书院中，将袍仔细反复看了，并无一物。承思曰：『天子赐我袍带，命我细观，必非无意；今不见甚踪迹，何也？』随又取玉带检看，乃白玉玲珑，碾成小龙穿花，背用紫锦为衬，缝缀端整，亦并无一物。承心疑，放于桌上，反复寻之。良久，倦甚。正欲伏几而寝，忽然灯花落于带上，烧着背衬。承惊拭之，已烧破一处，微露素绢，隐见血迹。急取刀拆开视之，乃天子手书血字密诏也。诏曰：

朕闻人伦之大，父子为先；尊卑之殊，君臣为重。近日操贼弄权，欺压君父；结连党伍，败坏朝纲；敕赏封罚，不由朕主。朕夙夜忧思，恐天下将危。卿乃国之大臣，朕之至戚，当念高帝创业之艰难，纠合忠义两全之烈士，殄灭奸党，复安社稷，祖宗幸甚！破指洒血，书诏付卿，再四慎之，勿负朕意！建安四年春三月诏。

董承览毕，涕泪交流，一夜寝不能寐。晨起，复至书院中，将诏再三观看，无计可施。乃放诏于几上，沉思灭操之计。忖量未定，隐几而卧。忽侍郎王子服至。门吏知子服与董承交厚，不敢拦阻，竟入书院。见承伏几不醒，袖底压着素绢，微露『朕』字。子服疑之，默取看毕，藏于袖中，呼承曰：『国舅好自在！亏你如何睡得着！』承惊觉，不见诏书，魂不附体，手脚慌乱。子服曰：『汝欲杀曹公！吾当出首。』承泣告曰：『若兄如此，汉室休矣！』子服曰：『吾戏耳。吾祖宗世食汉禄，岂无忠心？愿助兄一臂之力，共诛国贼。』承曰：『兄有此心，国之大幸！』子服曰：『当于密室同立义状，各舍三族，以报汉君。』承大喜，取白绢一幅，先书名画字。子服亦即书名画字。书毕，子服曰：『将军吴子兰，与吾至厚，可与同谋。』承曰：『满朝大臣，惟有长水校尉种辑、议郎吴硕是吾心腹，必能与我同事。』正商议间，家僮入报种辑、吴硕来探。承曰：『此天助我也！』教子服暂避于屏后。承接二人入书院坐定，茶毕，辑曰：『许田谢猎之事，君亦怀恨乎？』承曰：『虽怀恨，无可奈何。』硕曰：『吾誓杀此贼，恨无助我者耳！』辑曰：『为国除害，虽死无怨！』王子服从屏后出曰：『汝二人欲杀曹丞相！我当出首，董国舅便是证见。』种辑怒曰：『忠臣不怕死！吾等死作汉鬼，强似你阿附国贼！』承笑曰：『吾等正为此事，欲见二公。王侍郎之言乃戏耳。」便于袖中取出诏来与二人看。二人读诏，挥泪不止。承遂请书名。子服曰：「二公在此少待，吾去请吴子兰来。」子服去不多时，即同子兰至，与众相见，亦书名毕。承邀于后堂会饮。忽报西凉太守马腾相探。承曰：「只推我病，不能接见。」门吏回报。腾大怒曰：「我夜来在东华门外，亲见他锦袍玉带而出，何故推病耶！吾非无事而来，奈何拒我！」门吏入报，备言腾怒。承起曰：「诸公少待，暂容承出。」随即出厅延接。礼毕坐定，腾曰：「腾入觐将还，故来相辞，何见拒也？」承曰：「贱躯暴疾，有失迎候，罪甚！」腾曰：「面带春色，未见病容。」承无言可答。腾拂袖便起，嗟叹下阶曰：「皆非救国之人也！」承感其言，挽留之，问曰：「公谓何人非救国之人？」腾曰：「许田射猎之事，吾尚气满胸膛；公乃国之至戚，犹自殢于酒色，而不思讨贼，安得为皇家救难扶灾之人乎！」承恐其诈，佯惊曰：「曹丞相乃国之大臣，朝廷所倚赖，公何出此言？」腾大怒曰：「汝尚以曹贼为好人耶？」承曰：「耳目甚近，请公低声。」腾曰：「贪生怕死之徒，不足以论大事！」说罢，又欲起身。承知腾忠义，乃曰：「公且息怒，某请公看一物。」遂邀腾入书院，取诏示之。腾读毕，毛发倒竖，咬齿嚼唇，满口流血，谓承曰：「公若有举动，吾即统西凉兵为外应。」承请腾与诸公相见，取出义状，教腾书名。腾乃取酒歃血为盟曰：「吾等誓死不负所约！」指坐上五人言曰：「若得十人，大事谐矣。」承曰：「忠义之士，不可多得。若所与非人，则反相害矣。」腾教取《鸳行鹭序簿》来检看。检到刘氏宗族，乃拍手言曰：「何不共此人商议？」众皆问何人。马腾不慌不忙，说出那人来。正是：本因国舅承明诏，又见宗潢佐汉朝。毕竟马腾之言如何，且听下文分解。

四大名著 绣像珍藏版

三国演义

第二十一回 曹操煮酒论英雄 关公赚城斩车胄

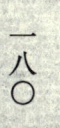

却说董承等问马腾曰：「公欲用何人？」马腾曰：「见有豫州牧刘玄德在此，何不求之？」承曰：「此人虽系皇叔，今正依附曹操，安肯行此事耶？」腾曰：「吾观前日围场之中，曹操迎受众贺之时，云长在玄德背后，挺刀欲杀操，玄德以目视之而止。玄德非不欲图操，恨操牙爪多，恐力不及耳。公试求之，当必应允。」吴硕曰：「此事不宜太速，当从容商议。」众皆散去。次日黑夜里，董承怀诏，径往玄德公馆中来。门吏入报，玄德迎出，请入小阁坐定。关、张侍立于侧。玄德曰：「国舅夤(yín)夜至此，必有事故。」承曰：「白日乘马相访，恐操见疑，故黑夜相见。」玄德命取酒相待。承曰：「前日围场之中，云长欲杀曹操，将军动目摇头而退之，何也？」玄德失惊曰：「公何以知之？」承曰：「人皆不见，某独见之。」玄德不能隐讳，遂曰：「舍弟见操僭越，故不觉发怒耳。」承掩面而哭曰：「朝廷臣子，若尽如云长，何忧不太平哉！」玄德恐是曹操使他来试探，乃佯言曰：「曹丞相治国，为何忧不太平？」承变色而起曰：「公乃汉朝皇叔，故剖肝沥胆以相告，公何诈也？」玄德曰：「恐国舅有诈，故相试耳。」于是董承取衣带诏令观之，玄德不胜悲愤。又将义状出示，上止有六位：一，车骑将军董承；二，工部侍郎王子服；三，长水校尉种辑；四，议郎吴硕；五，昭信将军吴子兰；六，西凉太守马腾。玄德曰：「公既奉诏讨贼，备敢不效犬马之劳。」承拜谢，便请书名。玄德亦书「左将军刘备」，押了字，付承收讫。承曰：「尚容再请三人，共聚十义，以图国贼。』玄德曰：『切宜缓缓施行，不可轻泄。』共议到五更，相别去了。

玄德也防曹操谋害，就下处后园种菜，亲自浇灌，以为韬晦之计。关、张二人曰：『兄不留心天下大事，而学小人之事，何也？』玄德曰：『此非二弟所知也。』二人乃不复言。

一日，关、张不在，玄德正在后园浇菜，许褚、张辽引数十人入园中曰：『丞相有命，请使君便行。』玄德惊问曰：『有甚紧事？』许褚曰：『不知。只教我来相请。』玄德只得随二人入府见操。操笑曰：『在家做得好大事！』唬得玄德面如土色。操执玄德手，直至后园，曰：『玄德学圃不易：学习种菜。不易！』玄德方才放心，答曰：『无事消遣耳。』操曰：『适见枝头梅子青青，忽感去年征张绣时，道上缺水，将士皆渴；吾心生一计，以鞭虚指曰：「前面有梅林。」军士闻之，口皆生唾，由是不渴。今见此梅，不可不赏。又值煮酒正熟，故邀使君小亭一会。』玄德心神方定。随至小亭，已设樽俎：盘置青梅，一樽煮酒。二人对坐，开怀畅饮。

酒至半酣，忽阴云漠漠，骤雨将至。从人遥指天外龙挂，操与玄德凭栏观之。操曰：『使君知龙之变化否？』玄德曰：『未知其详。』操曰：

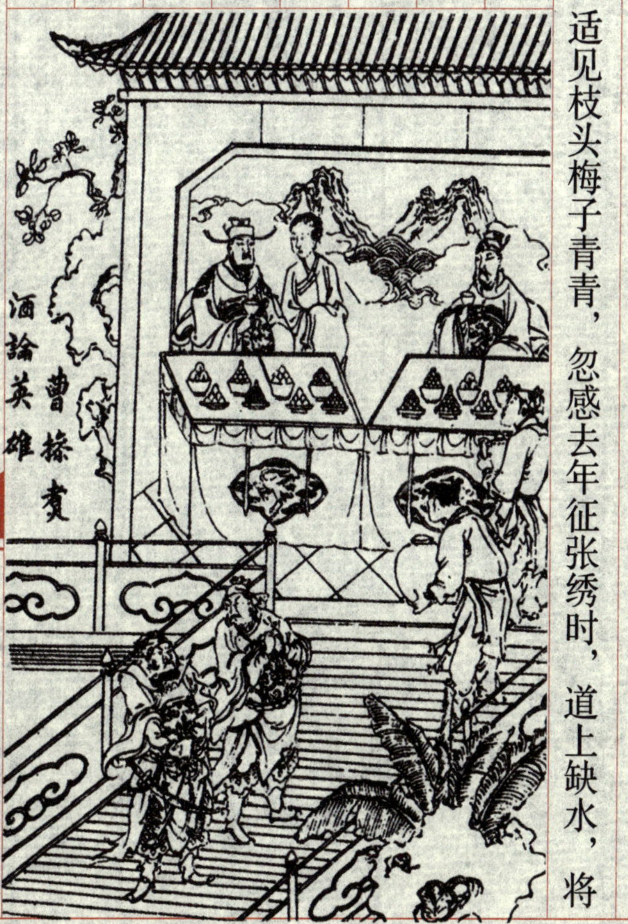

『龙能大能小，能升能隐：大则兴云吐雾，小则隐介藏形；升则飞腾于宇宙之间，隐则潜伏于波涛之内。方今春深，龙乘时变化，犹人得志而纵横四海。龙之为物，可比世之英雄。玄德久历四方，必知当世英雄。请试指言之。』玄德曰：『备肉眼安识英雄？』操曰：『休得过谦。』玄德曰：『备叨恩庇，得仕于朝。天下英雄，实未有知。』操曰：『既不识其面，亦闻其名。』玄德曰：『淮南袁术，兵粮足备，可为英雄？』操笑曰：『冢中枯骨，吾早晚必擒之！』玄德曰：『河北袁绍，四世三公，门多故吏；今虎踞冀州之地，部下能事者极多，可为英雄？』操笑曰：『袁绍色厉胆薄，好谋无断；干大事而惜身，见小利而忘命：非英雄也。』玄德曰：『有一人名称八俊，威镇九州——刘景升可为英雄？』操曰：『刘表虚名无实，非英雄也。』玄德曰：『有一人血气方刚，江东领袖——孙伯符乃英雄也？』操曰：『孙策藉父之名，非英雄也。』玄德曰：『益州刘季玉，可为英雄乎？』操曰：『刘璋虽系宗室，乃守户之犬耳，何足为英雄！』玄德曰：『如张绣、张鲁、韩遂等辈皆如何？』操鼓掌大笑曰：『此等碌碌小人，何足挂齿！』玄德曰：『舍此之外，备实不知。』操曰：『夫英雄者，胸怀大志，腹有良谋，有包藏宇宙之机，吞吐天地之志者也。』玄德曰：『谁能当之？』操以手指玄德，后自指，曰：『今天下英雄，惟使君与操耳！』玄德闻言，吃了一惊，手中所执匙筯(zhù)，不觉落于地下。时正值大雨将至，雷声大作。玄德乃从容俯首拾筯曰：『一震之威，乃至于此。』操笑曰：『丈夫亦畏雷乎？』玄德曰：『圣人迅雷风烈必变，安得不畏？』将闻言失筯缘故，轻轻掩饰过了。操遂不疑玄德。后人有诗赞曰：

勉从虎穴暂趋身，说破英雄惊杀人。巧借闻雷来掩饰，随机应变信如神。

天雨方住，见两个人撞入后园，手提宝剑，突至亭前，左右拦挡不住。操视之，乃关、张二人也。原来二人从城外射箭方回，听得玄德被许褚、张辽请将去了，慌忙来相府打听，闻说在后园，只恐有失，故冲突而入。却见玄德与操对坐饮酒。二人按剑而立。操问二人何来。云长曰：『听知丞相和兄饮酒，特来舞剑，以助一笑。』操笑曰：『此非「鸿门会」，安用项庄、项伯乎？』玄德亦笑。操命：『取酒与二「樊哙」压惊。』关、张拜谢。须臾席散，玄德辞操而归。云长曰：『险些惊杀我两个！』玄德以落箸事说与关、张。关、张问是何意。玄德曰：『吾之学圃，正欲使操知我无大志；不意操竟指我为英雄，我故失惊落箸。又恐操生疑，故借惧雷以掩饰之耳。』关、张曰：『兄真高见！』

操次日又请玄德。正饮间，人报满宠去探听袁绍而回。操召入问之。宠曰：『公孙瓒已被袁绍破了。』玄德急问曰：『愿闻其详。』宠曰：『瓒与绍战不利，筑城围圈，圈上建楼，高十丈，名曰易京楼，积粟三十万以自守。战士出入不息，或有被绍围者，众请救之。瓒曰：「若救一人，后之战者只望人救，不肯死战矣。」遂不肯救。因此袁绍兵来，多有降者。瓒势孤，使人持书赴许都求救，不意中途为绍军所获。瓒又遗书张燕，暗约举火为号，里应外合。下书人又被袁绍擒住，却来城外放火诱敌。瓒自出战，伏兵四起，军马折其大半。退守城中，被袁绍穿地直入瓒所居之楼下，放起火来。瓒无走路，先杀妻子，然后自缢，全家都被火焚了。今袁绍得了瓒军，声势甚盛。绍弟袁术在淮南骄奢过度，不恤军民，众皆背反。术使人归帝号于袁绍。绍欲取玉玺，术约亲自送至，见今弃淮南欲归河北。若二人协力，急难收复。乞丞相作急图之。』玄德闻公孙瓒已死，追念昔日荐己之恩，不胜伤感，又不知赵子龙如何下落，放心不下。因暗想曰：『我不就此时寻个脱身之计，更待何时？』遂起身对操曰：『术若投绍，必从徐州过。备请一军就半路截击，术可擒矣。』操笑曰：『来日奏帝，即便起兵。』

次日，玄德面奏君。操令玄德总督五万人马，又差朱灵、路昭二人同行。玄德辞帝，帝泣送之。玄德到寓，星夜收拾军器鞍马，挂了将军印，催促便行。董承赶出十里长亭来送。玄德曰：『国舅宁耐。某此行必有以报命。』承曰：『公宜留意，勿负帝心。』二人分别。关、张在马上问曰：『兄今番出征，何故如此慌速？』玄德曰：『吾乃笼中鸟、网中鱼。此一行如鱼入大海、鸟上青霄，不受笼网之羁绊也！』因命关、张催朱灵、路昭军马速行。时郭嘉、程昱考较钱粮方回，知曹操已遣玄德进兵徐州，慌入谏曰：『丞相何故令刘备督军？』操曰：『欲截袁术耳。』程昱曰：『昔刘备为豫州牧时，某等请杀之，丞相不听；今日又与之兵：此放龙入海，纵虎归山也。后欲治之，其可得乎？』郭嘉曰：『丞相纵不杀备，亦不当使之去。古人云：「一日纵敌，万世之患。」望丞相察之。』操然其言，遂令许褚将兵五百前往，务要追玄德转来。许褚应诺而去。

却说玄德正行之间，只见后面尘头骤起，谓关、张曰：『此必曹兵追至也。』遂下了营寨，令关、张各执军器，立于两边。许褚至，见严兵整甲，乃下马入营见玄德。玄德曰：『公来此何干？』褚曰：『奉

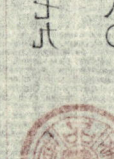

丞相命，特请将军回去，别有商议。』玄德曰：「将在外，君命有所不受。」吾面过君，又蒙丞相钧语。今别无他议，公可速回，为我禀覆丞相。』许褚寻思：『丞相与他一向交好，今番又不曾教我来厮杀，只得将他言语回覆，另候裁夺便了。』遂辞了玄德，领兵而回。回见曹操，备述玄德之言。操犹豫未决。程昱、郭嘉曰：『备不肯回兵，可知其心变矣。』操曰：『我有朱灵、路昭二人在彼，料玄德未必敢心变。况我既遣之，何可复悔？』遂不复追玄德。后人有诗叹玄德曰：

束兵秣马去匆匆，心念天言衣带中。撞破铁笼逃虎豹，顿开金锁走蛟龙。

却说马腾见玄德已去，边报又急，亦回西凉州去了。玄德兵至徐州，刺史车胄出迎。公宴毕，孙乾、糜竺等都来参见。玄德回家探视老小，一面差人探听袁术。探子回报：『袁术奢侈太过，雷薄、陈兰皆投嵩山去了。术势甚衰，乃作书让帝号于袁绍。绍命人召术，术乃收拾人马，宫禁御用之物，先到徐州来。』玄德知袁术将至，乃引关、张、朱灵、路昭五万军出，正迎着先锋纪灵至。张飞更不打话，直取纪灵。斗无十合，张飞大喝一声，刺纪灵于马下，败军奔走。袁术自引军来斗。玄德分兵三路：朱灵、路昭在左，关、张在右，玄德自引兵居中，与术相见，在门旗下责骂曰：『汝反逆不道，吾今奉明诏前来讨汝！汝当束手受降，免你罪犯。』袁术骂曰：『织席编屦小辈，安敢轻我！』麾兵赶来。玄德暂退，让左右两路军杀出。杀得术军尸横遍野，血流成渠，兵卒逃亡，不可胜计。又被嵩山雷薄、陈兰劫去钱粮草料。欲回寿春，又被群盗所袭，只得住于江亭。止有一千余众，皆老弱之辈。时当盛暑，粮食尽绝，只剩麦三十斛，分派军士。家人无食，多有饿死者。术嫌饭粗，不能下咽，乃命庖人取蜜水止渴。庖人曰：『止有血水，安有蜜水！』术坐于床上，大叫一声，倒于地下，吐血斗余而死。时建安四年六月也。后人有诗曰：

汉末刀兵起四方，无端袁术太猖狂。不思累世为公相，便欲孤身作帝王。强暴枉夸传国玺，骄奢妄说应天祥。渴思蜜水无由得，独卧空床呕血亡。

袁术已死，侄袁胤将灵柩及妻子奔庐江来，被徐璆(qiú)尽杀之。璆夺得玉玺，赴许都献于曹操。操大喜，封徐璆为高陵太守。此时玉玺归操。

却说玄德知袁术已丧，写表申奏朝廷，书呈曹操，令朱灵、路昭回许都，留下军马保守徐州；一面亲自出城，招谕流散人民复业。

且说朱灵、路昭回许都见曹操，说玄德留下军马。操怒，欲斩二人。荀彧曰：『权归刘备，二人亦无奈何。』操乃赦之。彧又曰：『可写书与车胄就内图之。』操从其计，暗使人来见车胄，传曹操钧旨。胄随即请陈登商议此事。登曰：『此事极易。今刘备出城招民，不日将还；将军可命军士伏于瓮城边，只作

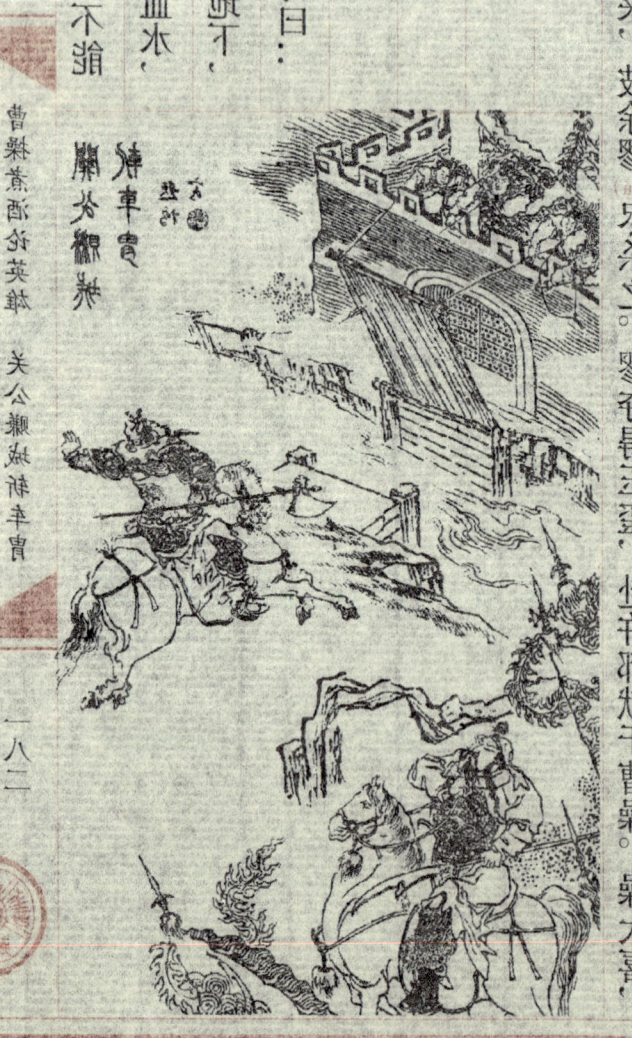

接他，待马到来，一刀斩之；某在城上射住后军，大事济矣。』胄从之。陈登回见父陈珪，备言其事。珪命登先往报知玄德。登领父命，飞马去报，正迎着关、张，报说如此如此。原来关、张先回，玄德在后。张飞听得，便要去厮杀。云长曰：『他伏瓮城边待我，去必有失。我有一计，可杀车胄：乘夜扮作曹军到徐州，引车胄出迎，袭而杀之。』飞然其言。那部下军原有曹操旗号，衣甲都同。当夜三更，到城边叫门。城上问是谁，众应是曹丞相差来张文远的人马。报知车胄，胄急请陈登议曰：『若不迎接，诚恐有疑；若出迎之，又恐有诈。』胄乃上城回言：『黑夜难以分辨，平明了相见。』城下答应：『只恐刘备知道，疾快开门！』车胄犹豫未定，城外一片声叫开门。车胄只得披挂上马，引一千军出城；跑过吊桥，大叫：『文远何在？』火光中见云长提刀纵马直迎车胄，大叫曰：『匹夫安敢怀诈，欲杀吾兄！』车胄大惊，战未数合，遮拦不住，拨马便回。到吊桥边，城上陈登乱箭射下，车胄绕城而走。云长赶来，手起一刀，砍于马下，割下首级提回，望城上呼曰：『反贼车胄，吾已杀之；众等无罪，投降免死！』诸军倒戈投降，军民皆安。

云长将胄头去迎玄德，具言车胄欲害之事，今已斩首。玄德大惊曰：『曹操若来，如之奈何？』云长曰：『弟与张飞迎之。』玄德懊悔不已，遂入徐州。百姓父老，伏道而接。玄德到府，寻张飞，飞已将车胄全家杀尽。玄德曰：『杀了曹操心腹之人，如何肯休？』陈登曰：『某有一计，可退曹操。』正是：既把孤身离虎穴，还将妙计息狼烟。不知陈登说出甚计来，且听下文分解。

第二十二回 袁曹各起马步三军 关张共擒王刘二将

却说陈登献计于玄德曰：『曹操所惧者袁绍。绍虎踞冀、青、幽、并诸郡，带甲百万，文官武将极多，今何不写书遣人到彼求救？』玄德曰：『绍向与我未通往来，今又新破其弟，安肯相助？』登曰：『此间有一人与袁绍三世通家，若得其一书致绍，绍必来相助。』玄德问何人。登曰：『此人乃公平日所折节敬礼者，何故忘之？』玄德猛省曰：『莫非郑康成先生乎？』登笑曰：『然也。』

原来郑康成名玄，好学多才，尝受业于马融。融每当讲学，必设绛帐，前聚生徒，后陈声妓，侍女环列左右。玄听讲三年，目不邪视，融甚奇之。及学成而归，融叹曰：『得我学之秘者，惟郑玄一人耳！』玄家中侍婢俱通《毛诗》。一婢尝忤玄意，玄命长跪阶前。一婢戏谓之曰：『「胡为乎泥中？」』此婢应声曰：『「薄言往愬(suò)，逢彼之怒。」』其风雅如此。桓帝朝，玄官至尚书；后因十常侍之乱，弃官归田，居于徐州。玄德在涿郡时，已曾师事之；及为徐州牧，时时造庐请教，敬礼特甚。

当下玄德想出此人，大喜，便同陈登亲至郑玄家中，求其作书。玄慨然依允，写书一封，付与玄德。玄德便差孙乾星夜赍往袁绍处投递。绍览毕，自忖曰：『玄德攻灭吾弟，本不当相助；但重以郑尚书之命，不得不往救之。』遂聚文武官，商议兴兵伐曹操。谋士田丰曰：『兵起连年，百姓疲弊，仓廪无积，不可复兴大军。宜先遣人献捷天子，若不得通，乃表称曹操隔我王路，然后提兵屯黎阳；更于河内增益舟楫，

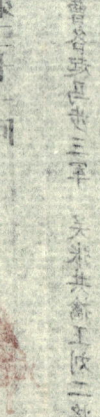

缮置军器，分遣精兵，屯扎边鄙。三年之中，大事可定也。」谋士审配曰：「不然。以明公之神武，抚河朔之强盛，兴兵讨曹贼，易如反掌，何必迁延日月？」谋士沮授曰：「制胜之策，不在强盛。曹操法令既行，士卒精练，比公孙瓒坐受困者不同。今弃献捷良策，而兴无名之兵，窃为明公不取。」谋士郭图曰：「非也。兵加曹操，岂曰无名？公正当及时早定大业。愿从郑尚书之言，与刘备共仗大义，剿灭曹贼，上合天意，下合民情，实为幸甚！」四人争论未定，绍踌躇不决。忽许攸、荀谌自外而入。绍曰：「二人多有见识，且看如何主张。」二人施礼毕，绍曰：「郑尚书有书来，令我起兵助刘备，攻曹操。起兵是乎？不起兵是乎？」二人齐声应曰：「明公以众克寡，以强攻弱，讨汉贼以扶王室，起兵是也。」绍曰：「二人所见，正合我心。」便商议兴兵。先令孙乾回报郑玄，并约玄德准备接应；一面令审配、逢纪为统军，田丰、荀谌、许攸为谋士，颜良、文丑为将军，起马军十五万，步兵十五万，共精兵三十万，望黎阳进发。分拨已定，郭图进曰：「以明公大义伐操，必须数操之恶，驰檄各郡，声罪致讨，然后名正言顺。」绍从之，遂令书记陈琳草檄。琳字孔璋，素有才名；灵帝时为主簿，因谏何进不听，复遭董卓之乱，避难冀州，绍用为记室。当下领命草檄，援笔立就。其文曰：

盖闻明主图危以制变，忠臣虑难以立权。是以有非常之人，然后有非常之事；有非常之事，然后立非常之功。夫非常者，固非常人所拟也。

曩(nǎng)者，强秦弱主，赵高执柄，专制朝权，威福由己；时人迫胁，莫敢正言；终有望夷之败，祖宗焚灭，污辱至今，永为世鉴。及臻吕后季年，产、禄专政，内兼二军，外统梁、赵；擅断万机，决事省禁；下陵上替，海内寒心。于是绛侯、朱虚兴兵奋怒，诛夷逆暴，尊立太宗，故能王道兴隆，光明显融：此则大臣立权之明表也。

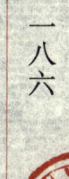

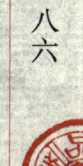

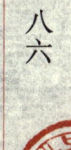

司空曹操：祖父中常侍腾，与左悺(guān)、徐璜，并作妖孽，饕餮放横，伤化虐民；父嵩，乞携养，因赃假位，舆金辇璧，输货权门，窃盗鼎司，倾覆重器。操赘阉遗丑，本无懿德；⿰犭票狡锋协，好乱乐祸。

幕府董统鹰扬，扫除凶逆；续遇董卓，侵官暴国。于是提剑挥鼓，发命东夏，收罗英雄，弃瑕取用；故遂与操同谘合谋，授以裨师，谓其鹰犬之才，爪牙可任。至乃愚佻短略，轻进易退，伤夷折衄(hù)，数丧师徒；幕府辄复分兵命锐，修完补辑，表行东郡，领兖州刺史，被以虎文，奖蹴(cù)威柄，冀获秦师一克之报。而操遂承资跋扈，恣行凶忒，割剥元元，残贤害善。

故九江太守边让，英才俊伟，天下知名；直言正色，论不阿谄；身首被枭悬之诛，妻孥受灰灭之咎。自是士林愤痛，民怨弥重；一夫奋臂，举州同声。故躬破于徐方，地夺于吕布；彷徨东裔，蹈据无所。幕府惟强干弱枝之义，且不登叛人之党，故复援旌擐甲，席卷起征，金鼓响振，布众奔沮；拯其死亡之患，复其方伯之位：则幕府无德于兖土之民，而有大造于操也。

后会銮驾返旆(pèi)，群虏寇攻。时冀州方有北鄙之警，匪遑离局；故使从事中郎徐勋，就发遣操，使缮修郊庙，翊卫幼主。操便放志：专行胁迁，当御省禁；卑侮王室，败法乱纪；坐领三台，专制朝政；爵赏由心，刑戮在口；所爱光五宗，所恶灭三族；群谈者受显诛，腹议者蒙隐戮；百僚钳口，道路以目；尚书记朝会，公卿充员品而已。

故太尉杨彪，典历二司，享国极位。操因缘眦睚，被以非罪；榜楚参并，五毒备至；触情任忒，不顾宪纲。

又议郎赵彦，忠谏直言，义有可纳，是以圣朝含听，改容加饰。操欲迷夺时明，杜绝言路，擅收立杀，不俟报闻。

又梁孝王，先帝母昆，坟陵尊显；桑梓松柏，犹宜肃恭。而操帅将吏士，亲临发掘，破棺裸尸，掠取金宝。至今圣朝流涕，士民伤怀！

操又特置『发丘中郎将』、『摸金校尉』，所过隳(huī)突，无骸不露。身处三公之位，而行桀虏之态，污国害民，毒施人鬼！加其细政惨苛，科防互设；罾(zēng)缴充蹊，坑阱塞路；举手挂网罗，动足触机陷；是以兖、豫有无聊之民，帝都有吁嗟之怨。历观载籍，无道之臣，贪残酷烈，于操为甚！

幕府方诘外奸，未及整训；加绪含容，冀可弥缝。而操豺狼野心，潜包祸谋，乃欲摧挠栋梁，孤弱汉室，除灭忠正，专为枭雄。往者伐鼓北征公孙瓒，强寇桀逆，拒围一年。操因其未破，阴交书命，外助王师，内相掩袭。会其行人发露，瓒亦枭夷，故使锋芒挫缩，厥图不果。

今乃屯据敖仓，阻河为固，欲以螳螂之斧，御隆车之隧。幕府奉汉威灵，折冲宇宙；长戟百万，胡骑千群；奋中黄、育、获之士，骋良弓劲弩之势；并州越太行，青州涉济、漯；大军泛黄河而角其前，荆州下宛、叶而掎其后：雷震虎步，若举炎火以焫(ruò)飞蓬，覆沧海以熛(wò)炭，有何不灭者哉？

又操军吏士，其可战者，皆出自幽、冀，或故营部曲，咸怨旷思归，流涕北顾。其余兖、豫之民，及吕布、张杨之余众，覆亡迫胁，权时苟从；各被创夷，人为仇敌。若回旆方徂，登高冈而击鼓吹，扬素挥以启降路，必土崩瓦解，不俟血刃。

方今汉室陵迟，纲维弛绝；圣朝无一介之辅，股肱无折冲之势。方畿之内，简练之臣，皆垂头翼，莫所凭恃；虽有忠义之佐，胁于暴虐之臣，焉能展其节？

又操持部曲精兵七百，围守宫阙，外托宿卫，内实拘执。惧其篡逆之萌，因斯而作。此乃忠臣肝脑涂地之秋，烈士立功之会，可勖(xù)不哉！

操又矫命称制，遣使发兵。恐边远州郡，过听给与，违众旅叛，举以丧名，为天下笑：则明哲不取也。

即日幽、并、青、冀四州并进。书到荆州，便勒现兵，与建忠将军协同声势。州郡各整义兵，罗落境界，举武扬威，并匡社稷：则非常之功于是乎著。

其得操首者，封五千户侯，赏钱五千万。部曲偏裨将校诸吏降者，勿有所问。广宣恩信，班扬符赏，布告天下，咸使知圣朝有拘迫之难。如律令！

绍览檄大喜，即命使将此檄遍行州郡，并于各处关津隘口张挂。檄文传至许都，时曹操方患头风，卧病在床。左右将此檄传进，操见之，毛骨悚然，出了一身冷汗，不觉头风顿愈，从床上一跃而起，顾谓曹洪曰：『此檄何人所作？』洪曰：『闻是陈琳之笔。』操笑曰：『有文事者，必须以武略济之。陈琳文事虽佳，其如袁绍武略之不足何！』遂聚众谋士商议迎敌。

孔融闻之，来见操曰：『袁绍势大，不可与战，只可与和。』荀彧曰：『袁绍无用之人，何必议和？』

融曰：『袁绍土广民强。其部下如许攸、郭图、审配、逢纪皆智谋之士；田丰、沮授皆忠臣也；颜良、文丑勇冠三军；其余高览、张郃、淳于琼等俱世之名将。何谓绍为无用之人乎？』或笑曰：『绍兵多而不整。田丰刚而犯上，许攸贪而不智，审配专而无谋，逢纪果而无用：此数人者，势不相容，必生内变。颜良、文丑，匹夫之勇，一战可擒。其余碌碌等辈，纵有百万，何足道哉！』孔融默然。操大笑曰：『皆不出荀文若之料。』遂唤前军刘岱、后军王忠引军五万，打着『丞相』旗号，去徐州攻刘备。原来刘岱旧为兖州刺史；及操取兖州，岱降于操，操用为偏将，故今差他与王忠一同领兵。操却自引大军二十万，进黎阳，拒袁绍。程昱曰：『恐刘岱、王忠不称其使。』操曰：『吾亦知非刘备敌手，权且虚张声势。』分付：『不可轻进。待我破绍，再勒兵破备。』刘岱、王忠领兵去了。

曹操自引兵至黎阳。两军隔八十里，各自深沟高垒，相持不战。自八月守至十月。原来许攸不乐审配领兵，沮授又恨绍不用其谋，各不相和，不图进取。袁绍心怀疑惑，不思进兵。操乃唤吕布手下降将臧霸守把青、徐；于禁、李典屯兵河上；曹仁总督大军，屯于官渡。操自引一军，竟回许都。

且说刘岱、王忠引军五万，离徐州一百里下寨。中军虚打『曹丞相』旗号，未敢进兵，只打听河北消息。这里玄德也不知曹操虚实，未敢擅动，亦只探听河北。忽曹操差人催刘岱、王忠进战。二人在寨中商议。岱曰：『丞相催促攻城，你可先去。』王忠曰：『丞相先差你。』岱曰：『我是主将，如何先去？』忠曰：『我和你同引兵去。』岱曰：『我与你拈阄，拈着的便去。』王忠拈着『先』字，只得分一半军马，来攻徐州。玄德听知军马到来，请陈登商议曰：『袁本初虽屯兵黎阳，奈谋臣不和，尚未进取。曹操不知在何处。闻黎阳军中，无操旗号，如何这里却反有他旗号？』登曰：『操诡计百出，必以河北为重，亲自监督，却故意不建旗号，乃于此处虚张旗号：吾意操必不在此。』玄德曰：『两弟谁可探听虚实？』张飞曰：『小弟愿往。』玄德曰：『汝为人躁暴，不可去。』飞曰：『便是有曹操也拿将来！』云长曰：『待弟往观其动静。』玄德曰：『云长若去，我却放心。』于是云长引三千人马出徐州来。

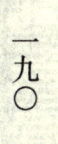

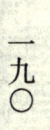

时值初冬，阴云布合，雪花乱飘，军马皆冒雪布阵。云长骤马提刀而出，大叫王忠打话。忠出曰：『丞相到此，缘何不降？』云长曰：『请丞相出阵，我自有话说。』忠曰：『丞相岂肯轻见你！』云长大怒，骤马向前。王忠挺枪来迎。两马相交，云长拨马便走。王忠赶来。转过山坡，云长回马，大叫一声，舞刀直取。王忠拦截不住，恰待骤马奔逃，云长左手倒提宝刀，右手揪住王忠勒甲绦，拖下鞍鞒，横担于马上，回本阵来。王忠军四散奔走。云长押解王忠，回徐州见玄德。玄德问：『尔乃何人？现居何职？敢诈称「曹丞相」！』忠曰：『焉敢有诈？奉命教我虚张声势，以为疑兵。丞相实不在此。』玄德教付衣服酒食，且暂监下，待捉了刘岱，再作商议。云长曰：『某知兄有和解之意，故生擒将来。』玄德曰：『吾恐翼德躁暴，杀了王忠，故不教去。此等人杀之无益，留之可为解和之地。』张飞曰：『二哥捉了王忠，我去生擒刘岱来！』玄德曰：『刘岱昔为兖州刺史，虎牢关伐董卓时，也是一镇诸侯。今日为前军，不可轻敌。』飞曰：『如『量此辈何足道哉！我也似二哥生擒将来便了。』玄德曰：『只恐坏了他性命，误我大事。』』飞曰：『如

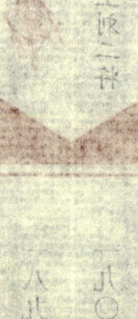

杀了，我偿他命！』玄德遂与军三千。飞引兵前进。

却说刘岱知王忠被擒，坚守不出。张飞每日在寨前叫骂，岱听知是张飞，越不敢出。飞守了数日，见岱不出，心生一计：传令今夜二更去劫寨；日间却在帐中饮酒诈醉，寻军士罪过，打了一顿，缚在营中，曰：『待我今夜出兵时，将来祭旗！』却暗使左右纵之去。军士得脱，偷走出营，径往刘岱营中来报劫寨之事。刘岱见降卒身受重伤，遂听其说，虚扎空寨，伏兵在外。是夜张飞却分兵三路，中间使三十余人，劫寨放火；却教两路军抄出他寨后，看火起为号，夹击之。三更时分，张飞自引精兵，先断刘岱后路；中路三十余人，抢入寨中放火。刘岱伏兵恰待杀入，张飞两路兵齐出。岱军自乱，正不知飞兵多少，各自溃散。刘岱引一队残军，夺路而走，正撞见张飞，狭路相逢，急难回避，交马只一合，早被张飞生擒过去。余众皆降。飞使人先报入徐州。玄德闻之，谓云长曰：『翼德自来粗莽，今亦用智，吾无忧矣！』乃亲自出郭迎之。飞曰：『哥哥道我躁暴，今日如何？』玄德曰：『不用言语相激，如何肯使机谋！』飞大笑。

玄德见缚刘岱过来，慌下马解其缚曰：『小弟张飞误有冒渎，望乞恕罪。』遂迎入徐州，放出王忠，一同管待。玄德曰：『前因车胄欲害备，故不得不杀之。丞相错疑备反，遣二将军前来问罪。备受丞相大恩，正思报效，安敢反耶？二将军至许都，望善言为备分诉，备之幸也。』刘岱、王忠曰：『深荷使君不杀之恩，当于丞相处方便，以某两家老小保使君。』玄德称谢。次日尽还原领军马，送出郭外。刘岱、王忠行不上十余里，一声鼓响，张飞拦路大喝曰：『我哥哥忒没分晓！捉住贼将如何又放了？』唬得刘岱、王忠在马上发颤。张飞睁眼挺枪赶来，背后一人飞马大叫：『不得无礼！』视之，乃云长也。刘岱、王忠方才放心。云长曰：『既兄长放了，吾弟如何不遵法令？』飞曰：『今番放了，下次又来。』云长曰：『待他再来，杀之未迟。』刘岱、王忠连声告退曰：『便丞相诛我三族，也不来了。望将军宽恕。』飞曰：『便是曹操自来，也杀他片甲不回！今番权且寄下两颗头！』刘岱、王忠抱头鼠窜而去。

云长、翼德回见玄德曰：『曹操必然复来。』孙乾谓玄德曰：『徐州受敌之地，不可久居；不若分兵屯小沛，守邳城，为掎角之势，以防曹操。』玄德用其言，令云长守下邳；甘、糜二夫人亦于下邳安置。甘夫人乃小沛人也，糜夫人乃糜竺之妹也。孙乾、简雍、糜竺、糜芳守徐州。玄德与张飞屯小沛。

刘岱、王忠回见曹操，具言刘备不反之事。操怒骂：『辱国之徒，留你何用！』喝令左右推出斩之。

正是：犬豕何堪共虎斗，鱼虾空自与龙争。不知二人性命如何，且听下文分解。

第二十三回　祢正平裸衣骂贼　吉太医下毒遭刑

却说曹操欲斩刘岱、王忠。孔融谏曰：『二人本非刘备敌手，若斩之，恐失将士之心。』操乃免其死，黜罢爵禄。欲自起兵伐玄德。孔融曰：『方今隆冬盛寒，未可动兵，待来春未为晚也。可先使人招安张绣、刘表，然后再图徐州。』操然其言，先遣刘晔往说张绣。晔至襄城，先见贾诩，陈说曹公盛德。诩乃留晔于家中。次日来见张绣，说曹公遣刘晔招安之事。正议间，忽报袁绍有使至。绣命入。使者呈上书信。绣览之，亦是招安之意。诩问来使曰：『近日兴兵破曹操，胜负何如？』使曰：『隆冬寒月，权且罢兵。今以将军与荆州刘表俱有国士之风，故来相请耳。』诩大笑曰：『汝可便回见本初，道：「汝兄弟尚不能容，何能容天下国士乎！」』当面扯碎书，叱退来使。

张绣曰：『方今袁强曹弱，今毁书叱使，袁绍若至，当如之何？』诩曰：『不如去从曹操。』绣曰：『吾先与操有仇，安得相容？』诩曰：『从操其便有三：夫曹公奉天子明诏，征伐天下，其宜从一也；绍强盛，我以少从之，必不以我为重，操虽弱，得我必喜，其宜从二也；曹公王霸之志，必释私怨，以明德于四海，其宜从三也。愿将军无疑焉。』绣从其言，请刘晔相见。晔盛称操德，且曰：『丞相若记旧怨，安肯使某来结好将军乎？』绣大喜，即同贾诩等赴许都投降。绣见操，拜于阶下。操忙扶起，执其手曰：『有小过失，勿记于心。』遂封绣为扬武将军，封贾诩为执金吾使。操即命绣作书招安刘表。贾诩进曰：『刘景升好结

纳名流，今必得一有文名之士往说之，方可降耳。』操问荀攸曰：『谁人可去？』攸曰：『孔文举可当其任。』操然之，攸出见孔融曰：『丞相欲得一有文名之士，以备行人之选。公可当此任否？』融曰：『吾友祢衡，字正平，其才十倍于我。此人宜在帝左右，不但可备行人而已。我当荐之天子。』于是遂上表奏帝。其文曰：

臣闻洪水横流，帝思俾乂；旁求四方，以招贤俊。昔世宗继统，将弘基业，畴咨熙载，群士响臻。陛下睿圣，纂承基绪，遭遇厄运，劳谦日昃；维岳降神，异人并出。窃见处士平原祢衡：年二十四，字正平，淑质贞亮，英才卓跞。初涉艺文，升堂睹奥；目所一见，辄诵之口，耳所暂闻，不忘于心；性与道合，思若有神；弘羊潜计，安世默识，以衡准之，诚不足怪。忠果正直，志怀霜雪；见善若惊，嫉恶若仇；任座抗行，史鱼厉节，殆无以过也。鸷鸟累百，不如一鹗；使衡立朝，必有可观。飞辩骋词，溢气坌(bèn)涌；解疑释结，临敌有余。昔贾谊求试属国，诡系单于；终军欲以长缨，牵制劲越：弱冠慷慨，前世美之。近日路粹、严象，亦用异才，擢拜台郎。衡宜与为比。如得龙跃天衢，振翼云汉，扬声紫微，垂光虹蜺(ní)，足以昭近署之多士，增四门之穆穆。钧天广乐，必有奇丽之观；帝室皇居，必蓄非常之宝。若衡等辈，不可多得。《激楚》、《阳阿》，至妙之容，掌伎者之所贪；飞兔、騕(yǎo)褭(niǎo)，绝足奔放，良、乐之所急也。臣等区区，敢不以闻？陛下笃慎取士，必须效试，乞令衡以褐衣召见。如无可观采，臣等受面欺之罪。

帝览表，以付曹操。操遂使人召衡至。礼毕，操不命坐。祢衡仰天叹曰：『天地虽阔，何无一人也！』操曰：『吾手下有数十人，皆当世英雄，何谓无人？』衡曰：『愿闻。』操曰：『荀彧、荀攸、郭嘉、程昱，机

深智远，虽萧何、陈平不及也。张辽、许褚、李典、乐进，勇不可当，虽岑彭、马武不及也。吕虔、满宠为从事，于禁、徐晃为先锋；夏侯惇天下奇才，曹子孝世间福将。安得无人？」衡笑曰：「公言差矣！此等人物，吾尽识之：荀彧可使吊丧问疾，荀攸可使看坟守墓，程昱可使关门闭户，郭嘉可使白词念赋，张辽可使击鼓鸣金，许褚可使牧牛放马，乐进可使取状读招，李典可使传书送檄，吕虔可使磨刀铸剑，满宠可使饮酒食糟，于禁可使负版筑墙，徐晃可使屠猪杀狗；夏侯惇称为「完体将军」，曹子孝呼为「要钱太守」。其余皆是衣架、饭囊、酒桶、肉袋耳！」操怒曰：「汝有何能？」衡曰：「天文地理，无一不通；三教九流，无所不晓；上可以致君为尧、舜，下可以配德于孔、颜。岂与俗子共论乎！」时止有张辽在侧，掣剑欲斩之。操曰：「吾正少一鼓吏；早晚朝贺宴享，可令祢衡充此职。」衡不推辞，应声而去。辽曰：「此人出言不逊，何不杀之？」操曰：「此人素有虚名，远近所闻。今日杀之，天下必谓我不能容物。彼自以为能，故令为鼓吏以辱之。」

来日，操于省厅上大宴宾客，令鼓吏挝鼓。旧吏云：「挝鼓必换新衣。」衡穿旧衣而入。遂击鼓为《渔阳三挝》，音节殊妙，渊渊有金石声。

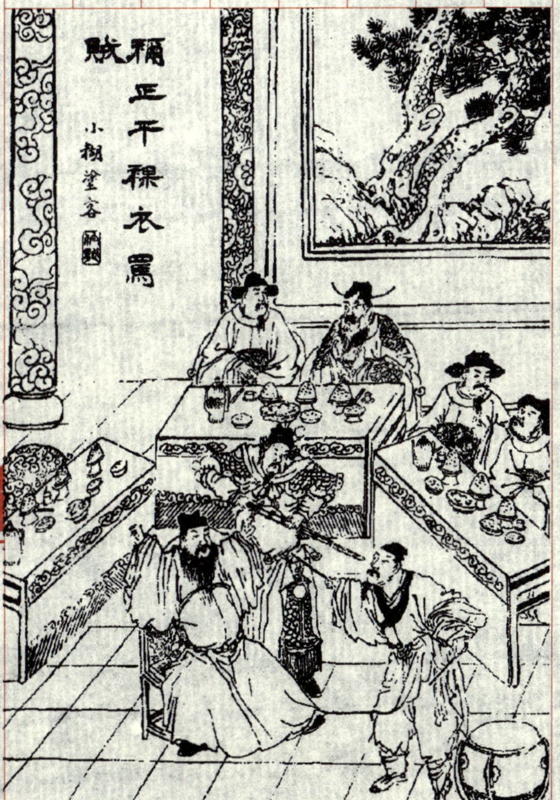

坐客听之，莫不慷慨流涕。左右喝曰：「何不更衣！」衡当面脱下旧破衣服，裸体而立，浑身尽露。坐客皆掩面。衡乃徐徐着裤，颜色不变。操叱曰：「庙堂之上，何太无礼？」衡曰：「欺君罔上乃谓无礼。吾露父母之形，以显清白之体耳！」操曰：「汝为清白，谁为污浊？」衡曰：「汝不识贤愚，是眼浊也；不读诗书，是口浊也；不纳忠言，是耳浊也；不通古今，是身浊也；不容诸侯，是腹浊也；常怀篡逆，是心浊也！吾乃天下名士，用为鼓吏，是犹阳货轻仲尼，臧仓毁孟子耳！欲成王霸之业，而如此轻人耶？」

时孔融在坐，恐操杀衡，乃从容进曰：「祢衡罪同胥靡，不足发明王之梦。」操指衡而言曰：「令汝往荆州为使。如刘表来降，便用汝作公卿。」衡不肯往。操教备马三匹，令二人扶挟而行；却教手下文武，整酒于东门外送之。荀彧曰：「如祢衡来，不可起身。」衡至，下马入见，众皆端坐。衡放声大哭。荀彧问曰：「何为而哭？」衡曰：「行于死柩之中，如何不哭？」众皆曰：「吾等是死尸，汝乃无头狂鬼耳！」衡曰：「吾乃汉朝之臣，不作曹瞒之党，安得无头？」众欲杀之。荀彧急止之曰：「量鼠雀之辈，何足污刀！」衡曰：「吾乃鼠雀，尚有人性；汝等只可谓之蜾虫！」众恨而散。

衡至荆州，见刘表毕，虽颂德，实讥讽。表不喜，令去江夏见黄祖。或问表曰：「祢衡戏谑主公，何不杀之？」表曰：「祢衡数辱曹操，操不杀者，恐失人望；故令作使于我，欲借我之手杀之，使我受害贤之名也。吾今遣去见黄祖，使曹操知我有识。」众皆称善。

时袁绍亦遣使至。表问众谋士曰：「袁本初又遣使来，曹孟德又差祢衡在此，当从何便？」从事中郎

将韩嵩进曰：『今两雄相持，将军若欲有为，乘此破敌可也。如其不然，将择其善者而从之。今曹操善能用兵，贤俊多归，其势必先取袁绍，然后移兵向江东，恐将军不能御；莫若举荆州以附操，操必重待将军矣。』表曰：『汝且去许都，观其动静，再作商议。』嵩曰：『君臣各有定分。嵩今事将军，虽赴汤蹈火，一唯所命。将军若能上顺天子，下从曹公，使嵩可也；如持疑未定，嵩到京师，天子赐嵩一官，则嵩为天子之臣，不复为将军死矣。』表曰：『汝且先往观之。吾别有主意。』嵩辞表，到许都见操。操遂拜嵩为侍中，领零陵太守。荀彧曰：『韩嵩来观动静，未有微功，重加此职。祢衡又无音耗，丞相遣而不问，何也？』操曰：『祢衡辱吾太重，故借刘表手杀之，何必再问？』遂遣韩嵩回荆州说刘表。嵩回见表，称颂朝廷盛德，劝表遣子入侍。表大怒曰：『汝怀二心耶！』欲斩之。嵩大叫曰：『将军负嵩，嵩不负将军！』蒯良曰：『嵩未去之前，先有此言矣。』刘表遂赦之。

人报黄祖斩了祢衡，表问其故，对曰：『黄祖与祢衡共饮，皆醉。祖问衡曰：「君在许都有何人物？」衡曰：「大儿孔文举，小儿杨德祖。除此二人，别无人物。」祖曰：「似我何如？」衡曰：「汝似庙中之神，虽受祭祀，恨无灵验！」祖大怒曰：「汝以我为土木偶人耶！」遂斩之。衡至死骂不绝口。』刘表闻衡死，亦嗟呀不已，令人葬于鹦鹉洲边。后人有诗叹曰：

黄祖才非长者俦(chóu)，祢衡珠碎此江头。今来鹦鹉洲边过，惟有无情碧水流。

却说曹操知祢衡受害，笑曰：『腐儒舌剑，反自杀矣！』因不见刘表来降，便欲兴兵问罪。荀彧谏曰：『袁绍未平，刘备未灭，而欲用兵江汉，是犹舍心腹而顾手足也。可先灭袁绍，后灭刘备，江汉可一扫而平矣。』操从之。

且说董承自刘玄德去后，日夜与王子服等商议，无计可施。建安五年，元旦朝贺，见曹操骄横愈甚，感愤成疾。帝知国舅染疾，令随朝太医前去医治。此医乃洛阳人，姓吉，名太，字称平，人皆呼为吉平，当时名医也。平到董承府用药调治，旦夕不离；常见董承长吁短叹，不敢动问。

时值元宵，吉平辞去，承留住，二人共饮。饮至更余，承觉困倦，就和衣而睡。忽报王子服等四人至，承出接入。服曰：『大事谐矣！』承曰：『愿闻其说。』服曰：『刘表结连袁绍，起兵五十万，共分十路杀来。马腾结连韩遂，起西凉军七十二万，从北杀来。曹操尽起许昌兵马，分头迎敌，城中空虚。若聚五家僮仆，可得千余人。乘今夜府中大宴，庆赏元宵，将府围住，突入杀之。不可失此机会！』承大喜，即唤家奴各人收拾兵器，自己披挂绰枪上马，约会都在内门前相会，同时进兵。夜至二鼓，众兵皆到。董承手提宝剑，徒步直入，见操设宴后堂，大叫：『操贼休走！』一剑剁去，随手而倒。霎时觉来，乃南柯一梦，口中犹骂『操贼』不止。吉平向前叫曰：『汝欲害曹公乎？』承惊惧不能答。吉平曰：『国舅休慌。某虽医人，未尝忘汉。某连日见国舅嗟叹，不敢动问。恰才梦中之言，已见真情，幸勿相瞒。倘有用某之处，虽灭九族，亦无后悔！』承掩面而哭曰：『只恐汝非真心！』平遂咬下一指为誓。

承乃取出衣带诏，令平视之，且曰：『今之谋望不成者，乃刘玄德、马腾各自去了，无计可施，因此

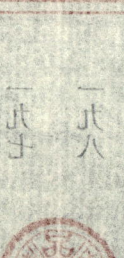

感而成疾。」平曰：「不消诸公用心。操贼性命，只在某手中。」承问其故。平曰：「操贼常患头风，痛入骨髓；才一举发，便召某医治。如早晚有召，只用一服毒药，必然死矣，何必举刀兵乎？」承曰：「若得如此，救汉朝社稷者，皆赖君也！」时吉平辞归。承心中暗喜，步入后堂，忽见家奴秦庆童同侍妾云英在暗处私语。承大怒，唤左右捉下，欲杀之。夫人劝免其死，各人杖脊四十，将庆童锁于冷房。庆童怀恨，夤(yín)夜将铁锁扭断，跳墙而出，径入曹操府中，告有机密事。操唤入密室问之。庆童云：「王子服、吴子兰、种辑、吴硕、马腾五人在家主府中商议机密，必然是谋丞相。家主将出白绢一段，不知写着甚的。近日吉平咬指为誓，我也曾见。」曹操藏匿庆童于府中，董承只道逃往他方去了，也不追寻。

次日，曹操诈患头风，召吉平用药。平自思曰：「此贼合休！」暗藏毒药入府。操卧于床上，令平下药。平曰：「此病可一服即愈。」教取药罐，当面煎之。药已半干，平已暗下毒药，亲自送上。操知有毒，故意迟延不服。平曰：「乘热服之，少汗即愈。」操起曰：「汝既读儒书，必知礼义：君有疾饮药，臣先尝之；父有疾饮药，子先尝之。汝为我心腹之人，何不先尝而后进？」平曰：「药以治病，何用人尝？」平知事已泄，纵步向前，扯住操耳而灌之。操推药泼地，砖皆迸裂。操未及言，左右已将吉平执下。操曰：「吾岂有疾，特试汝耳！汝果有害我之心！」遂唤二十个精壮狱卒，执平至后园拷问。操坐于亭上，将平缚倒于地。吉平面不改容，略无惧怯。操笑曰：「量汝是个医人，安敢下毒害我？必有人唆使你来。你说出那人，我便饶你。」平叱之曰：「汝乃欺君罔上之贼，天下皆欲杀汝，岂独我乎！」操再三磨问。平怒曰：「我自欲杀汝，安有人使我来？今事不成，惟死而已！」操怒，教狱卒痛打。打到两个时辰，皮开肉裂，血流满阶。操恐打死，无可对证，令狱卒揪去静处，权且将息。

传令次日设宴，请众大臣饮酒。惟董承托病不来。王子服等皆恐操生疑，只得俱至。操于后堂设席。酒行数巡，曰：「筵中无可为乐，我有一人，可为众官醒酒。」教二十个狱卒：「与吾牵来！」须臾，只见一长枷钉着吉平，拖至阶下。操曰：「众官不知，此人连结恶党，欲反背朝廷，谋害曹某；今日天败，请听口词。」操教先打一顿，昏绝于地，以水喷面。吉平苏醒，睁目切齿而骂曰：「操贼！不杀我，更待何时！」操曰：「同谋者先有六人，与汝共七人耶！」平只是大骂。王子服等四人面面相觑，如坐针毡。操教一面打，一面喷。平并无求饶之意。操见不招，且教牵去。

众官席散，操只留王子服等四人夜宴。四人魂不附体，只得留待。操曰：「本不相留，争奈有事相问。汝四人不知与董承商议何事？」子服曰：「并未商议甚事。」操曰：「白绢中写着何事？」子服等皆隐讳。操教唤出庆童对证。子服曰：「汝于何处见来？」庆童曰：「你回避了众人，六人在一处画字，如何赖得？」子服曰：「此贼与国舅侍妾通奸，被责诬主，不可听也。」操曰：「吉平下毒，非董承所使而谁？」子服等皆言不知。操曰：「今晚自首，尚犹可恕；若待事发，其实难容！」子服等皆言并无此事。操叱左右将四人拿住监禁。

次日，带领众人径投董承家探病。承只得出迎。操曰：「缘何夜来不赴宴？」承曰：「微疾未痊，不

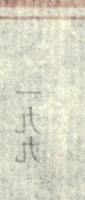

敢轻出。」操曰：「此是忧国家病耳。」承愕然。操曰：「国舅知吉平事乎？」承曰：「不知。」操冷笑曰：「国舅如何不知？」唤左右：「牵来与国舅起病。」承举措无地。须臾，二十狱卒推吉平至阶下。吉平大骂：「曹操逆贼！」操指谓承曰：「此人曾攀下王子服等四人，吾已拿下廷尉。尚有一人，未曾捉获。」因问平曰：「谁使汝来药我？可速招出！」平曰：「天使我来杀逆贼！」操怒教打。身上无容刑之处。承在座观之，心如刀割。操又问平曰：「你原有十指，今如何只有九指？」平曰：「嚼以为誓，誓杀国贼！」操教取刀来，就阶下截去其九指，曰：「一发截了，教你为誓！」平曰：「尚有口可以吞贼，有舌可以骂贼！」操令割其舌。平曰：「且勿动手。吾今熬刑不过，只得供招。可释吾缚。」操曰：「释之何碍？」遂命解其缚。平起身望阙拜曰：「臣不能为国家除贼，乃天数也！」拜毕，撞阶而死。操令分其肢体号令。时建安五年正月也。史官有诗曰：

汉朝无起色，医国有称平：立誓除奸党，捐躯报圣明。极刑词愈烈，惨死气如生。十指淋漓处，千秋仰异名。

操见吉平已死，教左右牵过秦庆童至面前。操曰：「国舅认得此人否？」承大怒曰：「逃奴在此！即当诛之！」操曰：「他首告谋反，今来对证，谁敢诛之？」承曰：「丞相何故听逃奴一面之说？」操曰：「王子服等吾已擒下，皆招证明白，汝尚抵赖乎？」即唤左右拿下，命从人直入董承卧房内，搜出衣带诏并义状。操看了，笑曰：「鼠辈安敢如此！」遂命：「将董承全家良贱，尽皆监禁，休教走脱一个。」操回府以诏状示众谋士商议，要废献帝，更立新君。正是：数行丹诏成虚望，一纸盟书惹祸殃。未知献帝性命如何，且听下文分解。

第二十四回 国贼行凶杀贵妃 皇叔败走投袁绍

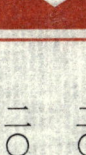

却说曹操见了衣带诏，与众谋士商议，欲废却献帝，更择有德者立之。程昱谏曰：「明公所以能威震四方，号令天下者，以奉汉家名号故也。今诸侯未平，遽行废立之事，必起兵端矣。」操乃止。只将董承等五人，并其全家老小，押送各门处斩。死者共七百余人。城中官民见者，无不下泪。后人有诗叹董承曰：

密诏传衣带，天言出禁门。当年曾救驾，此日更承恩。忧国成心疾，除奸入梦魂。忠贞千古在，成败复谁论。

又有叹王子服等四人诗曰：

书名尺素矢忠谋，慷慨思将君父酬。赤胆可怜捐百口，丹心自是足千秋。

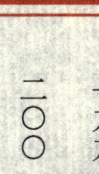

且说曹操既杀了董承等众人，怒气未消，遂带剑入宫，来弑董贵妃。贵妃乃董承之妹，帝幸之，已怀孕五月。当日帝在后宫，正与伏皇后私论董承之事至今尚无音耗。忽见曹操带剑入宫，面有怒容，帝大惊失色。操曰：「董承谋反，陛下知否？」帝曰：「董卓已诛矣。」操大声曰：「不是董卓！是董承！」帝战慄曰：「朕实不知。」操曰：「忘了破指修诏耶？」帝不能答。操叱武士擒董妃至。帝告曰：「董妃有五月身孕，望丞相见怜。」操曰：「若非天败，吾已被害。岂得复留此女，为吾后患！」伏后告曰：「贬于冷宫，待分娩了，杀之未迟。」操曰：「欲留此逆种，为母报仇乎？」董妃泣告曰：「乞全尸而死，勿令彰露。」操令取白练至面前。帝泣谓妃曰：「卿于九泉之下，勿怨朕躬！」言讫，泪下如雨。伏后亦大哭。操怒曰：

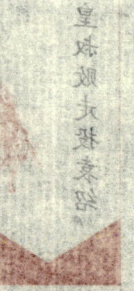

『犹作儿女态耶！』叱武士牵出，勒死于宫门之外。后人有诗叹董妃曰：

春殿承恩亦枉然，伤哉龙种并时捐。堂堂帝主难相救，掩面徒看泪涌泉。

操谕监宫官曰：『今后但有外戚宗族，不奉吾旨，辄入宫门者，斩。守御不严，与同罪。』又拨心腹人三千充御林军，令曹洪统领，以为防察。

操谓程昱曰：『今董承等虽诛，尚有马腾、刘备，亦在此数，不可不除。』昱曰：『马腾屯军西凉，未可轻取；但当以书慰劳，勿使生疑，诱入京师，图之可也。刘备现在徐州，分布掎角之势，亦不可轻敌。况今袁绍屯兵官渡，常有图许都之心。若我一旦东征，刘备势必求救于绍。绍乘虚来袭，何以当之？』操曰：『非也。备乃人杰也，今若不击，待其羽翼既成，急难图矣。袁绍虽强，事多怀疑不决，何足忧乎！』正议间，郭嘉自外而入。操问曰：『吾欲东征刘备，奈有袁绍之忧，如何？』嘉曰：『绍性迟而多疑，其谋士各相妒忌，不足忧也。刘备新整军兵，众心未服，丞相引兵东征，一战可定矣。』操大喜曰：『正合吾意。』遂起二十万大军，分兵五路下徐州。

细作探知，报入徐州。孙乾先往下邳报知关公，随至小沛报知玄德。玄德与孙乾计议曰：『此必求救于袁绍，方可解危。』于是玄德修书一封，遣孙乾至河北。乾乃先见田丰，具言其事，求其引进。丰即引孙乾入见绍，呈上书信。只见绍形容憔悴，衣冠不整。丰曰：『今日主公何故如此？』绍曰：『我将死矣！』丰曰：『主公何出此言？』绍曰：『吾生五子，惟最幼者极快吾意，今患疥疮，命已垂绝。吾有何心更论他事乎？』丰曰：『今曹操东征刘玄德，许昌空虚，若以义兵乘虚而入，上可以保天子，下可以救万民。此不易得之机会也，惟明公裁之。』绍曰：『吾亦知此最好，奈我心中恍惚，恐有不利。』丰曰：『何恍惚之有？』绍曰：『五子中惟此子生得最异，倘有疏虞，吾命休矣。』遂决意不肯发兵，乃谓孙乾曰：『汝回见玄德，可言其故。倘有不如意，可来相投，吾自有相助之处。』田丰以杖击地曰：『遭此难遇之时，乃以婴儿之病，失此机会！大事去矣，可痛惜哉！』跌足长叹而出。

孙乾见绍不肯发兵，只得星夜回小沛见玄德，具说此事。玄德大惊曰：『似此如之奈何？』张飞曰：『兄长勿忧。曹兵远来，必然困乏；乘其初至，先去劫寨，可破曹操。』玄德曰：『素以汝为一勇夫耳。前者捉刘岱时，颇能用计；今献此策，亦中兵法。』乃从其言，分兵劫寨。

且说曹操引军往小沛来。正行间，狂风骤至，忽听一声响亮，将一面牙旗吹折。操便令军兵且住，聚众谋士问吉凶。荀彧曰：『风从何方来？吹折甚颜色旗？』操曰：『风自东南方来，吹折角上牙旗，旗乃青红二色。』彧曰：『不主别事，今夜刘备必来劫寨。』操点头。忽毛玠入见曰：『方才东南风起，吹折

青红牙旗一面。主公以为主何吉凶？」操曰：「公意若何？」毛玠曰：「愚意以为今夜必有人来劫寨。」

后人有诗叹曰：

吁嗟帝胄势孤穷，全仗分兵劫寨功。争奈牙旗折有兆，老天何故纵奸雄？

操曰：「天报应我，当即防之。」遂分兵九队，只留一队向前虚扎营寨，余众八面埋伏。是夜月色微明。玄德在左，张飞在右，分兵两队进发，只留孙乾守小沛。

且说张飞自以为得计，领轻骑在前，突入操寨，但见零零落落，无多人马，四边火光大起，喊声齐举。飞知中计，急出寨外。正东张辽、正西许褚、正南于禁、正北李典、东南徐晃、西南乐进、东北夏侯惇、西北夏侯渊，八处军马杀来。张飞左冲右突，前遮后当；所领军兵原是曹操手下旧军，见事势已急，尽皆投降去了。飞正杀间，逢着徐晃大杀一阵，后面乐进赶到。飞杀条血路突围而走，只有数十骑跟定。欲还小沛，去路已断；欲投徐州、下邳，又恐曹军截住；寻思无路，只得望芒砀山而去。

却说玄德引军劫寨，将近寨门，忽然喊声大震，后面冲出一军，先截去了一半人马。夏侯惇又到。玄德突围而走，夏侯渊又从后赶来。玄德回顾，止有三十余骑跟随；急欲奔还小沛，早望见小沛城中火起，只得弃了小沛；欲投徐州、下邳，又见曹军漫山塞野，截住去路。玄德自思无路可归，想：「袁绍有言，『倘不如意，可来相投』，今不若暂往依栖，别作良图。」遂望青州而走，正逢李典拦住。玄德匹马落荒望北而逃，李典掳将从骑去了。

且说玄德匹马投青州，日行三百里，奔至青州城下叫门。门吏问了姓名，来报刺史。刺史乃袁绍长子袁谭。谭素敬玄德，闻知匹马到来，即便开门相迎，接入公廨（xiè），细问其故。玄德备言兵败相投之意。谭乃留玄德于馆驿中住下，发书报父袁绍；一面差本州人马，护送玄德。至平原界口，袁绍亲自引众出邺郡三十里迎接玄德。玄德拜谢，绍忙答礼曰：「昨为小儿抱病，有失救援，于心怏怏不安。今幸得相见，大慰平生渴想之思。」玄德曰：「孤穷刘备，久欲投于门下，奈机缘未遇。今为曹操所攻，妻子俱陷，想将军容纳四方之士，故不避羞惭，径来相投。望乞收录，誓当图报。」绍大喜，相待甚厚，同居冀州。

且说曹操当夜取了小沛，随即进兵攻徐州。糜竺、简雍守把不住，只得弃城而走。陈登献了徐州。曹操大军入城，安民已毕，随唤众谋士议取下邳。荀彧曰：「云长保护玄德妻小，死守此城。若不速取，恐为袁绍所窃。」操曰：「吾素爱云长武艺人材，欲得之以为己用，不若令人说之使降。」郭嘉曰：「云长义气深重，必不肯降。若使人说之，恐被其害。」帐下一人出曰：「某与关公有一面之交，愿往说之。」众视之，乃张辽也。程昱曰：「文远虽与云长有旧，吾观此人，非可以言词说也。某有一计，使此人进退无路，然后用文远说之，彼必归丞相矣。」正是：整备窝弓射猛虎，安排香饵钓鳌鱼。未知其计若何，且听下文分解。

第二十五回　屯土山关公约三事　救白马曹操解重围

　　却说程昱献计曰：『云长有万人之敌，非智谋不能取之。今可即差刘备手下投降之兵，入下邳，见关公，只说是逃回的，伏于城中为内应；却引关公出战，诈败佯输，诱入他处，以精兵截其归路，然后说之可也。』操听其谋，即令徐州降兵数十，径投下邳来降关公。关公以为旧兵，留而不疑。次日，夏侯惇为先锋，领兵五千来搦战。关公不出，惇即使人于城下辱骂。关公大怒，引三千人马出城，与夏侯惇交战。约战十余合，惇拨回马走。关公赶来，惇且战且走。关公约赶二十里，恐下邳有失，提兵便回。只听得一声炮响，左有徐晃，右有许褚，两队军截住去路。关公夺路而走，两边伏兵排下硬弩百张，箭如飞蝗。关公不得过，勒兵再回，徐晃、许褚接住交战。关公奋力杀退二人，引军欲回下邳，夏侯惇又截住厮杀。公战至日晚，无路可归，只得到一座土山，引兵屯于山头，权且少歇。曹兵团团将土山围住。关公于山上遥望下邳城中火光冲天。却是那诈降兵卒偷开城门，曹操自提大军杀入城中，只教举火以惑关公之心。关公见下邳火起，心中惊惶，连夜几番冲下山来，皆被乱箭射回。

　　捱到天晓，再欲整顿下山冲突，忽见一人跑马上山来，视之乃张辽也。关公迎谓曰：『文远欲来相敌耶？』辽曰：『非也。想故人旧日之情，特来相见。』遂弃刀下马，与关公叙礼毕，坐于山顶。公曰：『文远莫非说关某乎？』辽曰：『不然。昔日蒙兄救弟，今日弟安得不救兄？』公曰：『然则文远将欲助我乎？』辽曰：『亦非也。』公曰：『既不助我，来此何干？』辽曰：『玄德不知存亡，翼德未知生死。昨夜曹公已破下邳，军民尽无伤害，差人护卫玄德家眷，不许惊扰。如此相待，弟特来报兄。』关公怒曰：『此言特说我也。吾今虽处绝地，视死如归。汝当速去，吾即下山迎战。』张辽大笑曰：『兄此言岂不为天下笑乎？』公曰：『吾仗忠义而死，安得为天下笑？』辽曰：『兄今即死，其罪有三。』公曰：『汝且说我那三罪？』辽曰：『当初刘使君与兄结义之时，誓同生死；今使君方败，而兄即战死，倘使君复出，欲求兄相助，而不可复得，岂不负当年之盟誓乎？其罪一也。刘使君以家眷付托于兄，兄今战死，二夫人无所依赖，负却使君依托之重。其罪二也。兄武艺超群，兼通经史，不思共使君匡扶汉室，徒欲赴汤蹈火，以成匹夫之勇，安得为义？其罪三也。兄有此三罪，弟不得不告。』

　　公沉吟曰：『汝说我有三罪，欲我如何？』辽曰：『今四面皆曹公之兵，兄若不降，则必死；徒死无益，不若且降曹公；却打听刘使君音信，如知何处，即往投之。一者可以保二夫人，二者不背桃园之约，三者可留有用之身：有此三便，兄宜详之。』公曰：『兄言三便，吾有三约。若丞相能从，我即当卸甲；如其不允，吾宁受三罪而死。』辽曰：『丞相宽洪大量，何所不容。愿闻三事。』公曰：『一者，吾与皇叔设誓，共扶汉室，吾今只降汉帝，不降曹操；二者，二嫂处请给皇叔俸禄养赡，一应上下人等，皆不许到门；三者，但知刘皇叔去向，不管千里万里，便当辞去：三者缺一，断不肯降。望文远急急回报。』张辽应诺，遂上马，回见曹操，先说降汉不降曹之事。操笑曰：『吾为汉相，汉即吾也。此可从之。』辽又言：『二

夫人欲请皇叔俸给，并上下人等不许到门。』操曰：『吾于皇叔俸内，更加倍与之。至于严禁内外，乃是家法，又何疑焉！』辽又曰：『但知玄德信息，虽远必往。』操摇首曰：『然则吾养云长何用？此事却难从。』辽曰：『岂不闻豫让「众人国士」之论乎？刘玄德待云长不过恩厚耳。丞相更施厚恩以结其心，何忧云长之不服也？』操曰：『文远之言甚当，吾愿从此三事。』

张辽再往山上回报关公。关公曰：『虽然如此，暂请丞相退军，容我入城见二嫂，告知其事，然后投降。』张辽再回，以此言报曹操。操即传令，退军三十里。荀彧曰：『不可，恐有诈。』操曰：『云长义士，必不失信。』遂引军退。关公引兵入下邳，见人民安妥不动，竟到府中，来见二嫂。甘、糜二夫人听得关公到来，急出迎之。公拜于阶下曰：『使二嫂受惊，某之罪也。』二夫人曰：『皇叔今在何处？』公曰：『不知去向。』二夫人曰：『二叔今将若何？』公曰：『关某出城死战，被困土山，张辽劝我投降，我以三事相约。曹操已皆允从，故特退兵，放我入城。我不曾得嫂嫂主意，未敢擅便。』二夫人问：『那三事？』关公将上项三事，备述一遍。甘夫人曰：『昨日曹军入城，我等皆以为必死；谁想毫发不动，一军不敢入门。叔叔既已领诺，何必问我二人？——只恐日后曹操不容叔叔去寻皇叔。』公曰：『嫂嫂放心，关某自有主张。』二夫人曰：『叔叔自家裁处，凡事不必问俺女流。』

关公辞退，遂引数十骑来见曹操。操自出辕门相接。关公下马入拜，操慌忙答礼。关公曰：『败兵之将，深荷不杀之恩。』操曰：『素慕云长忠义，今日幸得相见，足慰平生之望。』关公曰：『文远代禀三

事，蒙丞相应允，谅不食言。』操曰：『吾言既出，安敢失信。』关公曰：『关某若知皇叔所在，虽蹈水火，必往从之。——此时恐不及拜辞，伏乞见原。』操曰：『玄德若在，必从公去；但恐乱军中亡矣。公且宽心，尚容缉听。』关公拜谢。操设宴相待。次日班师还许昌。关公收拾车仗，请二嫂上车，亲自护车而行。于路安歇馆驿，操欲乱其君臣之礼，使关公与二嫂共处一室。关公乃秉烛立于户外，自夜达旦，毫无倦色。操见公如此，愈加敬服。既到许昌，操拨一府与关公居住。关公分一宅为两院，内门拨老军十人把守，关公自居外宅。操引关公朝见献帝，帝命为偏将军。公谢恩归宅。操次日设大宴，会众谋臣武士，以客礼待关公，延之上座；又备绫锦及金银器皿相送。关公都送与二嫂收贮。关公自到许昌，操待之甚厚：小宴三日，大宴五日；又送美女十人，使侍关公。关公尽送入内门，令伏侍二嫂。却又三日一次于内门外躬身施礼，动问『二嫂安否』。二夫人回问皇叔之事毕，曰『叔叔自便』，关公方敢退回。操闻之，又叹服关公不已。

一日，操见关公所穿绿锦战袍已旧，即度其身品，取异锦作战袍一领相赠。关公受之，穿于衣底，上仍用旧袍罩之。操笑曰：『云长何如此之俭乎？』公曰：『某非俭也。旧袍乃刘皇叔所赐，某穿之如见兄面，不敢以丞相之新赐而忘兄长之旧赐，故穿于上。』操叹曰：『真义士也！』然口虽称羡，心实不悦。一日，关公在府，忽报：『内院二夫人哭倒于地，不知为何，请将军速入。』关公乃整衣跪于内门外，问二嫂为何悲泣。甘夫人曰：『我夜梦皇叔身陷于土坑之内，觉来与糜夫人论之，想在九泉之下矣！是以想哭。』关公曰：『梦寐之事，不可凭信。此是嫂嫂想念之故。请勿忧愁。』

正说间，适曹操命使来请关公赴宴。公辞二嫂，往见操。操见公有泪容，问其故。公曰：『二嫂思兄痛哭，不由某心不悲。』操笑而宽解之，频以酒相劝。公醉，自绰其髯而言曰：『生不能报国家，而背其兄，徒为人也！』操问曰：『云长髯有数乎？』公曰：『约数百根。每秋月约退三五根。冬月多以皂纱囊裹之，恐其断也。』操以纱锦作囊，与关公护髯。次日，早朝见帝。帝见关公一纱锦囊垂于胸次，帝问之。关公奏曰：『臣髯颇长，丞相赐囊贮之。』帝令当殿披拂，过于其腹。帝曰：『真美髯公也！』因此人皆呼为『美髯公』。

忽一日，操请关公宴。临散，送公出府，见公马瘦，操曰：『公马因何而瘦？』关公曰：『贱躯颇重，马不能载，因此常瘦。』操令左右备一马来。须臾牵至。那马身如火炭，状甚雄伟。操指曰：『公识此马否？』公曰：『莫非吕布所骑赤兔马乎？』操曰：『然也。』遂并鞍辔送与关公。关公再拜称谢。操不悦曰：『吾累送美女金帛，公未尝下拜；今吾赠马，乃喜而再拜：何贱人而贵畜耶？』关公曰：『吾知此马日行千里，今幸得之，若知兄长下落，可一日而见面矣。』操愕然而悔。关公辞去。后人有诗叹曰：

威倾三国著英豪，一宅分居义气高。奸相枉将虚礼待，岂知关羽不降曹。

操问张辽曰：『吾待云长不薄，而彼常怀去心，何也？』辽曰：『容某探其情。』次日，往见关公。礼毕，辽曰：『我荐兄在丞相处，不曾落后？』公曰：『深感丞相厚意。只是吾身虽在此，心念皇叔，未尝去怀。』辽曰：『兄言差矣。处世不分轻重，非丈夫也。玄德待兄，未必过于丞相，兄何故只怀去志？』

公曰：『吾固知曹公待吾甚厚。奈吾受刘皇叔厚恩，誓以共死，不可背之。吾终不留此。要必立效以报曹公，然后去耳。』辽曰：『倘玄德已弃世，公何所归乎？』公曰：『愿从于地下。』辽知公终不可留，乃告退，回见曹操，具以实告。操叹曰：『事主不忘其本，乃天下之义士也！』荀彧曰：『彼言立功方去，若不教彼立功，未必便去。』操然之。

却说玄德在袁绍处，旦夕烦恼。绍曰：『玄德何故常忧？』玄德曰：『二弟不知音耗，妻小陷于曹贼；上不能报国，下不能保家：安得不忧？』绍曰：『吾欲进兵赴许都久矣。方今春暖，正好兴兵。』便商议破曹之策。田丰谏曰：『前操攻徐州，许都空虚，不及此时进兵；今徐州已破，操兵方锐，未可轻敌。不如以久持之，待其有隙而后可动也。』绍曰：『待我思之。』因问玄德曰：『田丰劝我固守，何如？』玄德曰：『曹操欺君之贼，明公若不讨之，恐失大义于天下。』绍曰：『玄德之言甚善。』遂欲兴兵。田丰又谏。绍怒曰：『汝等弄文轻武，使我失大义！』田丰顿首曰：『若不听臣良言，出师不利。』绍大怒，欲斩之。玄德力劝，乃囚于狱中。沮授见田丰下狱，乃会其宗族，尽散家财，与之诀曰：『吾随军而去，胜则威无不加，败则一身不保矣！』众皆下泪送之。

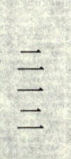

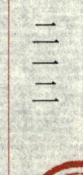

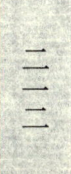

绍遣大将颜良作先锋，进攻白马。沮授谏曰：『颜良性狭，虽骁勇，不可独任。』绍曰：『吾之上将，非汝等可料。』大军进发至黎阳，东郡太守刘延告急许昌。曹操急议兴兵抵敌。关公闻知，遂入相府见操曰：『闻丞相起兵，某愿为前部。』操曰：『未敢烦将军。早晚有事，当来相请。』关公乃退。操引兵

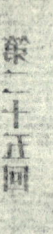

十五万，分三队而行。于路又连接刘延告急文书，操先提五万军亲临白马，靠土山扎住。遥望山前平川旷野之地，颜良前部精兵十万，排成阵势。操骇然，回顾吕布旧将宋宪曰：『吾闻汝乃吕布部下猛将，今可与颜良一战。』宋宪领诺，绰枪上马，直出阵前。颜良横刀立马于门旗下；见宋宪马至，良大喝一声，纵马来迎。战不三合，手起刀落，斩宋宪于阵前。曹操大惊曰：『真勇将也！』魏续曰：『杀我同伴，愿去报仇！』操许之。续上马持矛，径出阵前，大骂颜良。良更不打话，交马一合，照头一刀，劈魏续于马下。操曰：『今谁敢当之？』徐晃应声而出，与颜良战二十合，败归本阵。诸将慄然。曹操收军，良亦引军退去。

操见连折二将，心中忧闷。程昱曰：『某举一人可敌颜良。』操问是谁。昱曰：『非关公不可。』操曰：『吾恐他立了功便去。』昱曰：『刘备若在，必投袁绍。今若使云长破袁绍之兵，绍必疑刘备而杀之矣。备既死，云长又安往乎？』操大喜，遂差人去请关公。关公即入辞二嫂。二嫂曰：『叔今此去，可打听皇叔消息。』

关公领诺而出，提青龙刀，上赤兔马，引从者数人，直至白马来见曹操。操叙说：『颜良连诛二将，勇不可当，特请云长商议。』关公曰：『容某观之。』操置酒相待。忽报颜良搦战。操引关公上土山观看。操与关公坐，诸将环立。曹操指山下颜良排的阵势，旗帜鲜明，枪刀森布，严整有威，乃谓关公曰：『河北人马，如此雄壮！』关公曰：『以吾观之，如土鸡瓦犬耳！』操又指曰：『麾盖之下，绣袍金甲，持刀立马者，乃颜良也。』关公举目一望，谓操曰：『吾观颜良，如插标卖首耳！』操曰：『未可轻视。』关公起身曰：『某虽不才，愿去万军中取其首级，来献丞相。』张辽曰：『军中无戏言，云长不可忽也。』关公奋然上马，倒提青龙刀，跑下山来，凤目圆睁，蚕眉直竖，直冲彼阵。河北军如波开浪裂，关公径奔颜良。颜良正在麾盖下，见关公冲来，方欲问时，关公赤兔马快，早已跑到面前；颜良措手不及，被云长手起一刀，刺于马下。忽地下马，割了颜良首级，拴于马项之下，飞身上马，提刀出阵，如入无人之境。河北兵将大惊，不战自乱。曹军乘势攻击，死者不可胜数；马匹器械，抢夺极多。关公纵马上山，众将尽皆称贺。公献首级于操前。操曰：『将军真神人也！』关公曰：『某何足道哉！吾弟张翼德于百万军中取上将之头，如探囊取物耳。』操大惊，回顾左右曰：『今后如遇张翼德，不可轻敌。』令写于衣袍襟底以记之。

却说颜良败军奔回，半路迎见袁绍，报说被赤面长须使大刀一勇将，匹马入阵，斩颜良而去，因此大败。绍惊问曰：『此人是谁？』沮授曰：『此必是玄德之弟关云长也。』绍大怒，指玄德曰：『汝弟斩吾爱将，汝必通谋，留尔何用！』唤刀斧手推出玄德斩之。正是：初见方为座上客，此日几同阶下囚。未知玄德性命如何，且听下文分解。

第二十六回　袁本初败兵折将　关云长挂印封金

却说袁绍欲斩玄德。玄德从容进曰：『明公只听一面之词，而绝向日之情耶？备自徐州失散，二弟云长未知存否；天下同貌者不少，岂赤面长须之人，即为关某也？明公何不察之？』袁绍是个没主张的人，闻玄德之言，责沮授曰：『误听汝言，险杀好人。』遂仍请玄德上帐坐，议报颜良之仇。帐下一人应声而进曰：『良与我如兄弟，今被曹贼所杀，我安得不雪其恨？』玄德视其人，身长八尺，面如獬豸，乃河北名将文丑也。袁绍大喜曰：『非汝不能报颜良之仇。吾与十万军兵，便渡黄河，追杀曹贼！』沮授曰：『不可。今宜留屯延津，分兵官渡，乃为上策。若轻举渡河，设或有变，众皆不能还矣。』绍怒曰：『皆是汝等迟缓军心，迁延日月，有妨大事！岂不闻「兵贵神速」乎？』沮授出，叹曰：『上盈其志，下务其功；悠悠黄河，吾其济乎！』遂托疾不出议事。玄德曰：『备蒙大恩，无可报效，意欲与文将军同行：一者报明公之德，二者就探云长的实信。』绍喜，唤文丑与玄德同领前部。文丑曰：『刘玄德屡败之将，于军不利。既主公要他去时，某分三万军，教他为后部。』于是文丑自领七万军先行，令玄德引三万军随后。

且说曹操见云长斩了颜良，倍加钦敬，表奏朝廷，封云长为汉寿亭侯，铸印送关公。忽报袁绍又使大将文丑渡黄河，已据延津之上。操乃先使人移徙居民于西河，然后自领兵迎之；传下将令：以后军为前军，以前军为后军，粮草先行，军兵在后。吕虔曰：『粮草在先，军兵在后，何意也？』操曰：『粮草在后，

多被剽掠，故令在前。』虔曰：『倘遇敌军劫去，如之奈何？』操曰：『且待敌军到时，却又理会。』虔心疑未决。操令粮食辎重沿河堑至延津。操在后军，听得前军发喊，急教人看时，报说：『河北大将文丑兵至，我军皆弃粮草，四散奔走。后军又远，将如之何？』操以鞭指南阜曰：『此可暂避。』人马急奔土阜。操令军士皆解衣卸甲少歇，尽放其马。文丑军掩至。众将曰：『贼至矣！可急收马匹，退回白马！』荀攸急止之曰：『此正可以饵敌，何故反退！』操急以目视荀攸而笑。攸知其意，不复言。文丑军既得粮草车仗，又来抢马。军士不依队伍，自相杂乱。曹操却令军将一齐下土阜击之，文丑军大乱。曹兵围裹将来，文丑挺身独战，军士自相践踏。文丑止遏不住，只得拨马回走。操在土阜上指曰：『文丑为河北名将，谁可擒之？』张辽、徐晃飞马齐出，大叫：『文丑休走！』文丑回头见二将赶上，遂按住铁枪，拈弓搭箭，正射张辽。徐晃大叫：『贼将休放箭！』张辽低头急躲，一箭射中头盔，将簪缨射去。辽奋力再赶，坐下战马，又被文丑一箭射中面颊。那马跪倒前蹄，张辽落地。文丑回马复来，徐晃急轮大斧，截住厮杀。只见文丑后面军马齐到，晃料敌不过，拨马而回。文丑沿河赶来。忽见十余骑马，

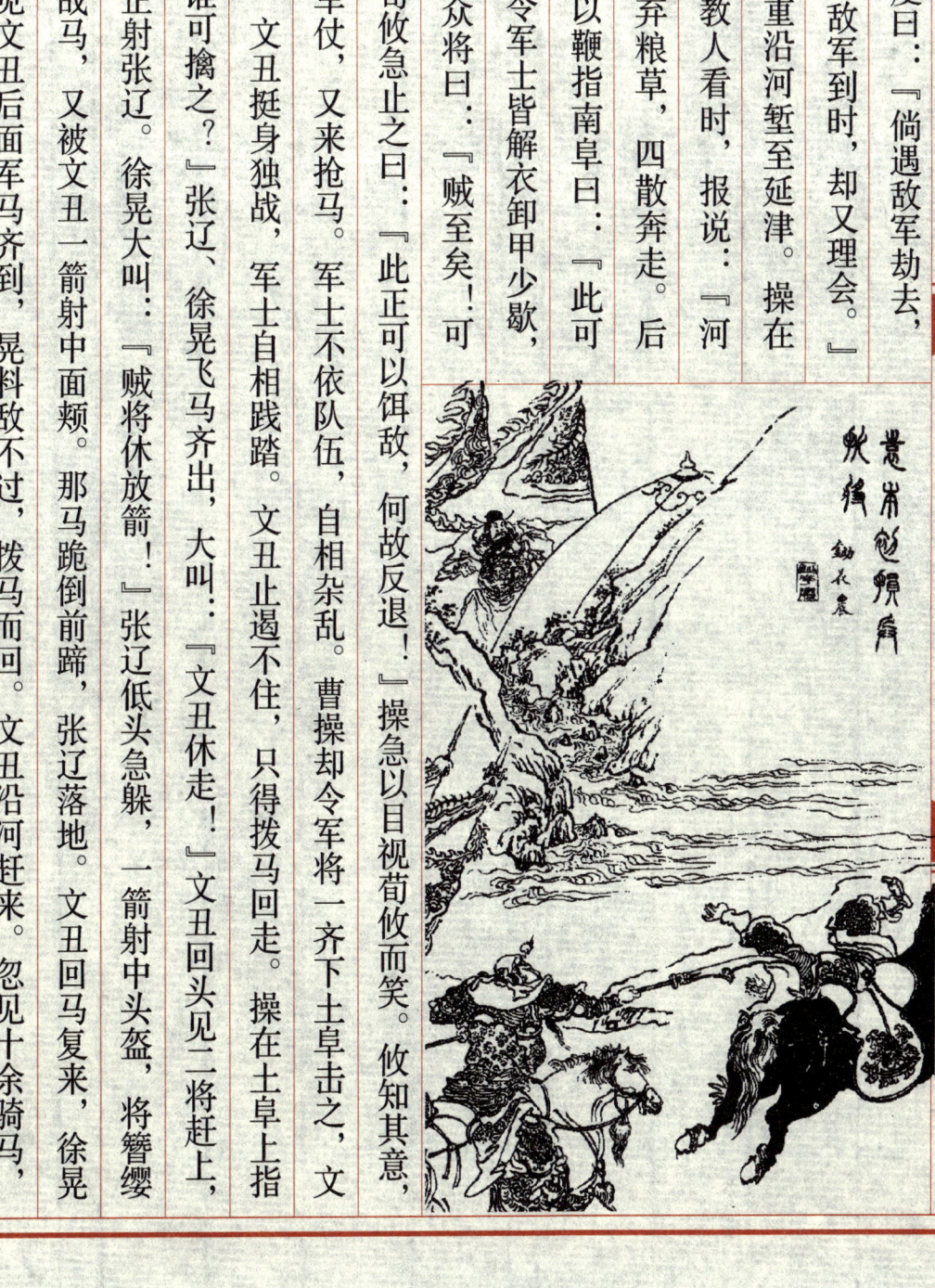

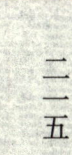

旗号翩翻，一将当头提刀飞马而来，乃关云长也，大喝：『贼将休走！』与文丑交马，战不三合，文丑心怯，拨马绕河而走。关公马快，赶上文丑，脑后一刀，将文丑斩下马来。曹操在土阜上，见关公砍了文丑，大驱人马掩杀。河北军大半落水，粮草马匹仍被曹操夺回。

云长引数骑东冲西突。正杀之间，刘玄德领三万军随后到。前面哨马探知，报与玄德云：『今番又是红面长髯的斩了文丑。』玄德慌忙骤马来看，隔河望见一簇人马，往来如飞，旗上写着『汉寿亭侯关云长』七字。玄德暗谢天地曰：『原来吾弟果然在曹操处！』欲待招呼相见，被曹兵大队拥来，只得收兵回去。袁绍接应至官渡，下定寨栅。郭图、审配入见袁绍，说：『今番又是关某杀了文丑，刘备佯推不知。』袁绍大怒，骂曰：『大耳贼！焉敢如此！』少顷，玄德至，绍令推出斩之。玄德曰：『某有何罪？』绍曰：『你故使汝弟又坏我一员大将，如何无罪？』玄德曰：『容伸一言而死：曹操素忌备，今知备在明公处，恐备助公，故特使云长诛杀二将。公知必怒。此借公之手以杀刘备也。愿明公思之。』袁绍曰：『玄德之言是也。汝等几使我受害贤之名。』喝退左右，请玄德上帐而坐。玄德谢曰：『荷明公宽大之恩，无可补报，欲令一心腹人持密书去见云长，使知刘备消息，彼必星夜来到，辅佐明公，共诛曹操，以报颜良、文丑之仇，若何？』袁绍大喜曰：『吾得云长，胜颜良、文丑十倍也。』玄德修下书札，未有人送去。绍令退军武阳，连营数十里，按兵不动。操乃使夏侯惇领兵守住官渡隘口，自己班师回许都，大宴众官，贺云长之功。因谓吕虔曰：『昔日吾以粮草在前者，乃饵敌之计也。惟荀公达知吾心耳。』众皆叹服。正饮间，

忽报：『汝南有黄巾刘辟、龚都，甚是猖獗。曹洪累战不利，乞遣兵救之。』云长闻言，进曰：『关某愿施犬马之劳，破汝南贼寇。』操曰：『云长建立大功，未曾重酬，岂可复劳征进？』公曰：『关某久闲，必生疾病。愿再一行。』曹操壮之，点兵五万，使于禁、乐进为副将，次日便行。荀彧密谓操曰：『云长常有归刘之心，倘知消息必去，不可频令出征。』操曰：『今次收功，吾不复教临敌矣。』

且说云长领兵将近汝南，扎住营寨。当夜营外拿了两个细作人来。云长视之，内中认得一人，乃孙乾也。公关叱退左右，问乾曰：『公自溃散之后，一向踪迹不闻，今何为在此处？』乾曰：『某自逃难，飘泊汝南，幸得刘辟收留。——今将军为何在曹操处？未识甘、糜二夫人无恙否？』关公因将上项事细说一遍。乾曰：『近闻玄德公在袁绍处，欲往投之，未得其便。今刘、龚二人归顺袁绍，相助攻曹。天幸得将军到此，因特令小军引路，教某为细作，来报将军。来日二人当虚败一阵，公可速引二夫人投袁绍处，与玄德公相见。』关公曰：『既兄在袁绍处，吾必星夜而往。但恨吾斩绍二将，恐今事变矣。』乾曰：『吾当先往探彼虚实，再来报将军。』公曰：『吾见兄长一面，虽万死不辞。今回许昌，便辞曹操也。』当夜密送孙乾去了。次日，关公引兵出，龚都披挂出阵。关公曰：『汝等何故背反朝廷？』都曰：『汝乃背主之人，何反责我？』关公曰：『我何为背主？』都曰：『刘玄德在袁本初处，汝却从曹操，何也？』关公更不打话，拍刀舞刀向前。龚都便走，关公赶上。都回身告关公曰：『故主之恩，不可忘也。公当速进，我让汝南。』关公会意，驱军掩杀。刘、龚二人佯输诈败，四散去了。云长夺得州县，安民已定，班师回许昌。曹操出郭迎接，

赏劳军士。

宴罢，云长回家，参拜二嫂于门外。甘夫人曰：『叔叔两番出军，可知皇叔音信否？』公答曰：『未也。』关公退，二夫人于门内痛哭曰：『想皇叔休矣！二叔恐我姊妹烦恼，故隐而不言。』正哭间，有一随行老军，听得哭声不绝，于门外告曰：『夫人休哭，主人现在河北袁绍处。』夫人曰：『汝何由知之？』军曰：『跟关将军出征，有人在阵上说来。』夫人急召云长责之曰：『皇叔未尝负汝，汝今受曹操之恩，顿忘旧日之义，不以实情告我，何也？』关公顿首曰：『兄今委实在河北。未敢教嫂嫂知者，恐有泄漏也。事须缓图，不可欲速。』甘夫人曰：『叔宜上紧。』公退，寻思去计，坐立不安。

原来于禁探知刘备在河北，报与曹操。操令张辽来探关公意。关公正闷坐，张辽入贺曰：『闻兄在阵上知玄德音信，特来贺喜。』关公曰：『故主虽在，未得一见，何喜之有！』辽曰：『兄与玄德交，比弟与兄交何如？』公曰：『我与兄，朋友之交也；我与玄德，是朋友而兄弟、兄弟而主臣者也：岂可共论乎？』辽曰：『今玄德在河北，兄往从否？』关公曰：『昔日之言，安肯背之！文远须为我致意丞相。』张辽将关公之言，回告曹操。操曰：『吾自有计留之。』

且说关公正寻思间，忽报有故人相访。及请入，却不相识。关公问曰：『公何人也？』答曰：『某乃袁绍部下南阳陈震也。』关公大惊，急退左右，问曰：『先生此来，必有所为？』震出书一缄，递与关公。公视之，乃玄德书也。其略云：

备与足下，自桃园缔盟，誓以同死。今何中道相违，割恩断义？君必欲取功名、图富贵，愿献备首级以成全功。书不尽言，死待来命。

关公看书毕，大哭曰：『某非不欲寻兄，奈不知所在也。安肯图富贵而背旧盟乎？』震曰：『玄德望公甚切，公既不背旧盟，宜速往见。』关公曰：『人生天地间，无终始者，非君子也。吾来时明白，去时不可不明白。吾今作书，烦公先达知兄长，容某辞却曹操，奉二嫂来相见。』震曰：『倘曹操不允，为之奈何？』公曰：『吾宁死，岂肯久留于此！』震曰：『公速作回书，免致刘使君悬望。』关公写书答云：

窃闻义不负心，忠不顾死。羽自幼读书，粗知礼义，观羊角哀、左伯桃之事，未尝不三叹而流涕也。前守下邳，内无积粟，外无援兵；欲即效死，奈有二嫂之重，未敢断首捐躯，致负所托；故尔暂且羁身，冀图后会。近至汝南，方知兄信；即当面辞曹公，奉二嫂归。羽但怀异心，神人共戮。披肝沥胆，笔楮难穷。瞻拜有期，伏惟照鉴。

陈震得书自回。关公入内告知二嫂，随即至相府，拜辞曹操。操知来意，乃悬回避牌于门。关公怏怏而回，命旧日跟随人役，收拾车马，早晚伺候；分付宅中，所有原赐之物，尽皆留下，分毫不可带去。次日再往相府辞谢，门首又挂回避牌。关公一连去了数次，皆不得见。乃往张辽家相探，欲言其事。辽亦托疾不出。关公思曰：『此曹丞相不容我去之意。我去志已决，岂可复留！』即写书一封，辞谢曹操。书略曰：

羽少事皇叔，誓同生死；皇天后土，实闻斯言。前者下邳失守，所请三事，已蒙恩诺。今探知故主现在

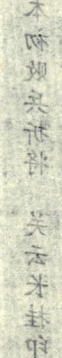

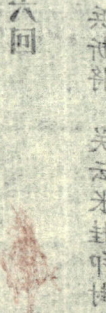

袁绍军中，回思昔日之盟，岂容违背？新恩虽厚，旧义难忘。兹特奉书告辞，伏惟照察。其有余恩未报，愿以俟之异日。

写毕，封固，差人去相府投递；一面将累次所受金银，一一封置库中，悬汉寿亭侯印于堂上，请二夫人上车。关公上赤兔马，手提青龙刀，率领旧日跟随人役，护送车仗，径出北门。门吏挡之。关公怒目横刀，大喝一声，门吏皆退避。关公既出门，谓从者曰：『汝等护送车仗先行，但有追赶者，吾自当之，勿得惊动二位夫人。』从者推车，望官道进发。

却说曹操正论关公之事未定，左右报关公呈书。操即看毕，大惊曰：『云长去矣！』忽北门守将飞报：『关公夺门而去，车仗鞍马二十余人，皆望北行。』又关公宅中人来报说：『关公尽封所赐金银等物。美女十人，另居内室。其汉寿亭侯印悬于堂上。丞相所拨人役，皆不带去，只带原跟从人，及随身行李，出北门去了。』众皆愕然。一将挺身出曰：『某愿将铁骑三千，去生擒关某，献与丞相！』众视之，乃将军蔡阳也。正是：欲离万丈蛟龙穴，又遇三千狼虎兵。蔡阳要赶关公，毕竟如何，且听下文分解。

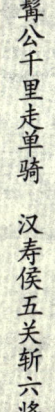

第二十七回　美髯公千里走单骑　汉寿侯五关斩六将

却说曹操部下诸将中，自张辽而外，只有徐晃与云长交厚，其余亦皆敬服；独蔡阳不服关公，故今日闻其去，欲往追之。操曰：『不忘故主，来去明白，真丈夫也。汝等皆当效之。』遂叱退蔡阳，不令去赶。程昱曰：『丞相待关某甚厚，今彼不辞而去，乱言片楮（chǔ），冒渎钧威，其罪大矣。若纵之使归袁绍，是与虎添翼也。不若追而杀之，以绝后患。』操曰：『吾昔已许之，岂可失信！彼各为其主，勿追也。』因谓张辽曰：『云长封金挂印，财贿不以动其心，爵禄不以移其志，此等人吾深敬之。想他去此不远，我一发结识他做个人情。汝可先去请住他，待我与他送行，更以路费征袍赠之，使为后日记念。』张辽领命，单骑先往。曹操引数十骑随后而来。

却说云长所骑赤兔马，日行千里，本是赶不上；因欲护送车仗，不敢纵马，按辔徐行。忽听背后有人大叫：『云长且慢行！』回头视之，见张辽拍马而至。关公教车仗从人，只管望大路紧行，自己勒住赤兔马，按定青龙刀，问曰：『文远莫非欲追我回乎？』辽曰：『非也。丞相知兄远行，欲来相送，特先使我请住台驾，别无他意。』关公曰：『便是丞相铁骑来，吾愿决一死战！』遂立马于桥上望之。见曹操引数十骑，飞奔前来，背后乃是许褚、徐晃、于禁、李典之辈。操见关公横刀立马于桥上，令诸将勒住马匹，左右排开。关公见众人手中皆无军器，方始放心。操曰：『云长行何太速？』关公于马上欠身答曰：『关某前曾禀过

丞相。今故主在河北，不由某不急去。累次造府，不得参见，故拜书告辞，封金挂印，纳还丞相。望丞相勿忘昔日之言。』操曰：『吾欲取信于天下，安肯有负前言。恐将军途中乏用，特具路资相送。』一将便从马上托过黄金一盘。关公曰：『累蒙恩赐，尚有余资。留此黄金以赏将士。』操曰：『特以少酬大功于万一，何必推辞？』关公曰：『区区微劳，何足挂齿。』操笑曰：『云长天下义士，恨吾福薄，不得相留。锦袍一领，略表寸心。』令一将下马，双手捧袍过来。云长恐有他变，不敢下马，用青龙刀尖挑锦袍披于身上，勒马回头称谢曰：『蒙丞相赐袍，异日更得相会。』遂下桥望北而去。许褚曰：『此人无礼太甚，何不擒之？』操曰：『彼一人一骑，吾数十余人，安得不疑？吾言既出，不可追也。』曹操自引众将回城，于路叹想云长不已。

不说曹操自回。且说关公来赶车仗，约行三十里，却只不见。云长心慌，纵马四下寻之。忽见山头一人，高叫：『关将军且住！』云长举目视之，只见一少年，黄巾锦衣，持枪跨马，马项下悬着首级一颗，引百余步卒，飞奔前来。公问曰：『汝何人也？』少年弃枪下马，拜伏于地。云长恐是诈，勒马持刀问曰：『壮士，愿通姓名。』答曰：『吾本襄阳人，姓廖，名化，字元俭。因世乱流落江湖，聚众五百余人，劫掠为生。恰才同伴杜远下山巡哨，误将两夫人劫掠上山。吾问从者，知是大汉刘皇叔夫人，且闻将军护送在此，吾即欲送下山来。杜远出言不逊，被某杀之。今献头与将军请罪。』关公曰：『二夫人何在？』化曰：『现在山中。』关公教急取下山。不移时，百余人簇拥车仗前来。关公下马停刀，叉手于车前问候曰：『二嫂受惊否？』二夫人曰：『若非廖将军保全，已被杜远所辱。』关公问左右曰：『廖化怎生救夫人？』左右曰：『杜远劫上山去，就要与廖化各分一人为妻。廖化问起根由，好生拜敬；杜远不从，已被廖化杀了。』关公听言，乃拜谢廖化。廖化欲以部下人送关公。关公寻思此人终是黄巾余党，未可作伴，乃谢却之。廖化又拜送金帛，关公亦不受。廖化拜别，自引人伴投山谷中去了。

云长将曹操赠袍事，告知二嫂，催促车仗前行。至天晚，投一村庄安歇。庄主出迎，须发皆白，问曰：『将军姓甚名谁？』关公施礼曰：『吾乃刘玄德之弟关某也。』老人曰：『莫非斩颜良、文丑的关公否？』公曰：『便是。』老人大喜，便请入庄。关公曰：『车上还有二位夫人。』老人便唤妻女出迎。二夫人至草堂上，关公叉手立于二夫人之侧。老人请公坐，公曰：『尊嫂在上，安敢就坐！』老人乃令妻女请二夫人入内室款待，自于草堂款待关公。关公问老人姓名。老人曰：『吾姓胡，名华。桓帝时曾为议郎，致仕曰："今有小儿胡班，在荥阳太守王植部下为从事。将军若从此处经过，某有一书寄与小儿。"关公允诺。次日早膳毕，请二嫂上车，取了胡华书信，相别而行，取路投洛阳来。前至一关，名东岭关。把关将姓孔，名秀，引五百军兵在岭上把守。当日关公押车仗上岭，军士报知孔秀，秀出关来迎。关公下马与孔秀施礼。秀曰："将军何往？"公曰："某辞丞相，特往河北寻兄。"秀曰："河北袁绍，正是丞相对头。将军此去，必有丞相文凭？"公曰："因行期慌迫，不曾讨得。"秀曰："既无文凭，待我差人禀过丞相，方可放行。"关公曰："待去禀时，须误了我行程。"秀曰："法度所拘，不得不如此。"关公曰："汝不容我过关乎？"秀曰："汝要过去，留下老小为质。"关公大怒，举刀就杀孔秀。秀退入关去，鸣鼓聚军，披挂上马，杀下关来，大喝曰："汝敢过去么！"关公约退车仗，纵马提刀，竟不打话，直取孔秀。秀挺枪来迎。两马相交，只一合，钢刀起处，孔秀尸横马下。众军便走。关公曰："军士休走。吾杀孔秀，不得已也，与汝等无干。借汝众军之口，传语曹丞相，言孔秀欲害我，我故杀之。"众军俱拜于马前。

关公即请二夫人车仗出关，望洛阳进发。早有军士报知洛阳太守韩福。韩福急聚众将商议。牙将孟坦曰："既无丞相文凭，即系私行；若不阻挡，必有罪责。"韩福曰："关公勇猛，颜良、文丑俱为所杀。今不可力敌，只须设计擒之。"孟坦曰："吾有一计：先将鹿角拦定关口，待他到时，小将引兵和他交锋，佯败诱他来追，公可用暗箭射之。若关某坠马，即擒解许都，必得重赏。"商议停当，人报关公车仗已到。韩福弯弓插箭，引一千人马，排列关口，问："来者何人？"关公马上欠身言曰："吾汉寿亭侯关某，敢

借过路。"韩福曰："有曹丞相文凭否？"关公曰："事冗不曾讨得。"韩福曰："吾奉丞相钧命，镇守此地，专一盘诘往来奸细。若无文凭，即系逃窜。"关公怒曰："东岭孔秀，已被吾杀。汝亦欲寻死耶？"韩福曰："谁人与我擒之？"孟坦出马，轮双刀来取关公。关公约退车仗，拍马来迎。孟坦战不三合，拨回马便走。关公赶来。孟坦只指望引诱关公，不想关公马快，早已赶上，只一刀，砍为两段。关公勒马回来，韩福闪在门首，尽力放了一箭，正射中关公左臂。公用口拔出箭，血流不住，飞马径奔韩福，冲散众军，韩福急走不迭，关公手起刀落，带头连肩，斩于马下；杀散众军，保护车仗。

关公割帛束住箭伤，于路恐人暗算，不敢久住，连夜投沂水关来。把关将乃并州人氏，姓卞，名喜，善使流星锤；原是黄巾余党，后投曹操，拨来守关。当下闻知关公将到，寻思一计：就关前镇国寺中，埋伏下刀斧手二百余人，诱关公至寺，约击盏为号，欲图相害。安排已定，出关迎接关公。公见卞喜来迎，便下马相见。喜曰："将军名震天下，谁不敬仰！今归皇叔，足见忠义！"关公诉说斩孔秀、韩福之事。卞喜曰："将军杀之是也。某见丞相，代禀衷曲。"关公甚喜，同上马过了沂水关，到镇国寺前下马。众僧鸣钟出迎。原来那镇国寺乃汉明帝御前香火院，本寺有僧三十余人。内有一僧，却是关公同乡人，法名普净。当下普净已知其意，向前与关公问讯，曰："将军离蒲东几年矣？"关公曰："将及二十年矣。"普净曰："还认得贫僧否？"公曰："离乡多年，不能相识。"普净曰："贫僧家与将军家只隔一条河。"卞喜见普净叙出乡里之情，恐有走泄，乃叱之曰："吾欲请将军赴宴，汝僧人何得多言！"关公曰："不然。

乡人相遇，安得不叙旧情耶？」普净请关公方丈待茶。关公曰：「二位夫人在车上，可先献茶。」普净教取茶先奉夫人，然后请关公入方丈。普净以手举所佩戒刀，以目视关公。公会意，命左右持刀紧随。卞喜请关公于法堂筵席。关公曰：「卞君请关某，是好意，还是歹意？」卞喜未及回言，关公早望见壁衣中有刀斧手，乃大喝卞喜曰：「吾以汝为好人，安敢如此！」卞喜知事泄，大叫：「左右下手！」左右方欲动手，皆被关公拔剑砍之。卞喜下堂绕廊而走，关公弃剑执大刀来赶。卞喜暗取飞锤掷打关公。关公用刀隔开锤，赶将入去，一刀劈卞喜为两段。随即回身来看二嫂，早有军人围住，见关公来，四下奔走。关公赶散，谢普净曰：「若非吾师，已被此贼害矣。」普净曰：「贫僧此处难容，收拾衣钵，亦往他处云游也。后会有期，将军保重。」关公称谢，护送车仗，往荥阳进发。

荥阳太守王植，却与韩福是两亲家；闻得关公杀了韩福，商议欲暗害关公，乃使人守住关口。待关公到时，王植出关，喜笑相迎。关公诉说寻兄之事。植曰：「将军于路驱驰，夫人车上劳困，且请入城，馆驿中暂歇一宵，来日登途未迟。」关公见王植意甚殷勤，遂请二嫂入城。馆驿中皆铺陈了当。王植请公赴宴，公辞不往；植使人送

第二十七回
美髯公千里走单骑　汉寿侯五关斩六将

筵席至馆驿。关公因于路辛苦，请二嫂晚膳毕，就正房歇定；令从者各自安歇，饱喂马匹。关公亦解甲憩息。

却说王植密唤从事胡班听令曰：「关某背丞相而逃，又于路杀太守并守关将校，死罪不轻！此人武勇难敌。汝今晚点一千军围住馆驿，一人一个火把，待三更时分，一齐放火；不问是谁，尽皆烧死！吾亦自引军接应。」胡班领命，便点起军士，密将干柴引火之物，搬于馆驿门首，约时举事。胡班寻思：「我久闻关云长之名，不识如何模样，试往窥之。」乃至驿中，问驿吏曰：「关将军在何处？」答曰：「正厅上观书者是也。」胡班潜至厅前，见关公左手绰髯，于灯下凭几看书。班见了，失声叹曰：「真天人也！」公问何人，胡班入拜曰：「荥阳太守部下从事胡班。」关公曰：「莫非许都城外胡华之子否？」班曰：「然也。」公唤从者于行李中取书付班。班看毕，叹曰：「险些误杀忠良！」遂密告曰：「王植心怀不仁，欲害将军，暗令人四面围住馆驿，约于三更放火。今某当先去开了城门，将军急收拾出城。」关公大惊，忙披挂提刀上马，请二嫂上车，尽出馆驿，果见军士各执火把听候。关公急来到城边，只见城门已开。关公催车仗急急出城。胡班还去放火。关公行不到数里，背后火把照耀，人马赶来。当先王植大叫：「关某休走！」关公勒马，大骂：「匹夫！我与你无仇，如何令人放火烧我？」王植拍马挺枪，径奔关公，被关公拦腰一刀，砍为两段。人马都赶散。关公催车仗速行，于路感胡班不已。

行至滑州界首，有人报与刘延。延引数十骑，出郭而迎。关公马上欠身而言曰：「太守别来无恙！」延曰：「公今欲何往？」公曰：「辞了丞相，去寻家兄。」延曰：「玄德在袁绍处，绍乃丞相仇人，如何

容公去？』公曰：『昔日曾言定来。』延曰：『今黄河渡口关隘，夏侯惇部将秦琪据守，恐不容将军过渡。』公曰：『太守应付船只，若何？』延曰：『船只虽有，不敢应付。』公曰：『我前者诛颜良、文丑，亦曾与足下解厄。今日求一渡船而不与，何也？』延曰：『只恐夏侯惇知之，必然罪我。』关公知刘延无用之人，遂自催车仗前进。到黄河渡口，秦琪引军出问：『来者何人？』关公曰：『汉寿亭侯关某也。』琪曰：『今欲何往？』关公曰：『欲投河北去寻兄刘玄德，敬来借渡。』琪曰：『丞相公文何在？』公曰：『吾不受丞相节制，有甚公文！』琪曰：『吾奉夏侯将军将令，守把关隘，你便插翅，也飞不过去！』关公大怒曰：『你知我于路斩戮拦截者乎？』琪曰：『你只杀得无名下将，敢杀我么？』关公怒曰：『汝比颜良、文丑若何？』秦琪大怒，纵马提刀，直取关公。二马相交，只一合，关公刀起，秦琪头落。关公曰：『当吾者已死，余人不必惊走。速备船只，送我渡河。』军士急撑舟傍岸。关公请二嫂上船渡河。渡过黄河，便是袁绍地方。关公所历关隘五处，斩将六员。后人有诗叹曰：

挂印封金辞汉相，寻兄遥望远途还。马骑赤兔行千里，刀偃青龙出五关。
忠义慨然冲宇宙，英雄从此震江山。独行斩将应无敌，今古留题翰墨间。

关公于马上自叹曰：『吾非欲沿途杀人，奈事不得已也。曹公知之，必以为我负恩之人矣。』正行间，忽见一骑自北而来，大叫：『云长少住！』关公勒马视之，乃孙乾也。关公曰：『自汝南相别，一向消息若何？』乾曰：『刘辟、龚都自将军回兵之后，复夺了汝南；遣某往河北结好袁绍，请玄德同谋破曹之计。

不想河北将士，各相妒忌。田丰尚囚狱中；沮授黜退不用；审配、郭图各自争权；袁绍多疑，主持不定。某与刘皇叔商议，先求脱身之计。今皇叔已往汝南会合刘辟去了。恐将军不知，反到袁绍处，或为所害，特遣某于路迎接将来。幸于此得见。将军可速往汝南与皇叔相会。』关公教孙乾拜见夫人。夫人问其动静。孙乾备说：『袁绍二次欲斩皇叔，今幸脱身往汝南去了。夫人可与云长到此相会。』二夫人皆掩面垂泪。关公依言，不投河北去，径取汝南来。正行之间，背后尘埃起处，一彪人马赶来。当先夏侯惇大叫：『关某休走！』正是：六将阻关徒受死，一军拦路复争锋。毕竟关公怎生脱身，且听下文分解。

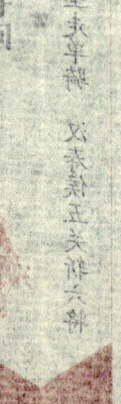

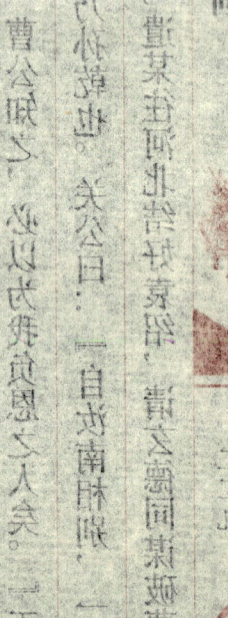

第二十八回　斩蔡阳兄弟释疑　会古城主臣聚义

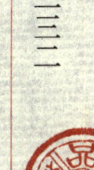

却说关公同孙乾保二嫂向汝南进发，不想夏侯惇领三百余骑，从后追来。孙乾保车仗前行。关公回身勒马按刀问曰：『汝来赶我，有失丞相大度。』夏侯惇曰：『丞相无明文传报，汝于路杀人，又斩吾部将，无礼太甚！我特来擒你，献与丞相发落！』言讫，便拍马挺枪欲斗。只见后面一骑飞来，大叫：『不可与云长交战！』关公按辔不动。来使于怀中取出公文，谓夏侯惇曰：『丞相敬爱关将军忠义，恐于路关隘拦截，故遣某特赍公文，遍行诸处。』惇曰：『关某于路杀把关将士，丞相知否？』来使曰：『此却未知。』惇曰：『我只活捉他去见丞相，待丞相自放他。』关公怒曰：『吾岂惧汝耶！』拍马持刀，直取夏侯惇。惇挺枪来迎。两马相交，战不十合，忽又一骑飞至，大叫：『二将军少歇！』惇停枪问来使曰：『丞相叫擒关某乎？』使者曰：『非也。丞相恐守关诸将阻挡关将军，故又差某驰公文来放行。』惇曰：『丞相知其于路杀人否？』使者曰：『未知。』惇曰：『既未知其杀人，不可放去。』指挥手下军士，将关公围住。关公大怒，舞刀迎战。两个正欲交锋，阵后一人飞马而来，大叫：『云长、元让，休得争战！』众视之，乃张辽也。二人各勒住马。张辽近前言曰：『奉丞相钧旨：因闻知云长斩关杀将，恐于路有阻，特差我传谕各处关隘，任便放行。』惇曰：『秦琪是蔡阳之甥。他将秦琪托付我处，今被关某所杀，怎肯干休？』辽曰：『我见蔡将军，自有分解。既丞相大度，教放云长去，公等不可废丞相之意。』夏侯惇只得将军马约退。辽曰：『云长今欲何往？』关公曰：『闻兄长又不在袁绍处，吾今将遍天下寻之。』辽曰：『既未知玄德下落，且再回见丞相，若何？』关公笑曰：『安有是理！文远回见丞相，幸为我谢罪。』说毕，与张辽拱手而别。于是张辽与夏侯惇领军自回。

关公赶上车仗，与孙乾说知此事。二人并马而行。行了数日，忽值大雨滂沱，行装尽湿。遥望山冈边有一所庄院，关公引着车仗，到彼借宿。庄内一老人出迎。关公具言来意。老人曰：『某姓郭，名常，世居于此。久闻大名，幸得瞻拜。』遂宰羊置酒相待，请二夫人于后堂暂歇。郭常陪关公、孙乾于草堂饮酒。一边烘焙行李，一边喂养马匹。至黄昏时候，忽见一少年，引数人入庄，径上草堂。郭常唤曰：『吾儿来拜将军。』因谓关公曰：『此愚男也。』关公问何来。常曰：『射猎方回。』少年见过关公，即下堂去了。常流泪言曰：『老夫耕读传家，止生此子，不务本业，惟以游猎为事。是家门不幸也！』关公曰：『方今乱世，若武艺精熟，亦可以取功名，何云不幸？』常曰：『他若肯习武艺，便是有志之人。今专务游荡，无所不为：老夫所以忧耳！』关公亦为叹息。至更深，郭常辞出。关公与孙乾方欲就寝，忽闻后院马嘶人叫。关公急唤从人，却都不应，乃与孙乾提剑往视之。只见郭常之子倒在地上叫唤，从人正与庄客厮打。公问其故。从人曰：『此人来盗赤兔马，被马踢倒。我等闻叫唤之声，起来巡看，庄客们反来厮闹。』公怒曰：『鼠贼焉敢盗吾马！』恰待发作，郭常奔至告曰：『不肖子为此歹事，罪合万死！奈老妻最怜爱此子，乞将军仁慈宽恕！』关公曰：『此子果然不肖，适才老翁所言，真「知子莫若父」也。我看翁面，且姑恕之。』

遂分付从人看好了马，喝散庄客，与孙乾回草堂歇息。次日，郭常夫妇出拜于堂前，谢曰：『犬子冒渎虎威，深感将军恩恕。』关公令：『唤出，我以正言教之。』常曰：『他于四更时分，又引数个无赖之徒，不知何处去了。』

关公谢别郭常，奉二嫂上车，出了庄院，与孙乾并马，护着车仗，取山路而行。不及三十里，只见山背后拥出百余人，为首两骑马：前面那人，头裹黄巾，身穿战袍；后面乃郭常之子也。黄巾者曰：『我乃天公将军张角部将也！来者快留下赤兔马，放你过去！』关公大笑曰：『无知狂贼！汝既从张角为盗，亦知刘、关、张兄弟三人名字否？』黄巾者曰：『我只闻赤面长髯者名关云长，却未识其面。汝何人也？』公乃停刀立马，解开须囊，出长髯令视之。其人滚鞍下马，脑揪郭常之子拜献于马前。关公问其姓名。告曰：『某姓裴，名元绍。自张角死后，一向无主，啸聚山林，权于此处藏伏。今早这厮来报：「有一客人，骑一匹千里马，在我家投宿。」特邀某来劫夺此马。不想却遇将军。』郭常之子拜伏乞命。关公曰：『吾看汝父之面，饶你性命！』郭子抱头鼠窜而去。

公谓元绍曰：『汝不识吾面，何以知吾名？』元绍曰：『离此二十里有一卧牛山。山上有一关西人，姓周，名仓，两臂有千斤之力，板肋虬髯，形容甚伟；原在黄巾张宝部下为将，张宝死，啸聚山林。他多曾与某说将军盛名，恨无门路相见。』关公曰：『绿林中非豪杰托足之处。公等今后可各去邪归正，勿自陷其身。』元绍拜谢。正说话间，遥望一彪人马来到。元绍曰：『此必周仓也。』关公乃立马待之。果见

一人，黑面长身，持枪乘马，引众而至；见了关公，惊喜曰：『此关将军也！』疾忙下马，俯伏道傍曰：『周仓参拜。』关公曰：『壮士何处曾识关某来？』仓曰：『旧随黄巾张宝时，曾识尊颜；恨失身贼党，不得相随。今日幸得拜见。愿将军不弃，收为步卒，早晚执鞭随镫，死亦甘心！』公见其意甚诚，乃谓曰：『汝若随我，汝手下人伴若何？』仓曰：『愿从则俱从；不愿从者，听之可也。』于是众人皆曰：『愿从。』关公乃下马至车前禀问二嫂。甘夫人曰：『叔叔自离许都，于路独行至此，历过多少艰难，未尝要军马相随。前廖化欲相投，叔既却之，今何独容周仓之众耶？我辈女流浅见，叔自斟酌。』公曰：『嫂嫂之言是也。』遂谓周仓曰：『非关某寡情，奈二夫人不从。汝等且回山中，待我寻见兄长，必来相招。』周仓顿首告曰：『仓乃一粗莽之夫，失身为盗；今遇将军，如重见天日，岂忍复错过！若以众人相随为不便，可令其尽跟裴元绍去。仓只身步行，跟随将军，虽万里不辞也！』关公再以此言告二嫂。甘夫人曰：『一二人相从，无妨于事。』公乃令周仓拨人伴随裴元绍去。元绍曰：『我亦愿随关将军。』周仓曰：『汝若去时，人伴皆散；且当权时统领。我随关将军去，但有住扎处，便来取你。』元绍怏怏而别。

周仓跟着关公，往汝南进发。行了数日，遥见一座山城。公问土人：『此何处也？』土人曰：『此名古城。数月前有一将军，姓张，名飞，引数十骑到此，将县官逐去，占住古城，招军买马，积草屯粮。今聚有三五千人马，四远无人敢敌。』关公喜曰：『吾弟自徐州失散，一向不知下落，谁想却在此！』乃令孙乾先入城通报，教来迎接二嫂。

却说张飞在芒砀山中，住了月余，因出外探听玄德消息，偶过古城，入县借粮；县官不肯，飞怒，因就逐去县官，夺了县印，占住城池，权且安身。当日孙乾领关公命，入城见飞。施礼毕，具言：『玄德离了袁绍处，投汝南去了。今云长直从许都送二位夫人至此，请将军出迎。』张飞听罢，更不回言，随即披挂持矛上马，径出北门。孙乾惊讶，又不敢问，只得随出城来。关公望见张飞到来，喜不自胜，付刀与周仓接了，拍马来迎。只见张飞圆睁环眼，倒竖虎须，吼声如雷，挥矛向关公便搠。关公大惊，连忙闪过，便叫：『贤弟何故如此？岂忘了桃园结义耶？』飞喝曰：『你既无义，有何面目来与我相见！』关公曰：『我如何无义？』飞曰：『你背了兄长，降了曹操，封侯赐爵。今又来赚我，我今与你拼个死活！』关公曰：

『你原来不知！——我也难说。现放着二位嫂嫂在此，贤弟请自问。』二夫人听得，揭帘而呼曰：『三叔何故如此？』飞曰：『嫂嫂住着。且看我杀了负义的人，然后请嫂嫂入城。』甘夫人曰：『二叔因不知你等下落，故暂时栖身曹氏。今知你哥哥在汝南，特不避险阻，送我们到此。三叔休错见了。』糜夫人曰：『二

第二十八回　斩蔡阳兄弟释疑　会古城主臣聚义

叔向在许都，原出于无奈。』飞曰：『嫂嫂休要被他瞒过了！忠臣宁死而不辱。大丈夫岂有事二主之理！』关公曰：『贤弟休屈了我。』孙乾曰：『云长特来寻将军。』飞喝曰：『如何你也胡说！他那里有好心，必是来捉我！』关公曰：『我若捉你，须带军马来。』飞把手指曰：『兀的不是军马来也！』

关公回顾，果见尘埃起处，一彪人马来到。风吹旗号，正是曹军。张飞大怒曰：『今还敢支吾么？』挺丈八蛇矛便搠将来。关公急止之曰：『贤弟且住。你看我斩此来将，以表我真心。』飞曰：『你果有真心，我这里三通鼓罢，便要你斩来将！』关公应诺。须臾，曹军至。为首一将，乃是蔡阳，挺刀纵马大喝曰：『你杀吾外甥秦琪，却原来逃在此！吾奉丞相命，特来拿你！』关公更不打话，举刀便砍。张飞亲自擂鼓。只见一通鼓未尽，关公刀起处，蔡阳头已落地。众军士俱走。关公活捉执认旗的小卒过来，问取来由。小卒告说：『蔡阳闻将军杀了他外甥，十分忿怒，要来河北与将军交战。丞相不肯，因差他往汝南攻刘辟。不想在这里遇着将军。』关公闻言，教去张飞前告说其事。飞将关公在许都时事细问小卒，小卒从头至尾，说了一遍，飞方才信。

正说间，忽城中军士来报：『城南门外有十数骑来的甚紧，不知是甚人。』张飞心中疑虑，便转出南门看时，果见十数骑轻弓短箭而来。见了张飞，滚鞍下马。视之，乃糜竺、糜芳也。飞亦下马相见。竺曰：『自徐州失散，我兄弟二人逃难回乡。使人远近打听，知云长降了曹操，主公在于河北；又闻简雍亦投河北去了。只不知将军在此。昨于路上遇见一伙客人，说有一姓张的将军，如此模样，今据古城。我兄弟度

量必是将军，故来寻访。幸得相见！』飞曰：『云长兄与孙乾送二嫂方到，已知哥哥下落。』二糜大喜，同来见关公，并参见二夫人。飞遂迎请二嫂入城。至衙中坐定，二夫人诉说关公历过之事，张飞方才大哭，参拜云长。二糜亦俱伤感。张飞亦自诉别后之事，一面设宴贺喜。

次日，张飞欲与关公同赴汝南见玄德。关公曰：『贤弟可保护二嫂，暂住此城，待我与孙乾先去探听兄长消息。』飞允诺。关公与孙乾引数骑奔汝南来。刘辟、龚都接着，关公便问：『皇叔何在？』刘辟曰：『皇叔到此住了数日，为见军少，复往河北袁本初处商议去了。』关公怏怏不乐。孙乾曰：『不必忧虑。再苦一番驱驰，仍往河北去报知皇叔，同至古城便了。』关公依言，辞了刘辟、龚都，回至古城，与张飞说知此事。张飞便欲同至河北。关公曰：『有此一城，便是我等安身之处，未可轻弃。我还与孙乾同往袁绍处，寻见兄长，来此相会。贤弟可坚守此城。』飞曰：『兄斩他颜良、文丑，如何去得？』关公曰：『不妨。我到彼当见机而变。』遂唤周仓曰：『卧牛山裴元绍处，共有多少人马？』仓曰：『约有四五百。』关公曰：『我今抄近路去寻兄长。汝可往卧牛山招此一枝人马，从大路上接来。』仓领命而去。

关公与孙乾只带二十余骑投河北来。将至界首，乾曰：『将军未可轻入，只在此间暂歇。待某先入见皇叔，别作商议。』关公依言，先打发孙乾去了。遥望前村有一所庄院，便与从人到彼投宿。庄内一老翁携杖而出，与关公施礼。公具以实告。老翁曰：『某亦姓关，名定。久闻大名，幸得瞻谒。』遂命二子出见，款留关公，并从人俱留于庄内。

第二十八回 斩蔡阳兄弟释疑 会古城主臣聚义

且说孙乾匹马入冀州见玄德，具言前事。玄德曰：『简雍亦在此间，可暗请来同议。』少顷，简雍至，与孙乾相见毕，共议脱身之计。雍曰：『主公明日见袁绍，只说要往荆州，说刘表共破曹操，便可乘机而去。』玄德曰：『此计大妙！但公能随我去否？』雍曰：『某亦自有脱身之计。』商议已定。次日，玄德入见袁绍，告曰：『刘景升镇守荆襄九郡，兵精粮足，宜与相约，共攻曹操。』绍曰：『吾尝遣使约之，奈彼未肯相从。』玄德曰：『此人是备同宗，备往说之，必无推阻。』绍曰：『若得刘表，胜刘辟多矣。』遂命玄德行。绍又曰：『近闻关云长已离了曹操，欲来河北，吾当杀之，以雪颜良、文丑之恨！』玄德曰：『明公前欲用之，吾故召之。今何又欲杀之耶？且颜良、文丑比二鹿耳，云长乃一虎也：失二鹿而得一虎，何恨之有？』绍笑曰：『吾实爱之，故戏言耳。公可再使人召之，令其速来。』玄德曰：『即遣孙乾往召之可也。』绍大喜从之。玄德出，简雍进曰：『玄德此去，必不回矣。某愿与偕往：一则同说刘表，二则监住玄德。』绍然其言，便命简雍与玄德同行。郭图谏绍曰：『刘备前去说刘辟，未见成事；今又使与简雍同往荆州，必不返矣。』绍曰：『汝勿多疑，简雍自有见识。』郭图嗟呀而出。

却说玄德先命孙乾出城，回报关公；一面与简雍辞了袁绍，上马出城。行至界首，孙乾接着，同往关定庄上。关公迎门接拜，执手啼哭不止。关定领二子拜于草堂之前。玄德问其姓名。关公曰：『此人与弟同姓，有二子：长子关宁，学文；次子关平，学武。』关定曰：『今愚意欲遣次子跟随关将军，未识肯容纳否？』玄德曰：『年几何矣？』定曰：『十八岁矣。』玄德曰：『既蒙长者厚意，吾弟尚未有子，今即以贤郎为子，

若何？』关定大喜，使命关平拜关公为父，呼玄德为伯父。玄德恐袁绍追之，急收拾起行。关平随着关公，一齐起身。关定送了一程自回。

关公教取路往卧牛山来。正行间，忽见周仓引数十人带伤而来。关公引他见了玄德。问其何故受伤，仓曰：『某未至卧牛山之前，先有一将单骑而来，与裴元绍交锋，只一合，刺死裴元绍，尽数招降人伴，占住山寨。仓到彼招诱人伴时，止有这几个过来，余者俱惧怕，不敢擅离。仓不忿，与那将交战，被他连胜数次，身中三枪。因此来报主公。』玄德曰：『此人怎生模样？姓甚名谁？』仓曰：『极其雄壮，不知姓名。』于是关公纵马当先，玄德在后，径投卧牛山来。周仓在山下叫骂，只见那将全副披挂，持枪骤马，引众下山。玄德早挥鞭出马大叫曰：『来者莫非子龙否？』那将见了玄德，滚鞍下马，拜伏道旁。原来果然是赵子龙。玄德、关公俱下马相见，问其何由至此。云曰：『云自别使君，不想公孙瓒不听人言，以致兵败自焚。袁绍屡次招云，云想绍亦非用人之人，因此未往。后欲至徐州投使君，又闻徐州失守，云长已归曹操，使君又在袁绍处。云几番欲来相投，只恐袁绍见怪。四海飘零，无容身之地。前偶过此处，适遇裴元绍下山来欲夺吾马，云因杀之，借此安身。近闻翼德在古城，欲往投之，未知真实。今幸得遇使君！』玄德大喜，诉说从前之事。关公亦诉前事。玄德曰：『吾初见子龙，便有留恋不舍之情。今幸得相遇！』云曰：『云奔走四方，择主而事，未有如使君者。今得相随，大称平生。虽肝脑涂地，无恨矣。』当日就烧毁山寨，率领人众，尽随玄德前赴古城。

张飞、糜竺、糜芳迎接入城，各相拜诉。二夫人具言云长之事，玄德感叹不已。于是杀牛宰马，先拜谢天地，然后遍劳诸军。玄德见兄弟重聚，将佐无缺，又新得了赵云，关公又得了关平、周仓二人，欢喜无限，连饮数日。后人有诗赞之曰：

当时手足似瓜分，信断音稀杳不闻。今日君臣重聚义，正如龙虎会风云。

时玄德、关、张、赵云、孙乾、简雍、糜竺、糜芳、关平、周仓部领马步军校共四五千人。玄德欲弃了古城去守汝南，恰好刘辟、龚都差人来请。于是遂起军往汝南驻扎，招军买马，徐图征进，不在话下。

且说袁绍见玄德不回，大怒，欲起兵伐之。郭图曰：『刘备不足虑。曹操乃劲敌也，不可不除。刘表虽据荆州，不足为强。江东孙伯符威镇三江，地连六郡，谋臣武士极多，可使人结之，共攻曹操。』绍从其言，即修书遣陈震为使，来会孙策。正是：只因河北英雄去，引出江东豪杰来。未知其事如何，且听下文分解。

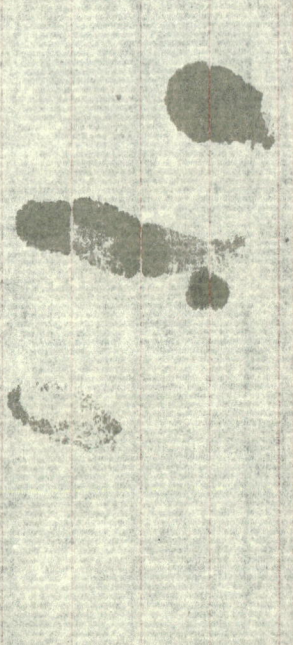